다시
시작해도
괜찮아

You can make
a fresh start

용인한국외고 12人 지음

맑은샘

© 2017 by Malgeunsam Publishers, Inc.
First paperback edition published 2017.
Written by Jo Sungeun, Lee Seonyeong, Lee Hojun, Kang Jeongeun, Shin Seungho, Kim Seungah, Kang Seohyeon, Jeong Yejin, Lee Songyi, Kim Nayun, Lee Naeun, Yun Jusang

Edited by Yi Taeshin

Published by Kim Yangsoo ｜ designed by Lee Jeongeun

Address· 1456 Jungang-ro(Seohyun 604), Ilsanseo-gu, Goyang, Gyeonggi, Republic of Korea

Tel· +82-31-906-5006 ｜ Fax · +82-31-906-5079

Email · okbook1234@naver.com ｜ Homepage · www.booksam.co.kr

ISBN 979-11-5778-210-9 (03800)

All rights reserved. Manufactured in South Korea.

일러두기

이 책은 국문과 영문이 함께 있는 완역본입니다.

몇 년 전부터 매년 용인 외대부고 학생들의 주최로 개최된 나눔 콘서트
가 지난 2016년 9월 4일, 어느덧 6회를 맞았습니다. 이 콘서트는 북한 이
탈 주민 청소년들에게 도움을 주고자 만들어진 자선행사로, 모든 수익금
은 외대부고와 결연 맺은 북한 이탈 청소년 대안학교인 '여명학교'에 기부
되고 있습니다. 해마다 외대부고 학생들이 힘을 모아 꾸준히 공연하고 수
익금을 기부해왔지만, 정작 여명학교 학생들에 대해 아는 것은 그들이 북
한 이탈 청소년들이라는 것이 전부였고, 그들과의 교류하거나 접촉할 기회
는 드물었습니다. 그래서 작년 제6회 나눔 콘서트를 기점으로 이 행사의
의미를 확장하고, 더 큰 도움을 주고자 마음먹은 아이들이 한자리에 모이
게 되었습니다. 그리고 북한 이탈 청소년들에 대해 깊게 알아보고, 이들에
대해 널리 알리는 것을 우선순위로 두고 의견을 나눴습니다.

그렇게 탄생하게 된 것이 바로 이 프로젝트입니다. 효율적으로 진행하기
위해서 동아리를 만들고, 장기적으로 활동하며 사회의 인식을 변화시키자
는 것을 목표로 보고서를 작성했습니다. 또한, 한국어가 익숙하지 않은 분
들과 국제사회에도 널리 알리고자 영어판도 함께 만들기로 하였습니다.

이 보고서를 어떤 형식으로 만들지, 어떻게 자료를 얻을지 고민하다가,

3

그들의 실상을 정확히 전달하기 위해서는 인터뷰가 가장 적합하다고 판단했습니다. 그 어떠한 통계자료도 그분들이 직접 느낀 감정을 그대로 전달하기에는 많이 부족하다고 생각했기 때문입니다. 그렇기에 여명학교, 그리고 또 다른 두리하나 국제학교와 개별인터뷰, 또는 단체인터뷰를 통해서 얻은 자료를 바탕으로 차근차근 보고서를 써 나갔습니다. 그들을 통해 많은 것을 보고 느낄 수 있었고, 진행 중에 크고 작은 어려움도 많았지만 이렇게 책으로 출판하게 될 거라고는 상상하지 못했습니다.

저희 용인 한국외국어대학교 부설 고등학교 국제과정 12명 학생의 동아리 이름은 작은 강물이란 뜻의 'FLUVI'입니다. 하나의 휴전선을 두고 나뉘어 있는 남북한을 다시 잇는 디딤돌 역할을 하자는 의미에서 만든 이름입니다. 저희는 이 이름의 의미처럼 끝없이 흘러갈 것입니다. 그 여정이 작고 잔잔할지라도, 우리 사회가 북한 이탈 주민 학생들에게 더 큰 관심을 보이는 계기를 마련하고, 영향력을 끼칠 수 있는 발판이 되었으면 좋겠습니다.

끝으로 인터뷰에 협조해주신 여명학교, 두리하나 국제학교 학생과 교직원분들, 그리고 도움을 주신 모든 분께 감사의 말씀을 전합니다.

September 4th, 2016, Hankuk Academy of Foreign Studies students gave the sixth charity concert that has been held in recent years. This charity concert was founded to help North Korean youth refugees. All profits are donated to Yeo-Myung School, an alternative school for students from the North. What we had only known, however, was that they are from North Korea because we had no communication with them. So, we met to expand the concert's significance and to give more help to these students. We thought the most important thing was gaining an understanding and delving into their background, so we could let all people know about them.

So, this project was started with the goal of changing social attitudes through long-term activities. To demonstrate our progress, we decided to found a club and gather research on them to share with people around the world. Because we also wrote in English, it is potentially shared worldwide.

We thought of how we would gather the information and in what way we would write this report. We considered that any statistics gathered would not represent the actual mind of North Korean defectors. Thus, we decided to interview them. We got substantial insight by interviewing the Yeo-Myung School and Durihana International School students, both individually and as a group. We were all touched by their stories. The interviewing process was a difficult project for us and we experienced conflict. We never expected that we would publish a book as a result.

FLUVI, a small river, is our name-twelve students of Hankuk Academy of Foreign Studies. We aim to become a means to reconnect and reunite our country, which is now divided by the line, a border between us. We aim to flow incessantly as our name says. Through our tranquil journey, we hope that we can and will eventually have a big effect on our society.

Last but not least, we wish to thank all of the students and teachers of Yeo-Myung School and Durihana International School as well as everyone else who contributed to this project.

차
례

• 머리말   3
Preface · 5

Chapter 1
들어가면서 Introduction   11

• 용인 한국외국어대학교 부설 고등학교 동아리 FLUVI 멤버들   12
Members of FLUVI in Hankuk Academy of Foreign Studies · 12

• 북한 이탈 주민들의 구조요청   15
Request for rescue from North Korean defectors · 15

• 북한 이탈 청소년 이런 어려움을 겪습니다   18
North Korean refugee youths experience the following difficulties · 20

• 여러분의 관심과 사랑을 부탁드립니다   22
We need your love and support · 23

Chapter 2
개별 인터뷰 Individual Interviews of Teachers and North Korean Defectors   25

• 영어가 제일 어려웠어요! – 조성은의 이운수 님 인터뷰   26
English was the hardest! - Interview of Mr. Lee Woonsoo by Jo Sungeun · 33

• 기도가 이루어지다! – 이선영의 주예은 님 인터뷰   38
Her prayer was answered! - Interview of Ms. Ju Yeeun by Lee Seonyeong · 46

• 이름은 가명이야. – 이호준의 박민경 (가명)님 인터뷰   52

I use pseudonym - Interview of Ms. Park Minkyung (pseudonym) by Lee Hojun · 58

• 37살 대학생 – 강정은의 김은경 님 인터뷰   63

37-year-old undergraduate - Interview of Ms. Kim Eunkyeong by Kang Jeongeun · 70

• 너 존댓말 쓰지 않아도 돼! – 신승호의 이예진 님 인터뷰   75

No need to use formal language! - Interview of Lee Yejin by Shin Seungho · 82

• 북한 이탈 주민에 대한 관심발동 – 김승아의 이흥훈 여명학교 교장 선생님 인터뷰   87

Inspired interests in North Korean defectors - Interview of Principal of Yeo-Myung School, Lee Hunghoon by Kim Seungah · 98

• 불편한 진실 – 강서현의 여명학교 이혜원 선생님 인터뷰   106

Uncomfortable reality - Interview of Lee Hyewon, teacher in Yeo-Myung School by Kang Seohyeon · 118

• 너희 엄마 북한 사람이야? – 정예진의 연희 (가명), 김명주 (가명)님 인터뷰   128

Is your mom North Korean? - Interview of Yeonhee (pseudonym) and Ms. Kim Myungjoo (pseudonym) by Jeong Yejin · 139

• 탈북 간호사 – 이송이의 이순정 (가명)님 인터뷰   148

North Korean nurse defector - Interview of Ms. Lee Soonjeong (pseudonym) by Lee Songyi · 160

• 함께 그려 갈 세상을 꿈꾸며 – 김나윤의 이지원, 박하진 님 인터뷰   170

Dreaming of the world we create together - Interview of Lee Jiwon and Ms. Park Hajin by Kim Nayun · 178

• 혜산 새색시 김영옥 님 – 이나은의 김영옥 님 인터뷰   184

Hyesan new bride - Interview of Ms. Kim Yeongok by Lee Naeun · 192

• 우리는 형제입니다. – 윤주상의 최민주 (가명)님, 임예빈 님 인터뷰   199

We are all one family.-Interview of Ms. Choi Minju (pseudonym) and Ms. Lim Yebin by
Yun Jusang · 209

Chapter 3

그룹 인터뷰 Group Interviews of Teachers and North Korean Defectors   217

• 조성은 · 이호준 · 신승호의 김란희 님 인터뷰   218

Interview of Ms. Kim Ranhee by Jo Sungeun, Lee Hojun and Shin Seungho · 232

• 인권, 가정파괴 – 이선영 · 김나윤의 두리하나 국제학교 교장 선생님 인터뷰   243

Abused human rights, disrupted family - Interview of Principal of Durihana International
School by Lee Seonyeong and Kim Nayun · 252

• 와글와글 합창단 – 강정은 · 이나은의 천기원 목사님 인터뷰   259

Wogle Wogle (Hullabaloo) choir - Interview of Rev. Chun Kiwon by Kang Jeongeun and
Lee Naeun · 265

Chapter 4

에필로그 Epilogue   271

You can make a fresh start

Chapter 1

들어가면서

Introduction

용인 한국외국어대학교
부설 고등학교 동아리 FLUVI 멤버들

Members of FLUVI in Hankuk Academy of Foreign Studies

▶▶ 용인 한국외국어대학교 부설 고등학교 동아리 FLUVI 멤버들

▶▶ 용인 한국외국어대학교 부설 고등학교 학생들에 의해 개최된 제 6회 나눔콘서트 (2016)
The 6th Nanum (charity) concert held in 2016 by students of Hankuk Academy of Foreign Studies

▶▶ 용인 한국외국어대학교 부설 고등학교 Hankuk Academy of Foreign Studies
경기도 용인시 모현면 외대로54번길 50 (17035)
82-031-332-0700 www.hafs.hs.kr
HAFS, 50 Oedae-ro 54beon-gil, Mohyeon-myeon, Yongin-si, Gyeonggi-do,
Republic of Korea 17035

▶▶ 여명학교 Yeo—Myung School – alternative school for North Korean defectors
서울특별시 중구 소파로 99 여명학교 (04630)
82—02—888—1673 www.ymschool.org
Yeo—Myung School, 99 Sopa—ro, Jung—gu, Seoul, Republic of Korea 04630

▶▶ 두리하나 국제학교 Durihana International School – alternative school for North Korean defectors
서울특별시 서초구 방배중앙로 134 (06563)
82—02—532—2513 www.durihana.com
Durihana International School, 134, Bangbaejungang—ro, Seocho—gu, Seoul,
Republic of Korea 06563

북한 이탈 주민들의 구조요청

Request for rescue from North Korean defectors

북한과 중국에서 비참한 삶으로 절망하고 계시는 북한 이탈 주민들의 고통이 하루빨리 끝날 수 있기를 간절히 기원합니다. 그분들이 자유를 찾을 수 있도록 기도하고 도와주십시오. 다음은 그분들에게서 온 간절한 부탁입니다.

As always, yesterday, today and tomorrow, I'm receiving many mails for help and I too desperately pray the end of people's suffering who are in N. Korea and China. In the below I will attach an email from the people who asked me for a help. Please pray and support them to live in the freedom.

▶▶ 두리하나 국제고등학교 천기원 교장 선생님
Principal Chun Kiwon of Durihana International School
(출처: 두리하나 국제학교)

어제 오후 8:01

집에시엄마가있는데.치매환자라
.매일봐저야화고.또.애기도있고
..하닌까.지금.많이힘듭니다.실
랑이.은행에서.빌린돈도있고..사
하는게.많이힘듭니다

어제 오후 8:07

복한에서는엄마가.3살때.돌아가
시고.학원에서.살다가.18살에.아
빠같치살다가.20살에아빠돌아
가시고.아는집에서.살다가.중국
에.팔여와가지고.아무겆도.모루
는채.살다가.보닌까.실랑이.은행
대출도빌인거알게대고.또.시엄
마가.치매로.2년이대고.애기도.
있고.하닌까.집형편이.너무.많이
않좋습니다

▶▶ (출처; 두리하나 국제학교)

My mother-in-law has dementia. I take care of her everyday. I have a baby. The life is difficult. My husband had loan. There is no hope because of poverty.

In North Korea, I lost my mother when I was 3 and lost my father when I was 20. I got sold in China and now have a husband from the family I was sold to. I never knew that my husband had loan until now. I have a baby, and my mother-in-law has dementia. Our financial circumstance cannot get worse than now.

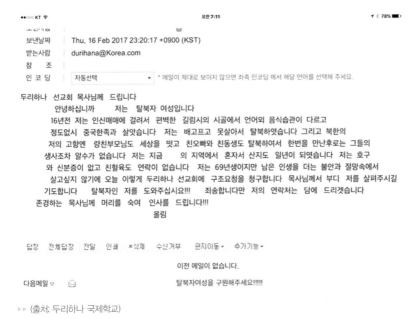

Hi,

to Durihana Pastor. I am a female North Korean defector.

I was sold to a human traffic 16 years ago and now had to live in Kil Lim (countryside), China where the language, culture, food were all different and had to live with a Chinese family without any feelings. I escaped from North Korea because I was poor and I was starving.

In my hometown, my both parents passed away. My brothers escaped and I never met them yet. I do not know whether they are still alive.

It's been a year that I lived in the margin area of China. I don't have passports, ID card and have no relatives to contact.

Despite I was born in 1969 I don't want to continue my life in insecurity and hopelessness and now I ask Durihana for a help to save me.

I pray for your kindness, Pastor Chun. Please have compassion on me.

I'm sorry but I will leave my contact later.

To Pastor whom I sincerely respect.

북한이탈 청소년,
이런 어려움을 겪습니다

공부가 힘들어요

학업지속의 어려움

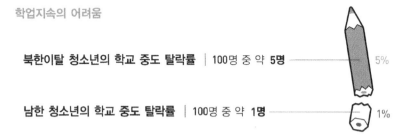

북한이탈 청소년의 학교 중도 탈락률 | 100명 중 약 **5명** ——— 5%

남한 청소년의 학교 중도 탈락률 | 100명 중 약 **1명** ——— 1%

**북한이탈
청소년들의
고민**

공부

진로

1

?

2

**가장
어려운
교과목**

영어
ABC
1

수학
a+b=c
2

역사
3

사람들과 어울리기 힘들어요

인간관계의 어려움

사람들의 편견 때문에
10명 중 6명은 학교에서 따돌림을
당할까봐 **북한출신임을 숨깁니다.**

너는 어디서 왔니?

저 북한사람 아니에요.

과거의 상처들로 힘들어요

정신적·심리적 트라우마

북한이탈 청소년의 약 **60%**가 불안을 느끼고
30%는 정상범위를 벗어난 **우울** 정도를 보입니다.

미래에
대한
불안

배고픔의
고통

남한 적응의
어려움

이산의
아픔

난민생활의
상처

가족의
죽음

북한
수용소
에서의 삶

북송
경험

환경이 너무 달라 힘들어요

이질감으로 인한 소외

언어, 문화, 경제, 환경 등의
이질감으로 인해 남한 사회 정착에
상당한 **소외감**을 느끼고 있습니다.

북한에서는 당이 결정하면 우리는 따랐어요.

북한과 남한은 **3,000**단어가 달라요.

남한 사회가 너무 복잡해요.

외래어가 너무 어려워요.

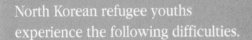

North Korean refugee youths
experience the following difficulties.

Studying is challenging

Difficulties in Continued Education

About 5 out of 100 North Korean refugee students
give up their education.

5%

About 1 out of 100 South Korean students
give up their education.

1%

| **Worries of North Korean Refugee Youths** | Education | **Most Challenging Subjects** | English | Mathematics | Social Studies & History |

Plan for future

1

2

1

2

3

It is difficult to get along with people

Difficulties in Relationships

6 out of 10 students hide the fact that
they **came from North Korea** because
they are afraid of being discriminated
by other students because of their
identity.

Where are you from?

I am not from North Korea.

Wounds from the past still hurt

Mental and Emotional Trauma

About **60%** of North Korean refugee students feel **insecure**, and about **30%** of them show **the symptoms of depression**.

Concerns over the uncertain future

The pain of hunger

Difficulties adapting to life in South Korea

The pain of separation

Painful experiences living as a refugee

The death of a family member

Living in prison camps

The experience of being repatriated to North Korea

I am not well

Health Issues Type B Tuberculosis, Diabetes, Anemia, etc

60% of Yeo-Myung students **suffer diabetes** and **anemia** due to **deteriorated health** while escaping from North Korea.

It's difficult to adjust to a new life in South Korea

Loneliness from Isolation

The students feel **isolated** because they **face differences – linguistic, socio-economic** and **cultural –** from the new environments.

In North Korea, if the party made decisions, we simply followed.

In terms of vocabulary, there are 3,000 different words between North and South Korea.

South Korea's society is too complicated.

Loanwords are **difficult to learn.**

21

여러분의 관심과 사랑을
부탁 드립니다

| 여명학교 교장 이 흥훈 |

여명학교 학생들이 지금까지 살아온 삶은 기적이었습니다. 우리 학생들의 미래의 삶은 더 놀라운 기적이 되기를 소망합니다.

북한체제에 익숙했던 우리 학생들이 자유대한민국에 적응하기까지는 시간이 필요합니다. 우리 학생들은 가정이나 경제력이나 실력에 있어서도 출발선이 저만치 뒤에 있습니다. 여명학교는 이런 학생들을 교육해서 통일한국의 인재로 배출하는 특별한 부르심을 받았습니다.

우리는 예수님께서 품으셨던 마음을 배우며 우리도 그렇게 학생들을 교육하고자 합니다. 예수님처럼 우리도 우리 학생들을 끝까지 사랑하도록 노력하고 있습니다. 예수님처럼 우리에게 맡기신 학생들을 하나도 잃어버리지 않도록 노력하겠습니다. 예수님처럼 우리 학생들에게 더 풍성한 교육을 제공하도록 더욱 노력할 것입니다.

여명학교에서 교육받은 학생들이 통일한국을 위한 인재가 되고, 여명학교는 통일한국의 교육모델이 되고 대한민국의 통일 공감대를 확산하는 장이 되도록 힘쓰고 있습니다. 여명학교에 한마음으로 동참해 주시는 모든 분들이 우리 학생들의 기적의 밑거름입니다.

감사합니다.

• • (출처: 여명학교)

I believe that our Yeo-Myung students' lives have been nothing but miracles, and I believe that their future holds even more miracles.

Our students lost their family members, relatives and friends when they left North Korea. They have no family support, not even their caring hands. Their reality at this point may seem hopeless, but Yeo-Myung will do its best to bring them a bright future.

We have three goals

First, Yeo-Myung School will support the North Korean refugee youths to settle down in South Korea successfully.

Second, our school will become a model school when the Koreas unify.

Third, we will provide a school environment with playgrounds, science labs and other educational labs.

Yeo-Myung is making every effort to provide the best education for these students. Here, our students are setting their goals for their future, learning how to become responsible citizens, and doing their best to persevere and train for better lives.

God can make a road out of nothing and create a river out of a desert. I believe that our students are the "conduit to the future blessing of the Unified Korea". That is why we want to provide the best education possible for these students to experience the miracles in their lives. And I would like to thank those of you who have helped us witness the miracle of growing this school to what it is, and I ask for your continued support and love for our students, so that we can see even more amazing miracles happen in their lives.

I pray that your life will be full of miracles.

| Yeo-Myung Principal, **Hung-Hoon Lee** |

You can make a fresh start

Chapter 2

개별인터뷰

Individual Interviews of Teachers
and North Korean Defectors

조성은의 이운수 님 인터뷰

▶▶ 조성은 Jo Sungeun
용인 한국외국어대학교 부설 고등학교 국제학부 3학년
Hankuk Academy of Foreign Studies International Course, Senior

🎙 영어가 제일 어려웠어요!

23살이 된 이운수 님은, 여명학교를 졸업하고 올해 한동대학교 자유전공학부에 입학 예정인 청년입니다. 운수 님은 약 10년 전 먼저 내려오신 부모님을 따라 3년간 중국에서 지낸 후 이곳, 남한 땅을 밟았습니다. 당시에는 '탈북'이라는 개념이 지금만큼 흔하지 않은 초기 단계인 탓에 탈북자를, 자신을 바라보는 시선이 곱지만은 않았고, 특히 천안함 사건 등 남북의 외교관계가 냉랭해질 때는 더욱 어려움을 겪었다고 합니다. 남한으로 내려온 후 곧바로 일반 중학교로 진학했는데, 학교생활에서도 이런 시선을 피할 수는 없었습니다. 직접적인 차별이나 따돌림, 괴롭힘 등은 없었지만, 학생들 사이에 소문으로 오가는 소리가 들리기도 했고, 그럴 때마다 받는 눈총 또한 상처가 되었다고 이야기합니다.

하지만 운수 님은 자신을 믿어주고 의지할 수 있는 친구들과 함께 중학교 3년을 잘 마무리했다고 합니다. 그 후 우연히 여명학교에 대해 알게 되었고, 2014년에 입학을 하게 됩니다. 이곳에는 자신과 같은 북한 이탈 청소년들만 있기 때문에 더 눈치 보지 않고 편한 생활을 할 수 있었다고 합니다. 하지만 남한의 일반 학교에서 주는 입시 정보 같은 것들을 얻기 힘들고, 오히려 그런 점이 남한에 적응하기에는 불리하게 작용한다고 생각하고 있습니다. 그리고 교육의 격차를 좁히기 위해 북한 이탈 청소년을 위한 교육 프로그램이 마련되어야 하긴 하지만, 이 또한 남한 학생들에게 주어지는 것과 같은 다양한 입시와 교육 정보의 전달이 중요하다고 말했습니다. 이 이야기를 들으며 남한에서도 북한 이탈 청소년만을 위한 프로그램이 아니라 남한 학생들과의 교류 프로그램 등을 통해, 서로를 이해하며 정보도 공유할 수 있는 장이 필요하다고 생각하게 되었습니다.

이와 같은 대화 후, 남한에서의 학교생활에 대해 조금 더 이야기했습니다. 운수 님이 가장 좋아하는 과목은 한국사였는데, 좋아하던 선생님의 담당 과목이었던 점과 남북이 같은 민족이었다는 것을 알려준다는 점을 그 이유로 꼽았습니다. 이를 듣고 저는 망치로 한 대 맞은 듯한 느낌을 받으며, 한국사에 대해 다시 한 번 생각해 보게 되었습니다. 그리고 반대로 가장 싫어하는 과목은 어느 정도 예상했던 영어였습니다. 여러 연구 결과에서 밝혀졌듯이 북한 이탈 청소년들이 가장 어려움을 겪고 있는 과목이 영어인데, 북한에서는 많이 접하지 않았던 과목이기 때문에 일단 익숙하지 않고, 남한의 교육 과정에 맞추며 영어를 시작하는 것 또한 버거웠다고 회상합니다. 하지만 이렇게 시작하기 힘듦을 알기에 가장 중요하다고 여기는 과목 또한 영어였습니다. 그리고 이런 학업의 문제점을 보완하기 위해 여명학교에서 기숙사 생활을 하면서, 방과 후 수업과 다양한 멘토링 프로그램에 참여했다고 덧붙였습니다. 이런 그의 열정은 학생인 저에게 큰 자극과 동기로 다가왔습니다.

또한, 학교에서 진행하는 독후감 쓰기 프로그램을 통해 매일 아침 시간에 책을 읽을 수 있었고, 주로 자신이 공감할 수 있는 소설이나 관심분야와 관련된 책을 읽었다고 합니다. 그리고 본인이 다른 학생들보다 좀 더 나이가 많은 점을 언급하며, "다른 친구들이 선배 의식을 가지고 대하기보다는 자신을 친구로 대해줘서 편하게 지낼 수 있어서 좋았다."라고 이야기했습니다.

🔭 학원과 과외가 없는 나라?

그리고 북한에서의 학교생활에 대해 인터뷰를 진행했습니다. 북한의 학제는 소학교 (남한의 초등학교 개념) 4년에 중고등학교 6년으로 이루어져 있는데, 운수 님은 소학교까지 다니다 남한으로 내려왔습니다. 북에 있을 당시 중간, 기말고사 같은 시험은 보지 않았고, 그래서 공부를 하는 시간보다 친구들과 어울려 노는 시간이 더 많았다고 합니다. 그리고 그렇게 어려서부터 함께 자라온 동네친구들과 학교에 다니기 때문에, 남한의 큰 사회적 문제 중 하나인 학교폭력 및 왕따 또한 없었습니다. 학창 시절 남한의 수학여행이나 수련회 같은 활동은 없지만, "학교별로 소풍을 가기도 하고, 주로 주변 산이나 강으로 친구들과 놀러 간다."고 답했습니다. 우리와 다르게 소소한 즐거움을 느끼고 행복해하는 북한 학생들의 순수함에 배울 점이 많다고 생각했습니다.

방학의 모습도 많은 차이를 보였습니다. 우리는 방학에도 학원이나 과외 등 공부를 하는 경우가 대부분이지만, 운수 님이 북한에 있었던 10년 전만 해도 북한에는 문제집이나 학원, 과외 등이 많이 보급되지 않았고, 학업의 부담이 거의 없었기 때문에 친구들과 밖에서 노는 일이 다반사였다고 합니다. 그리고 대학교 진학은 학교별로 입학시험이 있지만, "대부분 직업을 선택할 때 부모님이 하시는 일을 물려받기 때문에 대학교 자체가 큰의미가 없고, 가지 않는 경우도 많아서 입시 스트레스가 없다."고 말하며 이를 북한의 장점으로 꼽았습니다. 특히 남성의 경우 중고등학교를 졸업한 직후 군대를 다녀오는데, 그 기간이 10년이어서 다녀오자마자 대학을 가기도 하지만 그런 경우는 매우 드물고, 주로 바로 일을 한다고 합니다.

학업뿐만 아니라 북한의 일반적인 생활에 대해서도 질문했는데, 먼저 북한에서의 휴대폰 및 인터넷 사용에 관해 이야기해보았습니다. 어느 정도는 예상했던 대로 인터넷 사용은 제한되어있었지만, 운수 님이 북한에 있던 10년 전에는 많은 사람이 폴더폰을 사용하고 있었고, 현재는 어떤지 잘 모르지만 아마 스마트폰이 꽤 보급되었을 것이라고 했습니다. 그리고 최근 생긴 북한 문화 중 하나인 '장마당'에 관해 물어봤습니다. 대부분이 아는 것처럼 북한은 사회주의이기 때문에 시장경제가 발달하지 않았고, 이런 시장의 개념이 존재하지 않았었는데 1990년경부터 북한 정부에서 분배해줄 수 있는 음식, 생필품 등 생활용품의 양이 줄어 시장이 생긴 것이 장마당입니다. 운수 님의 말에 따르면 현재 장마당은 우리가 흔히 생각할 수 있는 벼룩시장 같은 개념인데, 많이 보편화 되어 있고 다양한 물건을 사고파는 곳이라고 합니다. 그리고 본인도 북한에 있을 당시 장마당을 자주 이용했다고 말했습니다.

그리고 뉴스 등 매체를 통해 종종 접했던 김일성, 김정일 초상화를 집에 모셔놓고, 매일 닦고 관리하는 모습이 사실인지 궁금했습니다. 하지만 초상화를 확인하러 오는 사람이 연초에 한두 번만 방문하기 때문에 그때만 닦아놓는 경우가 대부분이라고 합니다. 운수 님은 현재 중국에서 만났던 선교사님을 통해 기독교를 믿고 있지만, 이 전에 북한에서는 종교를 믿는다는 것 자체가 금지되어있다고 답했습니다. 그리고 북한에서 있었을 당시 가장 싫은 점으로 감시받는다는 느낌을 받는 것을 꼽았습니다. 예를 들면, 다른 지역으로 이동하려면 관사에서 허가를 받아야 하는데, 이 과정이 매우 복잡하고 제약이 많아서 대부분이 태어난 곳에서만 생활한다고 합니다. 이에 비해 우리나라는 종교뿐만 아니라 모든 행동에서 자유가 보장되기 때문에, 다행스러우면서도 이런 자신의 선택에 대한 책임을 본인이 져야 해서 더 조심해야겠다는 생각이 들었습니다.

📌 이운수 님은….

　이후 운수 님과 통일에 대한 생각을 나누어 보았습니다. 최근 우리나라, 특히 청소년들 사이에서는 통일에 대한 부정적인 견해를 갖는 경우가 증가했습니다. 한 신문사의 2015년 기사에 따르면, 1992년에 비해 '통일은 반드시 이루어져야 한다.'고 생각하는 비율은 20%가량 떨어진 반면, '통일이 반드시 이루어질 필요는 없다.'고 응답한 비율은 약 16%의 증가율을 보였고, 그 주된 이유는 '경제 문제'로 나타났습니다. 저는 우리 사회가 경쟁적으로 변화되고, 사람들이 경제적 불안을 느끼기 때문이라는 생각이 들어서 안타까웠습니다. 이런 인식 변화에 대해 운수 님도 마찬가지로 매우 안타까움을 느꼈으며, 통일 직후가 아닌 장기적인 관점으로 봤을 때 통일이 남북에 가져다주는 이점이 더 클 것이라고 말했습니다. 그리고 통일 후 북한에 가장 먼저 만들어져야 할 시설은 '교육시설'이라고 답하며, 본인이 경험했듯이 현재 남과 북의 교육차는 매우 심각해서 교육시설을 통해 이를 좁혀야 더 나은 사회를 만들 수 있다고 덧붙였습니다. 그리고 통일이 된다면 자신이 태어난 고향인 나진에 꼭 다시 가보고 싶다고 이야기합니다.

　북한 이탈 주민이 늘어나고 있는 요즘, 새내기 후배 북한 이탈 청소년과 일반 한국 청소년에게 해주고 싶은 말을 부탁했습니다. 먼저 운수 님은 새로 남한에 내려오는 북한 청소년들에게 "일반 학교와 대안 학교 둘 다 경험하라."라고 말합니다. 위에서도 말했듯이 두 학교 모두 장단점이 있기 때문에 다양한 학교를 경험함으로써, 본인처럼 남한에 더 빨리 적응할 수 있을 거라고 이야기했습니다. 그리고 남한의 청소년들에게는 북한 이탈 청소년들과 통일을 향한 더 많은 관심을 바란다고 말했습니다. 이에 덧붙여 정보의 중요성을 한 번 더 강조하며, 시작이 많이 늦은 만큼 충분한 교육 정보 제공을 통해, 북한 이탈 청소년들이 교육 격차를 빨리 극복하고 남한에 적응했으면 좋겠다고 합니다. 앞으로 이운수 님을 비롯한 남한에 있는, 이제 새로 들어올 북한 이탈 청소년들이 잘 적응하여 더불어 살아가면 좋겠습니다. 그리고 이들을 향한 시선이 하루빨리 바뀌길 바랍니다.

▶▶ 북한 이탈 주민 이운수 님 (중간)
North Korean defector Mr. Lee Woonsoo (middle)

Interview of Mr. Lee Woonsoo by Jo Sungeun

🏃 English was the hardest!

Woonsoo Lee, a 23-year-old student, graduated from Yeo-Myung School and is going to attend Handong University and study liberal arts this year. About ten years ago, he followed his parents who had already come; he lived in China for three years and then arrived here in South Korea. "North Korean refugee" was, however, not a common concept at that time, so most of people were critical of them. More especially, they had difficulty when the relationship between the North and the South became worsened over the 'Cheonanham' incident (the sinking of the South Korean warship by North Korea in 2010). Right after arriving in South, he started to study at a regular Korean middle school, but a negative view of him was unavoidable. Although there was no direct bullying, he heard rumors about himself; he experienced other students' cold eyes and felt hurt.

But Mr. Lee also looks back on his exciting school life at the middle school with friends whom he could depend on. Afterwards, he heard about Yeo-Myung School and decided to attend. Because only students from North, like him, are in attendance, he could live more comfortably. It was, however, harder to get college entrance exam information at this school. This aspect can be a disadvantage and hindrance for those students in adapting to South Korea. Plus, he commented that educational programs with this information are important for them. During the interview, I thought that programs which would allow them to share the information and understand each other are needed, not only for North Korean defector students, but also for mutual cultural exchange between South Korean students and North Korean defectors.

Then we more talked about his school life in the South. His favorite subject is Korean history, for two reasons: one is that a teacher he liked taught Korean history and the other is that this subject reminded that the North and the South had once been one race. I was so shocked by his second answer that I more thought about the importance of history. I had never thought about history in that way. In contrast, the subject he most disliked was English, as to be expected. According to research studies, most students from the North have trouble with English because they had insufficient English classes in North Korea. He said that English was not familiar to him and that it was hard to study English and to follow the Korean school curriculum. But, he thought that the most important subject is also English because he experienced the difficulty in studying this subject. He added that he took after-school classes and mentoring programs at Yeo-Myung School to make up for his achievement gap. His passion for studying so inspired me that I planned to use the rest of vacation more fruitfully.

Also, through the book reading program of the school, he read books every morning. He read novels and books related to his interests. In addition, although he is older than other students, he is still considered a friend by younger students, which made him comfortable with them.

🎙 No Hakwon, no tutoring?

We continued the interview about Mr. Lee's school life in the North. In North Korea, students usually attend a primary school for four years, then go to secondary school for six years. He fled to the South after finishing only primary school. "When I was in North, I did not take any exams; I spent more time playing with friends than studying" said Mr. Lee. There were no outcasts or school violence, which is one of the major social issues in the South. In the North, they went to school with childhood friends. Although they did not have a school trip during semester breaks, he added, "Instead, we usually went on an outing to a mountain or a river near the school." It made me realize the purity of North students who enjoy trivial happinesses.

Also, vacations were quite different from the South. In South Korea, many students spent their vacations studying, going to Hakwon (private institute) or getting tutoring. In contrast, students in the North usually go out to play with friends because there were almost no private educational institutions nor reference books; therefore there was no pressure to study. Although there are entrance exams for each university, entering a university is meaningless because most people follow their parents' job. "Little or no stress from studying is a big advantage in North Korea," Mr. Lee says. Most men join the military for ten years, immediately after graduating from secondary school, so they usually work rather than enter a university.

I asked about the daily life in North Korea, especially about the use of internet and cell phones. As expected, internet was limited, and the public hardly used it. Ten years ago, when Mr. Lee lived in the North, cell phones, not smartphones, prevailed and he said that smartphones might be popular today. My next question was about the "Jangmadang." What is known is that it is the private market developed in the 1990s when the North economy was in a slump. Before then, there had been no perfect market because of their social structure, Socialism. The economy was controlled by the government. Mr. Lee answered that "Jangmadang" is just the same as a flea market in South Korea; people go to the market to sell and buy the products they need. He himself used to go there a lot.

I also wondered whether what I had watched about the North through media was true or not. On a TV program people in North Korea cleaned the portraits of Kim Il Sung and Kim Jong Il everyday. However, Mr. Lee said that most people clean them just once or twice a year when their supervisor visits their house to check up at the beginning of the year. Additionally, I questioned the degree of freedom of religion in the North. He answered that, though he now believes in Christianity, the North Korean government prohibits all religious activities. These restrictions were the most unpleasant aspect of life in the North because he always experienced being under constant observation. For example, they even had to report to the government where they were going; this requirement was too complex and odious for people to move to other cities. In contrast, South Korea guarantees all people's freedoms to choose their religion or job. This fact makes me feel its double-edged aspect because it is fortunate to be free in every aspect but we must be more cautious due to the responsibility of our own choices.

✎ He thinks…

After then, we continued interview about reunification. Currently, the negative views and perspectives of South Korean people, especially students on reunification of Korea have increased. According to news in 2015, the numbers of people who respond positively that reunification is necessary have declined by about 20%, while the rate of negative responses to reunification has increased by approximately 16%, compared with research from 1992. The main reason for this phenomenon is 'economic problems.' Regrettably,

I think that this is because of our competitive and economically unstable society. Showing similar emotions, Mr. Lee said that -- not in the short term -- but in the long term, reunification will be beneficial to both North and South Korea. He answered that, if we were to be reunified, "educational institutions" would be the most important facilities to build in North Korea. As he has experienced, closing the gap of different educational levels between the North and the South is critical. Therefore, the educational institution will be the very most important to reduce this difference and make a better, united society. Then he added that he wants to move to Najin, his hometown, again after the reunification.

Recently, because North Korean refugees have increased, I asked him for his advice for North Korean youth refugees and general Korean students. Firstly, he said for students currently escaping from North Korea, "Please experience both general school and alternative school." Both types of schools have advantages and disadvantages; he felt that students from North Korea could adapt to the South more quickly by experiencing diverse schools. And, to students from South Korea, he asked for their heightened awareness and interest in North Korean refugees and in the reunification of the two Koreas. He wanted North Korean youth refugees to overcome the differences in education levels and to adapt to the South as quickly as possible, emphasizing the importance of information again. I hope students from North Korea including Woonsoo Lee get along with our community. And I also hope our perceptions and views of them will change quickly.

이선영의 주예은 님 인터뷰

▶▶ 이선영 Lee Seonyeong
용인 한국외국어대학교 부설 고등학교 국제학부 3학년
Hankuk Academy of Foreign Studies International Course, Senior

🔭 기도가 이루어지다!

"하나님은 없어." 탈북 후 1년 뒤, 자신을 뒤따라 탈북을 시도하던 친언니가 잡히고, 남한에서 할 수 있는 일은 기도뿐이었던 예은 언니에게 누군가 속삭이듯이 얘기했습니다. 주위를 둘러봤지만 아무도 없었습니다. 악마가 분명했습니다. 악마의 속삭임은 언니가 기도하는 내내 울림이 되어 언니의 머릿속을 떠나지 않았습니다. 아직 기독교에 대한 신념이 제대로 잡혀있지 않았기 때문에, 언니의 마음은 더 지치고 흔들렸습니다. 하지만 곧 언니는 두 손을 더욱 꼭 잡고 더 크게 기도하기 시작했습니다. '이 소리가 들리지 않게 해주세요. 제발 제 언니를 구해주세요.' 그리고 정말 기적적으로, 친언니는 13시간 만에 풀려나 예은 언니 곁으로 올 수 있게 되었습니다. 하나님께서 언니의 기도를 들어주신 것입니다.

이 사건 이후, 기독교는 언니의 더 많은 부분을 차지하기 시작했습니다. 낮에는 두리하나 국제학교에서 근무하고 밤에는 야간대학에 다니는데, 전공을 신학으로 선택해 기독교에 대해 좀 더 깊이 배우기로 했습니다. 북한에서 지내면서 기독교를 믿는다는 건 사형으로 이끄는 터무니없는 짓이라고 생각했던 언니가, 종교를 가지게 되고 심지어 신학대학에 들어가다니, 그전에는 상상도 하지 못한 일이었습니다.

대학에 입학하고 1년이 지난 지금 언니는 남한 생활에 적응해나가고 있습니다. 대학을 다니면서 특별히 싫어하는 분야가 있는 것도 아니고 친구들과 경쟁의 구도에 놓여 있는 것도 아니지만, 아무래도 실력의 차이는 확연하게 느낀다고 합니다. 특히 영어가 시도 때도 없이 발목을 잡아 힘들다고 합니다. 더군다나 5시 반에 새벽기도를 하고 저녁 6시까지 두리하나 국제학교에서 근무한 뒤, 밤에 대학 강의까지 마치고 12시가 넘어서야 겨우 잠들 수 있어, 뉴스 볼 시간조차 없는 일정 때문에 따로 영어를 배울 생각조차 못 합니다.

그래서 언니는 시간을 틈틈이 쪼개어 영어공부를 하고, 또 책도 읽습니다. 책은 한 달에 5권 정도 읽는데, 자서전이나 전기 등 어려운 처지인 사람이 성공하기까지 어떤 길을 걸었는지, 어떤 노력을 들였는지에 대한 책을 주로 읽으며 어떻게 살아야 하는지에 대한 조언을 얻는다고 합니다. 최근에는 '학문의 즐거움'이라는 책을 읽고 깊은 인상을 받았다고 합니다. 바쁜 일정 때문에 친언니와 가까운 곳이라도 여행을 다녀올 수 있는 여유도 없지만, 언니는 남한에서의 생활에 전반적으로 만족하고 있습니다.

처음 남한에 왔을 때 비행기와 전철을 마음대로 이용할 수 있다는 것에서 충격을 받았습니다. 북한에서 20년 동안 살면서 비행기는 딱 두 번 봤는데, 그 비행기를 직접 타게 되는 날이 오다니. 언니는 라오스에서 남한으로 올 때 처음으로 비행기를 타봤는데, 그때의 설렘을 아직도 잊을 수가 없다고 합니다. 심지어 남한에서 사람들이 매일같이 이용하는 버스나 기차는 북한에서 한번 밖에 타보지 못했습니다. 하지만 남한에서 언니에게 언제나 좋은 일만 있었던 것은 아닙니다. 남한의 시설들이 북한보다 훨씬 발달한 것은 사실이지만, 북한에서 살다 온 사람들에게는 이 시설들이 낯설어서 처음부터 배우고, 또 적응해나가야 합니다. 컴퓨터 같은 기계들은 정말 편리하고 좋은데, 정작 언니는 어떻게 사용하는지를 모르니까 처음에는 그런 상황이 너무 속상하고 안타까웠으며, 또 '이런 생활에 적응하지 못하면 어떻게 살아가지.'라는 두려움도 가지고 있었다고 합니다. 그리고 또 배우는 과정에서 물밀 듯 밀려오는 열등감과 남들보다 뒤처져 있다는 우울한 생각에 힘들었다고 합니다.

🏃 정말 재수 없어.

또 북한 출신의 사람들이 남한에서 힘들어하는 것 중 하나가 바로 차별인데, 언니는 신학대학에 다니는 만큼 주변에서 언니가 북한 출신이라는 이유로 차별한 적은 없지만, 두리하나 국제학교에 다니는 한 아이한테 들은 이야기가 있다고 합니다. 그 아이는 두리하나 국제학교에 오기 전 일반 학교에 다녔는데, 탈북한 뒤 처음으로 다닌 학교였기 때문에 모든 것이 어색해 어려움이 많았지만, 같은 반 반장이 많이 챙겨주고 도와주어서 금방 적응할 수 있었습니다. 그래서 그 친구에게 항상 고마움을 가지고 있었는데, 어느 날 화장실에서 우연히 그 친구가 다른 친구들과 얘기하는 것을 듣게 되었다고 합니다.

"아~ 진짜. 뭐 그런 애가 다 있는지 하나부터 열까지 챙겨줘야 한다니까. 정말 재수 없어."

이 말부터 그 뒤 이어지는 아주 심한 욕설까지, 바로 반장이 그 탈북한 아이를 두고 한 얘기였습니다.

그런 얘기를 할 거라고 예상했던 친구였으면 그러려니 하고 넘어갔겠지만, 가장 의지했고 신망했던 친구에게 그런 말을 들었기 때문에 충격도 실망도 더욱 컸다고 합니다. 언니는 이렇게 남한 청소년들에게 앞뒤가 다른 점이 있다는 것에 우려하고 있고, 그들에게 북한 사람들도 남한 사람들이

랑 다른 것이 없다는 것을 알려주고 싶다고 합니다.

남한 사람들의 냉담한 태도는 어느 정도 예상하고 있었지만, 언니가 그 아이의 경험담을 듣고 정말 충격을 받은 것은 바로 왕따라는 개념을 처음 접한 것입니다. 언니가 북한에서 학교에 다닐 때는 여러 명이 한 명을 따돌리는 일이 전혀 없었다고 합니다. 굶주림 속에 허덕이느라 누굴 미워할 여유조차도 없었다고 합니다.

🔭 북한을 간단히 알아보자!

북한 학교에서는 방학마다 과제를 내 주는데, 여름방학 때는 호박씨나 해바라기씨 등으로 기름을 짜는 과제가 있습니다. 또 북한에는 집마다 난로를 사용하기 때문에 나무를 산에서 직접 해 와야 합니다. 그래서 겨울방학 때는 나무를 해오는 과제를 내 준다고 합니다. 과제가 너무 많아서 방학이 되어도 쉴 수가 없는데, 심지어 방학과제를 하지 않을 시에는 학교에 벌금까지 내야 한다고 합니다. 이런 바쁜 생활 때문에 어른뿐 아니라 아이들도 책을 읽을 시간이 없습니다. 언니도 북한에서 20년 동안 책을 두 권 정도밖에 읽지 못했는데, 심지어 북한에서는 책을 읽으면 다른 사람들이 봤을 때는 일 하느라 바쁜데 혼자 여유 부린다고 생각해 싫어한다고 합니다. 남한에서는 방학숙제로 책을 읽어오라고 하고 그마저도 귀찮다는 이유로 건너뛰기 일쑤인데, 북한에서는 방학숙제가 농사일이고 심지어 책도 마음대로 읽지 못하다니…. 북한 사람들의 생활이 얼마나 힘든지 다시한 번 느끼게 되는 순간이었습니다.

언니와 북한의 학교 얘기를 하다 보니, 북한 사람들의 전반적인 생활에 대해 더 많은 부분을 알 수 있었습니다. 북한에는 농촌 출신, 노동자 출신 등 계급이 나누어져 있어, 특정 계급 이상이 되지 않는 이상 하고 싶은 것을 할 수가 없습니다. 대학에 합격하기 위해 보는 시험이 매우 어려워 대부분 뇌물을 주고 들어가고, 혼자 공부를 할 수 있는 참고서나 문제집도 없어 일하면서 공부를 한다는 것은 정말 힘든 일입니다. 또 농사일이나 공장에서 일하는 사람들의 자식은 자신이 원하든 원하지 않든 가업을 물려받아야 하고, 심지어 농촌자녀들은 대학에 아예 들어갈 수 없게 법으로 규정되었던 적도 있습니다. 나중에 그 법이 사라지기는 했지만, 농촌자녀가 돈으로 시험 보고 들어가고 돈 내고 다니는 대학을 갈 수 있는 경우는 드뭅니다. 언니는 농부의 딸이었기 때문에 다른 지역으로 함부로 이동하지도 못했을 뿐 아니라 대학에 들어간다든지 원하는 직업을 갖는다든지 하는 생각은 해 보지 못했습니다.

하고 싶지 않은 일이어도 농사일을 하지 않으면 감방, 소위 교화라고 불리는 곳에 끌려가기 때문에 언니에게는 선택권이 없었습니다. 그래서 북한에서는 어린아이에게도 공부나 꿈에 대해 생각할 기회조차 주어지지 않는다고 합니다. 집이 바다 근처여도 살면서 단 한 번도 바닷가에 가보지 못하는 국가. 남자는 17살부터 27살까지 10년을 의무적으로 군대에서 복무해야 하는 국가, 김일성과 김정일 초상화를 집마다 모셔놓고, 훼손되었을 때 당할 가족몰살을 어떻게든 막아보려고 집에 불이 났을 때 초상화부터 구하다 목숨을 잃은 사람이 있는 국가, 자신의 미래를 스스로 결정할 수 없는 국가. 예은 언니는 그런 국가 북한에서 20년 동안 살아야 했습니다.

물론 몹시 나쁜 기억만 있는 것은 아닙니다. 이웃 간의 교류가 거의 없는 남한의 도시와 다르게, 언니는 명절에는 집집이 떡을 만들어 이웃과 나누고, 마을 사람들이 다 같이 모여서 이야기꽃을 피우는 문화를 가지고 있는 곳에서 자랐습니다. 그래서 남한에서 때때로 동네 친구들과 뛰어놀던 기억들을 떠올리곤 합니다. 하지만 북한에서 언니가 누릴 수 있는 권리는 하나도 없었습니다. 언니는 그런 삶이 너무 끔찍했고, 죽을 생각으로 탈북을 시도한 것입니다. 2014년 8월, 탈북에 성공해 중국으로 건너가 한 달, 또 라오스에서 한 달 동안 생활하다 같은 해 10월, 결국 남한 땅을 밟을 수 있었습니다. 그리고 2017년 현재, 남한에서 생활하며 언니는 신학을 계속 배우고 중국어도 배워, 중국으로 탈북한 사람들을 위한 구출사역에 도움이 되고자 노력하고 있습니다. 또 영어 실력을 함께 키워 미래에 미국이나 캐나다로 유학 가고 싶다는 꿈도 가지고 있습니다.

언니와 얘기를 나누는 동안 그려진 모습은, 북한에서의 암담했던 생활보다 언니가 소망하고 꿈꾸는 미래에 가까웠습니다. 대화하며 언니와의 공통점을 여러 가지 찾을 수 있었는데, 그중 하나가 교육에 관심이 많다는 것입니다. 언니가 초등학생이었을 때 학교에서 조선역사, 국어, 수학, 과학, 생물 (과학과 생물 과목이 나누어져 있다고 합니다.) 등 12가지 과목을 배웠는데, 그중 단 2가지 과목의 교과서밖에 받지 못했다고 합니다. 또한, 북한은 소학교 4년, 중학교 6년의 과정이 있는데 중학교 4학년이 되어서야 영어를 배우기 시작한다고 합니다. 그래서 탈북한 사람들 대부분이 남한에서 영어를 배울 때 가장 어려움을 느낍니다. 이런 어려움을 해결하기 위해, 정부에서 지원하는 북한 이탈 청소년만을 위한 체계적인 교육 프로그램 마련의 필요성을 느끼게 되었습니다. 남한에서의 생활 적응뿐 아니라 영어 교육에 초점을 두어, 북한 이탈 청소년들이 프로그램을 이수한 뒤에도 일반 학교에서 남한 학생들의 영어수업 진도를 따라가는 데 어려움이 없도록 도와야 합니다.

또 언니가 통일되면 가장 먼저 북한의 고아들을 교육하고 싶다고 얘기했듯이, 통일이 이루어지면 북한에 학생의 권리를 보장하는 학교를 만들어 아이들이 원하는 공부를 마음껏 하고 꿈을 키워나갈 수 있도록 노력해야 합니다. 생존을 위해 일하기 바빴던 사람들이 자신을 위한 삶을 살기 위해 노력하기 바빠졌을 때, 그때가 바로 언니가 고대하는 순간입니다.

성공의 기준은 사람마다 다릅니다. 어떤 사람들은 돈 많이 벌어서 이름을 날리고 싶어 하고, 또 어떤 사람들은 소박하게 자신의 가정을 꾸리며 살고 싶어 합니다. 언니의 성공은 '행복하게 사는 것.'입니다. 언니는 북한에서 온 사람들도 열심히 살면 '성공'할 수 있다는 것을 보여주고 싶다고 합니다. 그런 언니의 소망이 이루어지길 진심으로 바라고, 또 응원합니다.

Interview of Ms. Ju Yeeun by Lee Seonyeong

✒ Her prayer was answered!

A year after escaping from North Korea, Yeeun, whose sister was caught during escape, could do nothing but pray. "There's no God," someone whispered. Startled and frightened, she looked around, but no one was there. It must have been Satan. Satan's whispering echoed over and over again; his words didn't leave her mind until she ended her prayer. Since her faith in Christianity was still new and untested at that point, she was more stirred and exhausted. However, she soon put her hands together and started to pray louder. 'Help the evil voice disappear. Please save my sister.' A miracle occurred; her sister was released in thirteen hours and joined her in South Korea. Her prayer was answered.

After this incident, Christianity became a more important part of her life. Having selected theology as her major in order to learn Christianity further, she works in Durihana International School by day and at night she attends college. She had not ever dreamed of this kind of life, of having a belief in God, entering the College of Theology, since a faith in Christianity in North

Korea was punished by a sentence of death.

Finishing her freshman courses, Yeeun is becoming accustomed to South Korean life. Even though she neither particularly has a disliked subject in her major nor is in an academically challenging and stressful program, she is acutely aware of the achievement gap. Especially, a lack of English skills is still a major barrier for her. Moreover, her hectic schedule doesn't allow her to get private lessons and even to watch the news. She does dawn prayer at 5:30 a.m., works in Durihana International School until 6 p.m., goes to college at night, and gets to bed after midnight.

She squeezes time out of her busy schedule to study English and to read books. She reads about five books per month, mainly biographies that show how people with difficult situations have succeeded in their lives. Such books give her inspiration to develop her own life. She recently read The Pleasure of Learning and was deeply impressed. Due to her busy schedule, she has little time to spend with her sister but is generally satisfied with her life in South Korea.

She was shocked when she first realized that she could board airplane and subway whenever she wanted. She had never been on plane in North Korea and only seen one twice, so it was "a dream" when she first took an airplane flight from Laos to South Korea. She will never forget the thrill when the plane took off. Even though she had ridden bus and train only once in North Korea, which South Koreans use them every day. Indeed, facilities in South Korea are far more developed and modern than those in North Korea. Nevertheless, sometimes unpleasant things happened because they were unfamiliar to her, like others who had lived in North Korea. She has had to learn how to use and adapt to these new technologies. Modern tools such as computers are handy and convenient, but because she was unfamiliar with their use, she was distressed and became miserable in these situations.

She feared, "How can I live if I fail to adapt to this life?" Also, a sense of inferiority and gloomy thoughts poured in during the learning process; that she was far behind others bothered her.

🎙 I hate him.

One of the difficulties that people from North Korea undergo is discrimination. Fortunately, Yeeun hasn't had such experiences since she goes to Theological College. She related a story she heard of a boy, who had attended a regular school before coming to Durihana International School. In the regular school, he had a hard time adapting to South Korean school life. Fortunately, a class president helped him with many problems. He was very grateful to him. One day, he accidentally overheard a conversation of the class president with other classmates, "I have to take care of him. He's a baby. I hate him."

All his utterances and bitter curses were about the boy. If the president had been unkind to him from the first, he would have ignored him then. However, those words brought a huge shock and disappointment since he believed and relied on the president more than anyone else. Yeeun is concerned that South Korean teenagers have different facets and wants us to notice that North Koreans are just the same as South Koreans.

She already knew about South Koreans' callous attitude, but what really surprised her was the concept of outcasts. When she went to school in North Korea, all the students got along with one another. They did not bully others as they are immersed in living hand to mouth.

In North Korean school, she had vacation homework. During summer, she had to press oil from the seeds of pumpkins and sunflowers. During winter, North Koreans made a fire in the stove at home, so, instead, she had to gather firewood. In addition to vacation homework, this gathering of wood caused her to work during her whole vacation. If she didn't complete her homework, she had to pay a fine to the school. Thus, not only adults but also children had no time to read a book. She had read only two books in 20 years in North Korea. In one instance, after she had read a book, she was blamed by others and judged for idling away while everyone worked hard. Ironically, reading is vacation homework in South Korea, and students tend to skip reading, giving many ridiculous excuses to their teachers. I realized once again how tough North Korean lives are.

Talking about schools led to further discussion about general life in North Korea. Classes, such as farming-class and working-class, are divided there, so people under certain ranking can't do what they want to do. A university entrance exam is close to impossible to pass without a bribe. There are no workbooks or reference books for poor students; just children of the wealthy thrive and study. It is almost impossible to work and to study for entrance at the university at the same time. Also, children whose parents work at a factory or a farm must take over family occupation -- handed down. At one time, the law had banned children of farmers from entering college. Although the law was later abolished, it is rare for these children to enter college where others go by paying bribes to enter. Yeeun, a daughter of a farmer, could not think of migrating to other areas. She couldn't enter college or take another occupation; she could only consider farming.

She had no choice because if she didn't do farming, she was dragged to a prison, so-called a place of re-education. In North Korea, even children are not given opportunity to think about their studies or to dream. North Korean citizens can't go to the beach near their homes; every men must serve in the military for ten years. A person lost his life rescuing portraits of Kim Il Sung and Kim Jong Il from his burning house to prevent his family's annihilation. Citizens are not allowed to decide their own future. This is the nation where Yeeun had to live for twenty years.

Although she has many terrible memories, she has good memories, too; she recalls that towns where she lived in North Korea had cultures of sharing foods and stories at holiday season. This is unlike urban South Korea where neighbors don't know each other. Sometimes she fondly recalls a memory, hanging out with village friends. Still, she didn't enjoy basic human rights, which made her miserable. Thinking that she would rather die if caught, she attempted to escape from North Korea. In August 2014, she arrived in China and then stayed in Laos for a month. She finally reached South Korea in October that same year. Now, living in South Korea, she is willing to learn Chinese to help North Koreans to escape and has also formulated plans of improving her English skills to study in the United States or Canada.

While talking with me, what she mainly revealed was her hopeful future, not her bleak life in North Korea. One of the similarities between us was that we both are interested in education. When she was in elementary school, she studied twelve subjects: Korean history, Korean language, math, science and biology; science and biology were separated. In school, she received only two textbooks. During four years in elementary school and six years in middle school, students learn English for the first time in the 4th grade, unlike South Koreans who start English classes at second grade elementary school. This later start in English causes North Koreans to experience being behind when they learn English in South Korea. To solve this academic gap, a systematic educational program only for North Korean students with governmental support is essential. This program will focus on English education to help the students follow the same class level of a South Korean regular school after finishing the program.

When reunification is achieved, she would like to teach orphans. We must establish schools that guarantee students' rights and let them study as much as they desire and develop their own dreams. A time when people spend their lives, not working for survival, but paving a way for themselves is what she looks forward to.

People have different standards of success. Someone wants to earn more money and gain fame, while another simply wants to have his own family. Yeeun's success is "to live a happy life." She wants to show others that people from North Korea can also "succeed" and live life to the fullest. I do hope that her dream comes true and wish her a bright future.

이호준의 박민경 (가명)님 인터뷰

▶▶ 이호준 Lee Hojun
용인 한국외국어대학교 부설 고등학교 국제학부 3학년
Hankuk Academy of Foreign Studies International Course, Senior

🔭 이름은 가명이야.

여명학교는 저에게는 익숙한 북한 이탈 주민 청소년 학교입니다. 매년 제가 다니는 학교인 용인 외대부고에서 나눔콘서트를 통해서 후원하고 있는 곳이기 때문입니다. 하지만 학생들을 개인적으로 만나 대화를 하는 것은 처음이라, 조금은 긴장되는 마음으로 학교를 찾았습니다. 인터뷰를 위해서 기다리는 저에게 저보다 더 긴장한 모습의 여학생이 들어왔습니다. 그것이 박민경 (가명. 21세) 누나의 첫인상이었습니다. 가뜩이나 긴장한 저는 그런 누나에게 말을 걸기도 미안할 지경이었습니다. 그래도 저는 용기를 내어 조심스레 이야기를 걸었고, 저의 노력에 다행히 누나도 조금씩 마음의 문을 열어 주었고 그렇게 우리의 인터뷰는 시작되었습니다.

누나는 북한에서 어떤 사연으로 탈북하게 되었는지, 말하고 싶어 하지 않다고 했습니다. 아마도 떠올리고 싶지 않은 아픈 기억이 있었던 것 같습니다. 이름도 가명으로 해 달라고 했으며, 개인 신상에 관한 이야기를 별로 하고 싶지 않다고 했습니다. 이렇게 본인을 밝히기 싫어한다면 인터뷰를 진행하고 글을 쓰는 것이 맞는 것인지 잠시 고민했지만, 누나의 의견을 최대한 존중하는 선에서 인터뷰를 진행하기로 했습니다. 비록 본인의 신상에 대해서는 밝히기를 꺼렸지만, 북한의 상황과 탈북 이후에 한국에서의 생활에 대해서는 차분하게 잘 대답해 주어서 친누나 같은 느낌이 들었습니다.

북한은 인터넷이 전혀 없어서, USB나 CD 같은 것을 이용해서 남한의 드라마나 방송 등을 몰래 많이들 본다고 합니다. 남한 드라마나 방송을 보는 것은 체제 유지를 위해서 금지라고 했지만, 그래도 암암리에 많이들

본다고 합니다. 들키지만 않으면 된다고 했습니다. 지금은 한국의 초기 스마트폰 같은 전화기도 쓰긴 한다고 하는데, 누나가 북한에 있었을 때는 휴대폰이 거의 없었을 뿐만 아니라, 있다 하더라도 중국산 폴더폰 정도가 최고였다고 합니다.

이런저런 북한의 생활 모습들을 간단하게 설명해 주던 누나가 적극적으로 대답하기 시작한 것은, 북한의 교육제도에 관해 이야기할 때부터였습니다. 북한은 공부를 잘한다고 대학을 갈 수 있는 시스템이 아니라고 했습니다. 돈이 너무 비싸서 먹고 살기 힘든 일반 사람들에게는 공부를 잘해도 대학은 그림의 떡이라는 것입니다. 그저 국가가 정해주는 대로 일해야 하고, 공부해서 진로를 결정하는 방법은 막혀있다고 합니다. 학자금융자니 아르바이트해서 대학교를 졸업했다느니 하는 이야기는 정말 먼 나라 이야기라고 합니다. 대학교입학 자체가 문제가 아니라 어느 대학교에 갈 것인지를 고민하고 있던 저로서는 다소 긴장감을 불러일으키는 이야기였습니다.

탈북 이후 한국에서 생활은 어떤지 물어보았습니다. 21살이라는 조금은 늦은 나이지만 여명학교에서 대학입시를 준비하고 있답니다. 누나는 공부해서 대학을 갈 수 있다는 점이 가장 만족스러운 것 같습니다. 그래서 이 탈 청소년만을 위한 학교나 프로그램의 필요성에 대해서 어떻게 생각하는지 물어보았더니 이 질문에 누나는 사람마다 다를 수 있다면서, 공부할 때 부족한 점을 채울 수 있는 방과 후 수업에 대한 만족감을 표시합니다. 북한에서 공부를 무척 잘했던 것 같았는데 이곳에서 공부하다 보니 부족한 과목도 많고, 공부하는 데 많은 어려움을 느꼈던 것 같습니다. 그리고 그 극복 방법이 방과 후 수업이었다고 했으며, 힘들지만 열심히 노력해서 나름 만족스러운 성적을 얻고 있는 듯했습니다.

🔬 의사가 될 거야.

그래서 저는 민경 누나에게 장래 희망이 무엇인지 물어보았습니다. 그렇게 열심히 공부해서 어떤 사람이 되고 싶은 거냐고. 누나는 의사가 되고 싶다고 합니다. 누나는 북한에 있으면서 건강으로 인해 힘들어하는 사람들을 많이 봐왔었다고 합니다. 누구나 쉽게 의료혜택을 받을 수 있는 것이 아니고 의료 기술이 아주 발전된 것이 아니어서, 아파도 그냥 앓고만 있거나 다른 나라에서는 쉽게 고칠 수 있는 병을 북한에서는 못 고치는 경우도 많다고 합니다.

행복에서 건강이 굉장히 중요한 요소하고 생각하는 저로선 정말 가슴이 아팠습니다. 만일 저 또는 제가 소중히 여기는 사람이 아픈데 진료를 못 받거나 치료할 수 없다면, 너무나도 불행할 것 같습니다. 민경 누나는 의사가 되어서 아픈 사람들을 도와주고, 만일 통일이 되면 건강문제로 힘들어하는 많은 북한사람에게 힘이 되고 싶다고 합니다. 탈북하면서 많은 고생을 했을 것이고 그렇기에 자신의 풍요로움을 위한 꿈을 가졌을 수도 있었겠지만, 이렇게 남들을 돕는 꿈을 가지는 누나를 보니 정말 존경스러웠습니다. 같은 의사라는 꿈을 가진 저도 누나처럼 순수한 봉사정신을 가진 의사가 되고 싶다는 생각이 들게 하는 대답이었습니다.

북한에는 종교가 있을까요? 민경 누나는 북한에서는 모든 종교가 금지되어 있다고 하였습니다. 종교적 사상들이 북한 지도자들의 독재 정치에 방해될 수 있기 때문이랍니다. 그래서 민경 누나는 북한에서 종교를 접해보지 못했고, 지금도 가지고 있는 종교는 따로 없다고 합니다. 저는 기독교를 믿는 사람입니다. 그런데 북한에는 종교의 자유가 없어서, 북한의 기독교인들은 항상 몰래 지하실 같은 곳에서 숨어서 예배를 드린다고 들었습니다. 개인적으로 기독교를 통해 힘든 일이 닥칠 때마다 활력을 얻을 수 있었기 때문에, 종교를 접할 기회조차 없는 북한 사람들이 너무 불쌍하게 느껴졌고 이런 종교적 자유까지 억압하는 북한 지도자들이 너무하다는 생각이 들었습니다. 또한, 하루빨리 통일되어 북한 사람들도 종교의 자유를 누리게 되는 날이 왔으면 좋겠습니다.

통일되면 북한에 가장 필요한 것이 무엇이라고 생각하느냐는 질문에 민경 누나는 휴대폰, 특히 스마트폰이라고 하였습니다. 북한에는 사람들이 휴대폰이 거의 없다고 합니다. 그래서 서로 마음대로 연락하기도 힘들고 약속을 잡기도 어려워 많이 불편하다고 합니다. 게다가 누나는 북한에는 인터넷도 없어서 국민들 간의 소통이 잘 안 된다고 하였습니다. 매일 매일 인터넷, 스마트폰과 함께 살아가는 저로선, 정말 상상도 안 되는 상황이었습니다. 만일 저에게 인터넷과 스마트폰이 없다면 너무나도 불편하고 심심할 거 같다는 생각이 들었고, 필요한 정보들을 제때에 확인하지 못해 여러가지 손해를 볼 수도 있을 것 같았습니다.

그렇지만 한편으로 저는, 통일되더라고 너무 성급하게 북한에 인터넷과 스마트폰을 퍼뜨리면 안 될 거 같다는 생각이 들기도 합니다. 세상과 단절되어 살아가고 있는 북한사람들에게 갑자기 너무 많은 정보가 흘러들어가게 되면, 북한사회에 너무 많은 혼란이 생길 거 같기 때문입니다. 따라서 통일이 되면 성급하지 않게, 차근차근 북한에 인터넷과 스마트폰을 배급해 나가는 것이 옳다고 생각합니다.

'만일 지금 하루아침에 갑자기 백만장자가 된다면 제일 먼저 하고 싶은 것이 무엇인가.' 하는 질문에, 민경 누나는 잠시 고민하더니 과학 실험 도구들을 사고 싶다고 하였습니다. 과학 실험 도구? 잠시 제 귀를 의심했답니다. 그러나 누나의 학업에 대한 열정을 볼 수 있는 대목입니다. 누나는 과학을 매우 좋아한다고 합니다. 북한에서는 학교에 다니지 못해서 과학을 접할 기회가 없었고, 설사 있었다 하더라도 과학실험은 꿈도 꿀 수 없답니다. 한국에 와서 과학을 배우니 너무너무 재밌고 열정을 다해 공부하게 된다고 하였습니다.

이렇게 좋아하는 학문에 대해 열정이 넘치는 누나를 보니, 공부하기 싫어하고 귀찮아했던 저의 모습이 부끄러워집니다. 38선 넘어 누군가는 학교에 못 다녀서 공부를 접할 기회조차 없는데 말입니다. 이 질문을 끝으로 민경 누나의 인터뷰를 마쳤는데, 인터뷰가 마치자 민경 누나는 바로 옆 책상으로 자리를 옮겨 과학책을 펴고 노트 정리를 해가며 공부를 하였습니다. '사람이 멋있다.'라는 말은 이럴 때 쓰나 봅니다. 이렇게 자신이 하고 싶은 일에 열정적으로 임하는 누나가 매우 멋있게 느껴졌습니다. 이 글을 쓰는 동안에도 누나는 공부하고 있을 것입니다. 먼 훗날 같은 병원에서 환자를 진료하는 누나를 꼭 다시 만나길 기원합니다.

You can
make
a fresh start

Interview of Ms. Park Minkyung (pseudonym) by Lee Hojun

🏃 I use pseudonym.

Every year, my school holds a fundraising concert for a school named "Yeo-Myung." So, to me, Yeo-Myung School is familiar. However, I had never met the students from the school in person, and I was a bit nervous as I walked through the Yeo-Myung School building. Then, a girl, who looked even more nervous than me, walked in. That was my first impression of Minkyung Park (pseudonym). At first, because I was nervous, it was very awkward to ask her questions. I carefully asked her about herself. It was then that she slowly opened up her thoughts and we could start the interview.

Minkyung didn't want to talk about how she ended up in South Korea. It seemed to me that she probably had bad memories related to her defection from North Korea, that she didn't want to think about. She requested that her real name not be disclosed to the public and refused to discuss her personal information. For a moment, I thought it might not be appropriate to proceed with the interview. Then, when the interviewee is so very passive, I decided to conduct a very sensitive and carefully-worded interview, respectful of Minkyung's opinions as much as possible. Although she was hesitant to answer personal questions, she calmly answered questions about what happened after her escape from North Korea and her new life in South Korea. Her friendly, talkative ways made me feel at ease as if she were my older sister.

She told me that in North Korea, there was no internet connection available. Instead, they used USBs or CDs to watch South Korean television broadcasting. Watching South Korean dramas or other TV programs is illegal, but many people secretly watch them anyway -- unless, of course, you got caught by government officials. Minkyung said that North Koreans now use the very early versions of cellphones, but, when she was in North Korea, most people didn't have any phones at all, except perhaps cheap Chinese folder-phones.

After talking about the life and leisure of North Koreans, we talked about its educational system. As for this particular topic, Minkyung gave very enthusiastic answers. According to her, in North Korea, being a good student did not mean that you were able to apply to a good university. No matter how brilliant or smart you were, if you were not rich enough, you could never consider attending a university. You had to perform whatever work the government wanted you to, without any freedom of choice. Financial support for students such as the educational fund or a part-time job was beyond conception. Her story was shocking, as I was a regular, average student in South Korea who worried about which university I should or would attend in the future. I had never worried about whether I could even attend a university.

I asked Minkyung about what it is like to live in South Korea. She is preparing to attend university. She was really delighted by the fact that she could attend university at will, if she studied hard enough. To my question about the need for a special educational system for North Korean refugees, she explained that, through its tailoring classes to suit individual needs, Yeo-

Myung School's special after-school classes had satisfied her needs. She added that she used to think that she was one of the best students in class; however, when she came to school in South Korea, she began to fall behind. What helped her the most were the afterschool classes. She thinks that it was tough to study here, but it helped her find her own way to overcome the academic difficulties quite well.

🎙 I will become a doctor.

So I asked her about her dream. What does she want to become after this hard work? She told me that she wants to be a medical doctor. She said that, when she was in North Korea, she saw many people with health problems. Because government health care is very limited and medical treatments are poor, many patients suffer from diseases which can be easily cured in other countries.

As a person who considers health the most important element of happiness, I was very saddened. I pondered that it would be unfortunate if a person I loved got ill and could not receive appropriate treatment. Minkyung said she wants to be a doctor who heals sick people. She also said that if Korea became reunited, she would help North Koreans suffering from their illnesses. It is safe to say that she could dream just for her own happiness but she didn't. She dreamed to help those suffering because she had faced many hardships during her own escape. I felt deep respect for her and her dream to help others. Since my future hope was to be a doctor, I was impressed by her response; this made me decide to become a doctor who works with pure service, just like her.

Are there any religions in North Korea? Minkyung said that all religions are prohibited. She said it is because religion can disturb the leaders' dictatorial authority. So, she had never experienced any kind of religion in North Korea and has not had one at all. I am a Christian. I heard that, because there is no freedom of religion in North Korea, Christians there always worship in secret places like a dark basement. Personally, through my religion, I feel that I could overcome many difficulties and become revitalized in facing hardships. I felt pity for North Koreans, who cannot experience God. It is a shame for North Korean leaders to prohibit this religious freedom. I wish Korea would reunite as soon as possible so that North Koreans could also enjoy religious freedom.

When I asked Minkyung what would be most needed in North Korea when Korea reunites, she said that cell phones, especially smartphones would be most needed. She said it is rare to find a person with a cell phone in North Korea, so there are many difficulties contacting a person or making appointments. For me, who is surrounded by the internet and smart phones every day, this situation was hard to imagine. I thought that if there were no internet and smartphones for me, it would be boring and extremely inconvenient. Also, I may be at a disadvantage because I could not receive important information at the right time.

However, I also thought that it might be dangerous to spread phones and the internet to North Korea too quickly since North Koreans have been disconnected from the rest of the world for a long time. And, if too much information flowed in there too quickly, it might cause chaos. After reunification, I think that we should gradually distribute phones and the internet to the North.

Minkyung said she wants to buy experimental scientific tools if she became a billionaire overnight. Experimental scientific tools? I could not believe my ears. But, through her answer, I realized her enthusiasm for learning. She said that she loves science. Since she did not attend school in North Korea, she didn't experience many scientific tools. Hence, when she came to the South and learned science, she was very excited and sought to zealously study it.

As I interviewed her and observed her super enthusiasm for the field she liked, I felt ashamed of myself and my reluctance to study. Some individuals in North Korea, like Minkyung, are unable to attend school. Surprisingly as our interview concluded, Minkyung returned to her desk to study and pulled out her science book. She then started studying and took notes. This phrase "a person is awesome" is reserved for her. She looked awesome to me in her enthusiasm for what she wants to accomplish. Even at this moment as I write this book, she must be studying. I hope to meet her in the future, both of us treating patients in the same hospital.

강정은의 김은경 님 인터뷰

▶▶ 강정은 Kang Jeongeun
용인 한국외국어대학교 부설 고등학교 국제학부 3학년
Hankuk Academy of Foreign Studies International Course, Senior

지난가을 용인외고의 나눔콘서트를 통해 기부한 후, 북한 이탈 주민들에게 학생으로서 도움을 주는 방법을 생각해봤습니다. 북한 이탈 주민들의 생활과 어려움 등을 조사해 알리고, 그들을 이해할 수 있도록 돕는 것이 좋을 것 같았습니다. 그래서 '두리하나 국제학교'라는 북한 이탈 주민들이 생활하는 학교에 가서 인터뷰하게 되었습니다. 북한 이탈 주민을 처음 만나는 것이어서 긴장되는 한편, 큰 기대에 부풀었습니다. 그들은 어떻게 생겼을지, 말투는 어떻게 다를지, 혹시나 질문하면 실례될 것이 있는지 하는 생각을 하며 머릿속으로 질문해야 할 것들을 정리해보았습니다.

가장 먼저 놀랐던 건 국제학교라고 하는 곳이 제가 생각했던 학교랑 많이 달랐다는 것입니다. 저는 제 또래 아이들이 다니는 곳과 같이 운동장이 있고 수십 개의 교실이 있는 학교를 생각했지만, 두리하나 국제학교는 이름만 학교지 몇 층으로 이루어진 건물이었습니다. 그동안 학교라고 하면 떠올리는 저의 생각이 한순간에 무너지는 순간이었습니다. 입구 옆에 작은 간판이 없다면 단지 사무실 빌딩이었습니다. 제가 가지고 있던 편견들을 깨닫고 반성하게 되었고, 북한 이탈 주민들을 인터뷰할 때는 편견 없는 태도를 가져야겠다고 생각했습니다.

호기심에 부푼 마음으로 인터뷰할 북한 이탈 주민 학생을 만나러 갔습니다. 제가 인터뷰를 할 분은 37살의 김은경 님이었습니다. 처음 그분을 보았을 때 일반 한국인과 다를 게 없어서 조금 놀랐는데, 밝게 맞이해 주셔서 좋은 분위기로 인터뷰를 시작하게 되었습니다. 먼저 인터뷰에 대한 동의를 구하고, 인터뷰 후 실명이나 사진 공개와 녹음 여부에 대해 여쭈어

보았을 때, 조금 꺼리실 줄 알았는데 생각보다 더 흔쾌히 허락해주셔서 감사한 마음으로 진행하였습니다.

은경 님은 북한에서 중학교를 졸업하고, 2008년에 한국에 와서 두리하나 국제학교를 졸업하고 신학교에 입학하여, 현재 신학교에서 졸업반에 있어 한 학기만 다니면 된다고 하셨습니다. 신학교에 대해 궁금증이 생겨 여쭈어 보자, 신학교는 기독교학교로 선교사나 목회자가 되기 위한 학교라고 하셨습니다. 또, 한국학교에 다니는 북한 이탈 주민 중 대부분이 차별 때문에 본인의 출신을 많이 숨긴다고 하는데, 은경 님은 본인의 출신을 숨긴 적이 없다고 하셨습니다. 다른 사람들과의 약간의 차이점을 숨기려고 하지 않고 부끄러워하지 않는 모습이 멋졌고, 한편으로는 어쩌면 이렇게 당당히 행동하는 것이 당연한 일이라는 생각이 들었습니다. 이 분처럼 본인의 출신을 부끄러워하지 않고 숨기지 않는다면, 오히려 차별하는 사람들도 줄어들 거라는 생각이 들었습니다.

하지만 주변 사람의 시선이 아니더라도, 북한 이탈 주민들이 한국학교에 적응하는 것은 여간 어려운 일이 아닐 것입니다. 은경 님의 경우에도 학업이나 대인관계가 힘들다고 하셨습니다. 특히 신학교에서 필수적으로 배워야 하는 헬라어나 히브리어와 같은 외국어 과목을, 기초 영어가 잘 되어있지 않은 상태에서 배워서 다른 과목보다 어렵다고 하셨습니다. 이를 통해 북한에서 영어 교육이 잘 이루어지지 않고 있고, 한국보다 영어 교육 시스템이 현저히 떨어진다는 것을 알 수 있게 되었습니다. 또 영어와 같이 조금 뒤떨어지는 과목을 더 학습하기 위해 학원이나 보충 수업을 하신 적이 있는지 여쭈어 보았습니다. 그러자 영어를 배우지 않고 특별전형으로 대학에 입학한 것이고, 추가적인 학습은 거의 하지 못한다고 하셨습니다. 이를 듣고 북한에서 기초 영어를 더 잘 배웠다면, 영어와 영어를 기반으로 한 외국어를 배우는 데도 도움이 되고, 학습의 기회가 더 풍부할 것이라는 생각이 들었습니다.

이와 함께 늦은 나이에 한국에 와서 대학생활을 하다 보니, 다른 학생들과 나이 차이가 크게 나서 친구를 사귀거나 원만한 대인관계를 유지하기가 힘들다고 하셨습니다. 하지만 이런 힘든 점에도 불구하고 한국 교육을 통해, 철학이나 심리 상담과 같은 북한에서는 접해 보지 못했던 분야를 배우고, 적성을 찾게 되어서 좋다고 하셨습니다. 북한을 이탈하여 한국에 새로 오게 된 후배 북한 이탈자가 있다면 어떤 조언을 하면 좋을지 여쭈어보자, 가장 먼저 한국에 빨리 적응하는 것이 중요하다고 하셨습니다. 나아가 그런 북한 이탈자들을 위한 대안학교와 같은 교육 시설들이 더 많이 생겨서, 잘 적응하도록 도왔으면 좋겠다고 하셨습니다.

🔭 한국 드라마, 가을동화

은경 님에게 남한과 북한의 장단점을 여쭈어 보자, 한국은 탈북자를 지원해 주는 것과 같은 복지가 잘 되어있고 자유가 있다는 점이 좋지만, 경쟁사회로 인한 스트레스가 있다는 것이 단점이라고 했습니다. 이와 함께 북한은 산과 물, 공기가 좋지만, 국민의 자유를 억압하는 체재가 큰 단점인 것 같다고 하셨습니다. 북한에서 한국 드라마를 접할 기회가 종종 있었는데, 드라마를 보며 실제 한국은 어떨지 의문을 가지며 동경의 대상으로 생각하게 되었다고 합니다. 특히 '가을동화'라는 드라마를 인상 깊게 봤다고 하셨는데, 한국 문화를 북한에서도 접할 수 있다는 사실이 신기했습니다. 그리고 한국 드라마를 접하고 동경의 대상으로 생각한다는 이야기를 듣고, 북한의 체제로 인해 힘들게 생활하는 북한 사람들이 안쓰럽게 느껴졌습니다.

북한의 학제는 한국과 많이 다르지 않았는데 초등학교 4년부터 중학교와 고등학교가 합쳐져 있어 중학교 6년이 의무교육이라고 하셨습니다. 중학교를 졸업한 후에는 대학교에 갈 수도 있지만, 보통 경제적 여건이 되지 않아 가지 못하고 돈을 벌기 위해 일을 한다고 합니다.

은경 님은 한국에 2008년도에 오게 되셨고, 처음에는 중국에 갔다가 태국을 거쳐 한국으로 오셨다고 하셨습니다. 한국에는 먹고살기 위해 오셨고, 대부분의 북한 이탈 주민들이 그렇겠지만, 경제적 이유가 가장 크다고 하셨습니다. 또 중학교를 졸업한 후 어머니가 편찮으신데 경제적 여건이 안 되어서 치료를 하기 어렵게 되자, 약을 구하기 위해 중국에 갔다가 돌아가지 못하고 한국에 오게 되었다고 합니다. 탈북할 때 친구들에게 말하지 못하고 오게 되어 친구들과 가족이 가장 그립고, 통일된다면 가장 먼저 고향에 가고 싶다고 하시며 잠깐 생각에 잠기는 듯한 모습을 보여서, 저 또한 남과 북이 분단되어 가지 못하는 현실이 안타깝게 느껴졌습니다.

선교사가 꿈이신 은경 님은 종교가 금지되어 있어 종교라는 것 자체가 무엇인지 모르는 북한 사람들에게 복음을 전하고 싶다고 하셨고, 만일 통일이 된다면 북한에 병원과 교회가 꼭 생겨야 한다고 덧붙이셨습니다. 북한에는 병원이 없어서 지역별로 진료소와 같은 작은 시설밖에 없고, 치료를 받으려면 약을 직접 사서 가져가야 해서 치료를 받기 매우 어렵다고 하셨습니다. 또, 북한에서는 종교가 금지되어있고 인터넷도 통제되어 자유롭지 못하기 때문에, 교회도 당연히 없어서 교회를 세워야 한다고 하셨습니다. 그동안 북한 주민들이 독재체제에 의해 억압받고 경제적 여건으로 하고 싶은 일을 자유롭게 할 수 없다는 것은 알았지만, 이런 자세한 이야기를 듣고 북한 주민들의 어려움과 통일의 필요성에 대해 실감하게 되었습니다.

은경 님에게 통일에 대한 생각을 여쭈어 보았을 때 한 치의 망설임도 없이 하루 빨리해야 한다고 하셨습니다. 경제적인 문제나 문화적 차이와 같은 극복해나가야 할 어려움이 있겠지만, 그런 것들을 감수하더라도 한국과 북한은 모두 한민족이기 때문에 반드시 통일이 이루어져야 한다고 하셨습니다. 저도 이러한 질문을 받고 통일에 대해 생각해본 경험이 몇 번 있었습니다. 그러나 통일에는 여러 어려움이 따르기 때문에 선뜻 대답하지 못하였습니다. 은경 님의 단호한 대답을 듣자, 그동안 큰 어려움을 감수하면서까지 통일을 해야 하는지 고민했던 저 자신이 부끄러워졌습니다.

지금까지 북한에 대해서는 텔레비전에서 보거나 교과서를 통해 가끔 접하는 경우가 대부분이었습니다. 북한 이탈 주민분과 인터뷰를 함으로써, 북한에 대해 궁금했던 것을 직접 여쭈어볼 수 있다는 것은 정말 좋은 경험이었습니다. 북한 주민들이 독재적인 체제에 자유를 억압당하고 경제적으로도 힘들게 살아간다는 것을, 단지 추상적으로만 알고 있었는데, 직접 북한 이탈 주민분에게 자세히 들으니 너무나 새로웠습니다. 아플 때 병원에서 치료받지 못하고 공부를 열심히 해도 원하는 대학에 가지도 못하는 북한 주민들. 이번 인터뷰를 통하여 독재정권하에서 살지 않는 것에 정말 감사함을 느꼈습니다.

복권에 당첨되어 10억이 생긴다면 가장 먼저 집을 한 채 장만하고, 남은 돈은 북한 이탈 청소년들을 위해 기부하고 싶다고 하신 은경 님의 소박하고 욕심 없는 대답에 스스로 반성하게 되었고 가진 것에, 만족하는 사람이 되어야겠다고 생각했습니다.

Interview of Ms. Kim Eunkyeong by Kang Jeongeun

37-year-old undergraduate

After Nanum (charity) concert last fall, I began thinking about how I can help North Korean defectors. I decided to investigate the difficulties in defectors' lives and inform other people about them. So, my friends and I visited Durihana International School and interviewed a few defectors in order to gain insight into their lives and experiences. Preparing for the interviews, I wondered whether North Koreans would be different in their appearances, or accent and tone of voice. I was also more than a little worried about sensitive questions that might offend them.

When my friends and I first arrived at Durihana International School, I was surprised because it looked very different from what I had expected about an international school. I had imagined the typical school building with dozens of classrooms facing a large playground, but it was just a building with several floors. The building could have been an office building if it were not for the small plaque beside the entrance. My thoughts vanished at once the moment I saw it. I realized that I had stereotypes in my mind and pledged not to be biased during the interview.

I waited for the interviewee from North Korea excitedly. While I had been expecting a student of my age, my interviewee, Eunkyeong Kim was thirty seven years old. When I first saw her, I was a little bit surprised because she was not very different from South Koreans. She welcomed us with a bright smile, putting us at ease so we could begin the interview light-heartedly. To begin with, I asked for her consent to record our interview and to use her real name and photo. I had expected she would be a little guarded, but she was more than willing to help with our project and we gratefully proceeded with the interview.

After graduating from a middle school in North Korea, she came to South Korea in 2008, and graduated from Durihana International School. Currently, she is a senior in a theological school with one semester left to finish. When I asked her about theological school, she explained that it is a school for students preparing to be missionaries or members of the ministry. She also mentioned that she had never hidden the fact that she is a defector, while other students from North Korea often hide where they are from. I was impressed by her confidence and realized there was no reason for her to hide her background. If other defectors were unashamed and open, rather than secretive with their origins, there would be less prejudice against those from North Korea.

However, despite Eunkyeong's positive attitude, she admitted it is still very difficult for defectors to adapt to the South Korea school. She said that studies and personal relations were the most difficult parts in a South Korea school. Having a weak foundation in English, she has difficulties studying Greek and Hebrew, which are required in theological school. Through the discussion, I inferred that North Korea has a considerably lower standard of English education compared to that of South Korea. Then, when I asked whether she had attended an after-school academy or gotten supplementary lessons to catch up with difficult subjects such as English, she answered that she didn't have extra English classes, and added that, since she entered the college through a special admission program, she didn't need it. I thought that if defectors had the opportunity to learn English under a better educational system, they could learn other English-based languages easier and have more educational opportunities.

In addition to difficult subjects, she mentioned personal relationships as another hardship. Because she came to South Korea in her later years, the age gap between her and the other students was too large for her to socialize with them as friends. But, although there are many hardships in school life, she is pleased she is learning philosophy and psychological consultation, subjects not taught in North Korea, and finds that she has an aptitude for them in South Korean education. When I asked her what kind of advice she would give to other defectors who recently began their lives in South Korea, she said that she would like to emphasize the importance of adapting to South Korea quickly. She also added that the number of alternative schools for defectors should be increased to help them adapt to South Korean society.

🎙 Korean soap opera -- Autumn Tale

Then, I asked about the pros and cons of North and South Korea. She said that South Korea has a well-established welfare system and the best part is that freedom for everyone is guaranteed. In contrast, she mentioned that it is somewhat stressful to live in the highly competitive South Korean academic society. On the other hand, the natural environment of North Korea-- its mountains, water, and air -- is very clear. However, the autocratic government system in North Korea is difficult to tolerate. In the North, she had often watched popular television soap operas from South Korea, wondering what life in South Korea would be like. She was particularly struck by the soap opera called "Autumn Tale." I was surprised that she had access to South Korean culture, which was an object of her admiration. She had dreamt of life in the South through the love stories she watched on the television. I felt great sympathy with those living under the harsh regime of the North.

The school system of North Korea is not much different from that of the South. There are only four years in elementary school but six years in middle school. Middle school is mandatory as is high school. After graduating from middle school, students can go to college, but most of them choose to work for financial reasons.

Eunkyeong came to South Korea in 2008 via Thailand and China. She came to South Korea, mostly due to financial problems. After graduating from middle school, she went to China to get medicine for her sick mother. However, because she couldn't return to North Korea, she came instead to South Korea. When she fled, she did not have a chance to say goodbye to her family and friends, whom she misses dearly. In the event of reunification, the first thing she hopes and plans to do is return to her hometown. After mentioning her family and her home, she fell silent for some time and appeared to be thinking of those she left behind. I could only imagine what it must be like to be separated from loved ones by such a barrier.

She also said that she wants to spread the gospel to North Koreans who do not know what religion is. "If North and South Korea were reunited, hospitals and churches could be established in North Korea. In the North, people must buy their own medicine and bring it to a clinic; therefore, most people are rarely cured of their illnesses. Even, when a patient has medication, there might not be an available hospital. In addition, practice of religion is prohibited and the internet is restricted. Churches should be established too," she added. Although I had been aware that the North Korean government suppressed their people, by listening to specific truths about North Korea, I realized the individual hardships in their lives and understood the necessity of reunification.

When I asked about Eunkyeong's opinion about reunification, she answered without hesitation that we should be reunited as soon as possible. Although there might be difficulties such as economic problems or cultural differences, North and South Korea must be reunited because we are still all Korean, regardless of geography. Previous to my interviews, when asked about my opinion on reunification, my answer was one of uncertainty. I thought there were too many differences and hardships to overcome. However, after speaking with Eunkyeong for an hour and hearing Eunkyeong's resolute answer, I felt ashamed of myself.

Until now, I had learned about North Korea only from television or textbooks. It was an exciting experience to interview defectors from North Korea and to ask them directly questions about North Korea. Before, I had merely imagined how a dictatorship suppresses North Korean life and freedoms. It was really interesting to hear specific examples about it. North Koreans cannot be cured when they are sick. They cannot attend university no matter how hard they study. Through the interview, I became appreciative of not living under a dictatorship.

Eunkyeong said that, if she won the lottery, she would buy her own house and donate the rest of the money to adolescents from North Korea. Listening to her frugal and unselfish answer, I reflected on myself. I felt that I ought to be like her -- satisfied with what I have.

신승호의 이예진 님 인터뷰

▶▶ 신승호 Shin Seungho
용인 한국외국어대학교 부설 고등학교 국제학부 3학년
Hankuk Academy of Foreign Studies International Course, Senior

📌 너 존댓말 쓰지 않아도 돼!

예진이의 성씨는 '이'고 99년생으로 저와 동갑이었으며 같은 고등학교 3학년입니다. 이렇게 동갑이고 같은 학년인데도 저는 그래도 조금 조심스러운 마음에 존댓말로 인터뷰를 시작했습니다. 그런데 인터뷰 중간에 예진이가 키득키득 웃으면서 "근데 있잖아. 너 존댓말 쓰지 않아도 돼." 라고 하는 것입니다. 그래서 처음에 조금 어색하기는 했지만, 예진이와 말을 놓고 인터뷰를 진행하게 되었습니다. 그런데 반말로 평소 학교에서 반 친구들과 이야기하듯이 예진이와 이야기를 하다 보니, 예진이가 저와는 좀 다르다고 생각했던 북한 이탈 주민 청소년이 아닌, 그냥 평범한 고3 학생처럼 느껴지게 되었습니다. 또한, 애초에 이 인터뷰에 임할 때 예진이와 같은 북한 이탈 주민 청소년들을 우리와 다르다는 시각으로, 그리고 조금 경계하는 자세로 다가갔던 저 자신이 뭔가 부끄러워졌습니다. 이들도 결국 저처럼 대한민국에서 고3 생활을 보내고 있는 19살 청소년일 뿐이었는데 말입니다.

예진이는 2014년에 남한에 왔다고 합니다. 생각해보면 그리 오래전도 아닙니다. 한국에 오게 된 동기는 당연히 미리 와 계셨던 엄마가 오라고 하셔서입니다. 북한에서는 한국과 연락하다 걸리면 총살이지만, 한국에 있는 사람은 브로커를 통해 자유롭게 북한에 연락할 수 있다고 합니다. 그래서 엄마가 자주 연락을 하셨고, 북한당국에 걸리지 않게 조심하면서 엄마와 연락하면서 탈북의 기회를 엿보다가, 8년이라는 긴 시간 후에 남한에서 엄마를 만나게 된 것이랍니다.

8년이라는 긴 시간 동안 만나지 못하고, 전화연락만 간간이 할 수 있었던 엄마가 얼마나 그리웠을까요. '오랜만에 만나서 참 좋았겠구나.' 하는 제 말에 예진이는 의외의 대답을 했습니다. 싸웠다고. 아주 많이 싸웠다고. 심지어 1년 반을 말 안 하고 지냈었다고. 그 말을 처음 들었을 때, 어떻게 가족과 그렇게 오랫동안 싸우고 화해를 안 할 수가 있을까 하고 생각했었는데, 가만히 생각해 보니 8년이라는 세월, 그게 정말 긴 시간이라는 것을 깨달았습니다. 초등학교 6년 중학교 2년을 합친 시간입니다. 십 대 동안 온통 엄마 없이, 사춘기도 엄마 없이 보낸 예진이가 화를 낸 이유를 알 것 같습니다. 지금도 많이 싸운다고 말하지만, 예진이의 말투는 무척 편안해 보여서 엄마를 향한 투정이라는 것을 금세 눈치챌 수 있었습니다. 또한, 엄마 없이 8년을 지냈다는 예진이가 대단하게 느껴졌습니다. 그렇게 어린 나이에는 당연히 엄마의 사랑과 보살핌을 원하게 되고, 외롭기도 하였을 텐데 말입니다.

현재 대안학교인 여명학교에 다니는 예진이는, 전에 김포에서 우리나라의 일반 학교에도 다닌 적이 있다고 합니다. 일반중학교를 졸업하고 일반고등학교도 다니다가, 대입을 위해 이곳으로 전학 온 것입니다. 환경도 많이 달랐을 텐데 어려움도 많이 있었을 거 같다는 생각이 듭니다. 공부를 잘하는 학생도 다른 학교로 전학만 가도 진도가 다르고, 교과서가 달라서 고생합니다. 하물며 탈북 청소년이 남한에 내려와서 공부하며 느끼는 혼란과 스트레스가 얼마나 클까요? 낙천적인 성격으로 밝게 웃으며 이야기하지만, 아마도 맘고생이 많았을 거라 짐작이 됩니다.

예진이는 언어가 제일 큰 어려움이었다고 합니다. 순간 같은 한국말인데 언어가 어떻게 가장 큰 어려움이었을까? 하는 생각이 들었지만, 곧 초등학교 국어 시간에 북한말과 남한말의 차이점에 대해 배웠던 것이 기억납니다. 그때 북한에서는 아이스크림을 '얼음 보숭'이라고 하고 도넛을 '가락지빵'이라고 하는 등, 얼핏 들었을 때는 정말 이해하기 어려운 말들이 많았습니다.

그런데 예진이는 이런 언어적 차이점, 그리고 북한에서 왔다는 사실 때문에 일반 학교에 다닐 때 탈북자인 자신을 향한 또래 친구들의 시선이 많이 느껴졌다고 합니다. 학교에 가면 주변 친구들이 수군거리며 "쟤 북에서 왔대." 라고 하는 소리와 시선들이 느껴졌고, 친구들과 잘 어울려 놀 때면 "쟨 북에서 왔는데 어떻게 저렇게 잘 어울리지?", "성격은 왜 저따위야?" 라는 말들도 많이 들었다고 합니다.

물론 이 말들이 겉으로 보기에 심한 욕인 것은 아닙니다. 그러나 전 이런 말과 시선들이 예진이의 마음을 아프게 했다는 것을 충분히 이해합니다. 저도 비슷한 경험을 한 적이 있기 때문입니다. 중학교 1학년 때 1년간 미국에서 살았던 적이 있습니다. 당시 동양인들이 비교적 적은 동네에 살았었는데, 그곳에서 처음 미국학교에 갔을 때 친구들이 "와, 쟤 좀 봐. 동양인이야." "쟤 미국인 아니래." 라는 말들을 많이 하고는 했습니다.

이처럼 그들은 동양인에 대한 고정관념, 자신들과 다르다는 시각으로 저를 바라보았습니다. 그 친구들이 악의적으로 이런 시선으로 저를 대하는 건 아니라는 것을 알았지만, 단지 그들과 같이 대우받고 싶었고 동양인이 아닌 같은 친구로 받아주기를 원했던 것이었기에 그런 시선들이 정말 싫었습니다. 전 예진이도 같은 심정이었을 것으로 생각합니다. 인터뷰하기 전의 나처럼 북에서 온 사람들을 '다름'의 시선으로 바라보는 많은 사람 때문에, 예진이가 남한 사회에서 다른 사람들과 어울리기 힘든 점들도 많았을 것 같습니다.

🎤 살쪄보는 것이 소원이야.

　북에서 살 때 예진이는 잘 먹지 못해서 몸이 굉장히 말랐었다고 합니다. 오죽하면 남한에 와서 소원이 살쪄보는 것이었다고 할 정도이니 말입니다. 먹을 것이 풍족한 곳에서 자라며 살 뺀다는 친구들을 봐온 저로서는 상상이 잘 가지는 않았지만, 많이 힘들었을 거 같다는 생각이 들었습니다. 음식을 남긴 적이 있느냐고 예진이가 물어볼까 봐 무척 긴장되는 순간이기도 하였습니다.

　예진이는 중국과 태국, 라오스를 거쳐 남한에 오게 되었는데, 그것이 북한에서 남한으로 오는 가장 전형적인 루트라고 합니다. 그런데 생각해보면 중국과 태국, 라오스 모두 처음 가본 나라들이었을 거고, 정말 목숨을 걸고 그 험난한 길을 헤쳐 나온 것은 매우 힘들고 무서웠을 것입니다. 저 앞에서 저렇게 밝게 인터뷰에 응하고 있는 예진이가 그런 힘든 경험들을 했다는 것이 정말 상상이 가지 않았습니다.

　예진이가 가장 좋아하는 과목은 무엇일까요? 예진이는 체육을 가장 좋아한다고 합니다. 예진이는 북한에서 여자축구선수였다고 합니다. 평소에 운동도 열심히 했고 다른 과목들보다 쉬워서 체육을 좋아한다고 합니다. 반대로 예진이가 제일 싫어하는 과목은 수학과 과학이랍니다. 그 이유는 너무 어렵고 생각할 게 많아서라고 하였고, 웃으면서 자기가 수학 과학 시험을 보면 대부분 틀리고 2~3개만 맞는다고 하였습니다. 그런 풋풋하고 솔직한 예진이의 모습을 보니, 더욱 예진이가 북한 이탈 주민 청소년이 아닌 저와 같은 고등학생으로 다가왔습니다.

또한, 가장 중요하다고 생각하는 과목이 무엇이냐는 질문에 예진이는 영어라고 대답했습니다. 이게 이해가 되는 것이, 남한은 한국이지만 외래어, 특히 영어가 알게 모르게 굉장히 많이 사용되고 있기 때문입니다. 예진이 상황에서 생각해보면 안 그래도 북한 말이랑 남한 말이랑 달라서 힘든데, 영어까지 있으니 더욱 적응이 쉽지 않았을 거 같았고, 그래서 영어의 중요성을 많이 느낀 것 같았습니다. 그래도 예진이는 남한에 와서 엄마의 권유로 학원도 많이 다니고, 과외도 받으면서 공부를 많이 했다고 하였습니다. 우리처럼 말입니다.

어느 정도 대화를 하고 나니 예진이의 꿈이 궁금해졌습니다. 남한에서 공부하는 게 힘들다고 말하는 예진이는 어떤 꿈을 가지고 있을까요? 예진이는 체육교사가 되고 싶다고 합니다. 예진이의 학창시절 이력을 생각하면 그 꿈이 이해가 됩니다. 북한에서 축구를 했고, 그것도 무척 잘해서 백두산 근처에서 살면서 운동을 하다가, 김정은 정권에 뽑혀서 평양으로 운동하러 일종의 유학까지 간 축구 엘리트였던 예진이입니다. 공부가 어렵다고 투덜대던 때와는 달리, 축구와 운동 얘기를 할 때 예진이의 눈은 더 빛났던 것 같습니다. 그래서 그게 꿈인 모양입니다. 북한에 있었다면 생각도 못 할 꿈을 꾸고 있는 예진이가 무척 행복해 보였습니다.

제가 만난 예진이의 첫인상은 저와 다를 바 없는 발랄한 대한민국의 10대입니다. 하지만 긴 시간 동안 대화를 나누고 난 후 예진이를 보니, 같은 나이인데 참 많은 경험을 했구나 하는 생각이 들었습니다. 그럼에도 불구하고, 같은 10대로서 통하는 감정이 있었고, 서로의 문화를 이해하는 것이 그리 어렵지 않았습니다. 예진이와 같은 북한 이탈 청소년들을 진정 이해하고, 그들이 이 사회에서 잘 정착할 수 있도록 서로 이해와 관심을 두고 노력한다면, 미래에 우리가 이룰 통일은 그리 어려운 과제는 아닐 것이라는 희망적인 생각을 가지게 된 하루였습니다.

Interview of Lee Yejin by Shin Seungho

🎤 No need to use formal language!

Yejin's last name is Lee and we are the same age since she was born in 1999. Also, she is a high school rising senior just like me. Although we are the same age and in the same grade, I approached her carefully, using formal language. However, during the interview, Yejin giggled and told me, "Um… You don't have to use formal language." So, although it was kind of awkward at first, we proceeded in the interview without using formal language. As I talked with Yejin, just as I talk with my classmates, I realized Yejin didn't seem like a North Korean defector anymore, but like an ordinary high school senior. I felt ashamed of myself for starting this interview cautiously, thinking that these teens from the North are different from me. But they were just the same teens who attend a high school in Korea.

Yejin came to South Korea not that long ago -- in 2014. Her motive was because her mother had already come to South Korea and she asked her to come. She said that, although people in the north can be executed if caught contacting the South, people in South Korea can freely contact people in the

North through brokers. So, Yejin's mom called her through brokers in the South and Yejin secretly received the calls. After eight years, Yejin and her mother met each other again.

They must have missed each other a lot since they couldn't meet each other for a long time; they only contacted each other through secret calls. However, Yejin surprised me by telling me an unexpected consequence. She said she and her mom fought a lot in the South. They once fought so badly that they stopped talking with each other for a year and a half. When I heard that, at first, I wondered how badly they could have fought not to reconcile with each other for such a long time. But soon, I realized how long the eight years were. It is the sum of six years of elementary school and two years of middle school. I understood a little why Yejin, who had spent most of her teenage years without her mother, was very angry toward her. Yejin said she still fights with her mother frequently. Yejin's tone was reassuring and I could easily sense that their fights are now just Yejin's little grumbling toward her mother. I also felt respect for Yejin, who spent eight years without a mother's love.

Yejin is currently studying at the alternative school. But she said that she studied at public schools before she came here. She graduated from a public middle school, studied at a public high school, and came here to take advantage of more opportunities for college admissions. It seemed that there must have been some difficulties for her when she studied at public schools. Even a very smart student experiences hardships if he or she transfers school because school curriculums and textbooks are different. It is without a doubt that teenagers from North Korea have many stresses due to a different environment and study materials. Although Yejin was smiling during our interview, I inferred that there must have been some hardships when she was studying at public schools.

Yejin told us that language was the biggest difficulty. I was puzzled for a moment because we all use the same Korean. Then, I remembered that I learned about differences in Korean between the North and the South. In North Korea, people sometimes use Korean words that I can not understand. For example, they call "ice cream" as "ice flower" and "doughnut" as "ring bread."

Yejin said that, due to these differences in language and the fact that she is from North Korea, she felt that she was looked at curiously and suspiciously by other students in her school. When she went to school, she could hear some friends saying, "Hey, she is from the North!" When she played with other South Korean friends, some classmates taunted her by saying, "How can she get along with friends so easily?" or, "I don't like her personality."

These words and attitudes towards Yejin may not seem cruel superficially, but I could tell that they had hurt her. I understood well because I had had a similar experience. When I was about fourteen years old, I lived in the United States for a year. At the time, I lived in a neighborhood with few Asians. There, when I first attended an American school, classmates would often say, "Look! He's an Asian."

They looked at me as if I was a different kind of human being and with prejudice. I knew that they did not have any ill intentions, but I just wanted to be treated equally. I wanted to be accepted simply as a friend and their views were very uncomfortable for me. I think Yejin experienced something similar. Maybe that was why she had a hard time getting along with other students.

🏃 I wish I gained weight.

Yejin told me that she was extremely thin when she lived in North Korea because there was little food for the people. She starved so much there that her only wish when she arrived in South Korea was to become fat. Living in a society where food is always plentiful, and where many people are on a diet to lose weight, I could hardly imagine what it would have been like. I was afraid that she might ask me if I have ever left food behind on my plate.

Yejin came to South Korea via countries like China, Thailand, and Laos. She said that she took the typical route of the North Korean refugees to enter South Korea. Yejin visited countries where she had never been before; it could have been very challenging and dreadful for her. I could not possibly imagine that such a bright girl in front of me had gone through such hardships.

What was Yejin's favorite subject? She loved P.E. She told me that she was a junior soccer player in North Korea. She played sports all the time, and she liked P.E. so much because it is easy compared to other subjects. In contrast, she hated math and science. The reason was that there is too much to think about in math or science. She told me that she usually gets two to three questions right when she takes exams on the two subjects. Seeing her cool, up-front, and friendly attitude made me feel that she was just like me, the same high school student that I was.

To my question about what subjects she thought most important, she answered, "English." I could understand, because in South Korea, many foreign words, especially English words abound. It would have been very challenging for Yejin to adapt to the English-origin words, in addition to the gap between North and South Korean language. I think that might be the reason she thought that English was the most important subject. She went to a lot of academies to improve her English, partly due to her mother's encouragement, like any other students in the South.

After we were talking for a while, I became curious about her future dreams. What would she want to become when she became an adult? She answered that she wanted to be a P.E. teacher. It was no surprise, considering Yejin's school days in the North. She was really good at playing soccer, and was even selected for the national youth team. She grumbled when she talked about math or science. Her eyes sparkled with enthusiasm when she talked about soccer and sports. Moving to the South gave her a whole new opportunity of becoming a P.E. teacher.

To me, Yejin was just another bright teenager of the Republic of Korea. But after talking with her for a long time, I felt that she had gone through more experiences than I. Nevertheless, we still had much to share between us as teenagers, and it wasn't difficult to understand each other's culture. If we pay more attention to North Korean defectors like Yejin, and try to understand them better, I think that the hope for reunification is close at hand.

김승아의 이흥훈 여명학교 교장 선생님 인터뷰

▶▶ 김승아 Kim Seungah
용인 한국외국어대학교 부설 고등학교 국제학부 3학년
Hankuk Academy of Foreign Studies International Course, Senior

'통일'. 이 한 단어는 때로는 많은 사람의 심금을 울리고, 동시에 수많은 사람에게 희망이 되어주기도 하는 강력한 힘을 지녔습니다. 6·25전쟁이 끝난 이후 벌써 수십 년의 시간이 흘렀지만, 아직도 우리나라 사회는 통일이라는 큰 과제를 안은 채 살아가고 있습니다. 해를 거듭할수록 발달하고 있는 기술과 미디어의 영향으로, 점차 북한 바깥의 세상에 호기심을 갖고 북한에서의 가난하고 고달픈 삶을 벗어날 수 있다는 희망 하나로, 목숨을 걸고 두만강을 건너 탈북을 하는 사람들의 수는 점점 더 늘어나고 있습니다. 이들을 위해 우리나라도 나름대로 지원을 하고 있지만, 불어나는 그들에 비교하여 아직 현저히 부족한 실정입니다. 특히 교육부 집계에 따르면 현재 북한을 탈출하여 남한에 정착한 북한 이탈 청소년(초중고 재학생 기준)은 약 2,200명에 달하는데, 교육적인 면에서 이들이 남한의 교육과정을 따라가는 것을 매우 힘들어하고, 따라서 학업을 중도에 포기하는 학생 수도 적지 않게 발생하고 있습니다. 이번 글에서는 이러한 어려운 환경에 처해있는 아이들을 위해 힘쓰시는 분 중 한 분에게 조금 더 초점을 맞춰보려 합니다.

북한 이탈 주민분들께 큰 관심을 두게 되기 전부터 저는, 사람들은 자신만의 올바른 가치관을 확고하게 확립하고, 그 가치관을 따라가는 삶을 살아가야 한다는 생각을 해왔습니다. 부모님과 주변 환경의 영향을 받기도 하였고, 스스로 나름대로 살아오면서 결국 인간이 해야 할 가장 중요한 숙제는, 자기 자신을 '복제'해 자신과 같은 훌륭한 인재를 사회에 기부하는 것이라는 생각을 하게 되었습니다. 아무리 능력이 뛰어난 사람이 성공적인 인생을 살았더라도 후대에 그와 같은 인재가 사회에 남아있지 않다면, 계속해서 발전하기 어려울 것이기 때문입니다. 따라서 저 또한 지혜로운 사람이 되어 미래에 훌륭한 인재를 남기고, 생을 마무리하고자 하는 목표를 세우게 되었습니다.

본격적으로 북한 이탈 주민들에게 관심을 두게 된 것은, 재작년 학교에서 개최한 나눔콘서트를 참여하게 된 이후부터 입니다. 나눔콘서트는 우리 학교와 결연 관계를 맺고 있는 북한 이탈 주민 청소년을 위한 학교인 여명학교 학생들을 위해, 공연 동아리 학생들이 각자가 가진 재능을 기부하는 데에 목적을 둔 행사로, 수년 전부터 꾸준히 진행되어 오고 있습니다. 저 또한 스트리트 댄스 동아리 'Gesture'의 부원으로서 2015년 처음 참가하였고, 그다음 해 2016년에는 동아리를 대표하는 부장으로서 무대를 직접 계획하며 행사를 주최하였습니다. 공연을 마치고 여명 학교 친구들과 사진을 찍고, 너무나도 고맙다고 몇 번이나 계속 말하며 감사인사를 전하는 학생들과 선생님들을 보며 정말 큰 보람을 느꼈고, 덕분에 참된 봉사의 의미를 깨우칠 수 있었습니다. 또 이 모든 과정을 겪으며 자연스럽게 북한 이탈 주민들에 대한 관심도 더욱 커지게 되었습니다.

단지 무대를 마치는 것으로 그치지 않고, 이렇게 생긴 관심을 어떻게 하면 조금이나마 더 북한 이탈 주민분들께 도움이 되는 방향으로 이용할 수 있을까 고민을 하다가, 저와 뜻이 맞는 친구들과 함께 의견을 모아 책을 출판하는 것도 하나의 방법이 될 것 같아 인터뷰를 진행하게 되었습니다. 그중에서도 저는 현재 여명 학교의 이흥훈 교장 선생님에게 특히 더 초점을 맞추어 보았습니다.

이흥훈 교장 선생님께서는 본인 소개를 해주시면서, 탈북 관련 일을 하신 지 올해로 5년 정도 되셨다며 이야기를 시작하셨습니다. 이 일을 하시게 된 계기를 여쭈어 보니 처음부터 북한 이탈 청소년들에 대한 교육 방면에 관심이 있으셨던 것은 아니지만, 교육 및 비즈니스로 굉장히 활발하게 활동을 해오시던 중, 갑작스럽게 초빙을 받으셨다고 합니다. 본래는 대학교에서 수학을 전공하신 뒤 교사로 활동하고, 박사과정을 마친 후에는 연세대학교에서 강의하셨답니다. 해외에서 유치원 또한 운영하셨는데, 이러한 모든 과정에서 교육에 대한 보람을 많이 느끼셨다고 하셨습니다.

🔭 다음 세대를 위해 사람을 남기는 것

말씀을 나누시던 중 선생님은 '다음 세대를 위해 사람을 남기는 것'이 자신의 모토라고 이야기하셨는데, 그때 저는 저와 같은 가치관을 가지고 계신 분이 있다는 것에 반가웠고 한편으로는 이 모토를 더 확고히 하는 순간이 되었습니다. 저의 예상과는 달리 탈북에 관해서는 큰 관심이 없다고 하셔서 조금 놀랐지만, 왜 여명 학교에서 이흥훈 교장 선생님을 초빙하였었는지 이해가 되었습니다. 선생님께서는 특히 여명 학교에서의 현장이 이 모토와 잘 조화를 이룬다고 말씀해 주셨습니다. 당시 대화를 시작한 지 얼마 되지 않은 시간이었지만, 선생님께서 학생들을 위해 끊임없이 노력하시고 따뜻한 마음으로, 진심으로 학생들을 대하신다는 것을 느낄 수 있었습니다.

먼저, 교육적인 면으로 여명 학교가 어떠한 프로그램을 시행하고 있는지 여쭤보았습니다. 학교의 이름에 여명이라는 단어가 들어가 있는데, 이는 '동트기 직전 희미한 밝음'의 뜻이 있습니다. 북한 이탈 주민 청소년들이 매년 증가하고 있는 현 사회에서, 통일의 서막을 알리기를 희망하는 의미에 여명 학교라고 이름이 지어졌다고 합니다. 여명 학교의 이름에 걸맞게 선생님께서도 근무하시면서 학생들에게 필요한 것이 무엇인지에 대해 늘 고민하시고, 실제로 많은 도움을 주기 위해 학교 내에서부터 여러 가지 교육 프로그램들을 제공하고 계시다는 것을 알게 되었습니다.

4차 산업혁명 시대에 사는 요즘 북한 이탈 주민 청소년들에게도 역시 시대에 맞는 교육이 필요하지만, 아직 현저히 부족하다며 현 상황에 문제를 제기하셨고, 이러한 부분을 보완하시기 위해 특히 영어교육에 더 힘쓰시고 계시다고 말씀해 주셨습니다. 영어는 일주일에 총 5시 수로, 영어 4시 수와 회화 1시 수로 구성을 하여 학생들에게 집중적으로 교육을 제공하고 계시고, 회화 같은 경우 회화능력이 뛰어나신 유학파 선생님들을 채용하신다고 하셨습니다. 또한, 올해에 학생들이 원어민 캠프에 4박 5일간 참여하는 등 폭넓은 기회를 만들어 주려 노력하고 계십니다.

이외에도 선생님은 학생들의 미래를 위해 많은 노력을 기울이고 계시지만, 현실적으로 열악한 교육환경으로 인해 실현하는 것은 굉장히 힘들다고 하십니다. 우선, 학생들이 사용할 수 있는 장소가 협소해 고민이 많다는 말씀을 해주셨습니다. 운동장, 실험실 등 보통 학교들에 구축되어있는 시설들이 마련되어 있지 않아, 한 교실에서 여러 가지 활동들을 해야 하는 불편함이 있고, 공간적 제약이 있다 보니 할 수 있는 활동에도 제한이 생겨 교육의 폭을 넓히기 매우 어렵다고 말씀해 주셨습니다. 하지만 무엇보다도 선생님께서는 상담실이나 휴게실과 같은 시설조차 마련되어 있지 않아, 한 공간에 모여 있는 학생들을 보시면 미안한 마음이 가장 크다고 하셨습니다. 이 이야기를 들으면서 저 또한 마음이 뭉클해졌고, 지금 제가 받고 있는 교육과 환경에 다시 한 번 감사하게 되었습니다.

　그래도 다행히 외부에서 학교 학생들에게 많은 도움을 주고 있다고 하셨습니다. 예를 들어 방학 때 이화여자대학교에서 캠프를 진행하기도 하고, 미국 대학교인 MIT 학생들이 여명 학교 학생들을 위해 방학 기간에 2주가량 주변에서 쉽게 구할 수 있는 재료들을 이용한 실험을 진행하고, 로봇을 만들기도 하며 학생들의 관심사를 더욱더 넓혀줄 기회를 얻기도 한다고 하셨습니다. 하지만 북한에서 기초적인 교육을 받지 못하고 남한으로 넘어온 학생들이 대부분이기에 교육과정을 따라가는 것을 힘들어한다고 합니다. 그래서 상대적으로 어렵고 이해가 쉽지 않은 수학이나 과학 방면 공부에 유달리 아이들이 약하다고 하셨습니다. 따라서 대학교에 진학할 때도 수학·과학 쪽으로 학과를 정해서 가는 학생들이 극소수이고, 간혹 간다고 해도 간호학과를 간다고 합니다. 대부분 학생이 사회복지학과나 탈북 과정 중 중국에 머물러 중국어에 능통한 학생들은, 중국 쪽으로 진출한다고 말씀해 주셨습니다. 슬프지만 한편으로는 어쩔 수 없는 현실이라는 것을 알기에 더욱 마음이 아팠습니다.

　또 한 가지, 북한 이탈 주민 학생들의 경제적인 생활에 대해 여쭙고 싶었습니다. 거의 모든 학생이 경제적인 어려움을 겪고 있다는 것을 알고 있었고, 교장 선생님께서도 이 부분의 심각성을 역시나 의식하고 계셨습니다. 따라서 장학금이나 펀딩과 같은 제도를 최대한 확대하려 하신다고 합니다. 몇몇 학생들의 경우 넉넉지 못한 경제상황 때문에 늦은 새벽까지 일하다가 집에 돌아와 학교에 가는 생활을 하는데, 이러한 친구들이 너무 안타까워 용돈을 보태어주거나 장학금을 제공하고 계시고, 이들을 위한 지원이 실제로도 학생들의 학업 중도 포기 비율을 낮추는 데 이바지했다고 하셨습니다.

하지만 이와 같은 노력 하나하나가 빛을 발하는 데에는, 여명 학교만의 차별화된 시스템이 결정적인 역할을 했을 것이라는 생각이 듭니다. 학교 내에서 거의 1대 1로 학생 개개인의 필요를 충족해 주기 위해 애쓰고, 수업 또한 수준별로 세분된 교육을 하고 있습니다. 만약 그래도 학업 적 어려움을 겪는 학생들의 경우는 멘토나 도우미 분들의 도움을 받을 수 있습니다. 탈북 과정에서 생긴 내면의 상처들을 치유하는 것에도 중점을 두어 상담활동, 정신치유검사 등 학생들의 안정적인 심리상태를 유지할 수 있도록 다양한 프로그램들도 있습니다. 어쩔 수 없이 생기는 남북한 교육내용의 차이점에 대해 무조건 남한의 교육을 강요하는 것이 아니라, 세세한 비교 교육을 하고 있다고 하셨습니다.

북한 이탈 주민 학생들을 위한 개별적 노력은 많이 있지만, 정작 당장 통일이 된다면 상황이 조금 달라지지 않을까 싶었습니다. 이에 대해 교장 선생님은 노하우의 유무가 큰 관건이 될 것이라고 이야기하셨습니다. 현재 북한 이탈 주민 학생들을 대상으로 가르치시는 선생님들의 수도 통일이 됐을 시 발생하는 청소년들을 감당하기에는 턱없이 부족하고, 수년간의 내공이 쌓여서 노하우를 가지고 계신 선생님들 역시 상당히 적은 수이기 때문에, 곧바로 북한 청소년들을 교육할 수 없을 것이라고 예견하셨습니다. 그리고 북한 학생들의 입장에서는 분명히 거부감이 생길 것이라고 의견을 말씀해 주셨습니다.

국가에서 통일 후 교육을 담당하는 날이 온다면, 북한 학생들을 가르칠 수 있는 선생님들을 양성해 내는 것이 최우선적인 과제라고 생각한다고 하셨습니다. 이뿐만 아니라 북한에서 교직원으로 근무하고 계시던 선생님들 역시 재교육과 연수가 필요할 것이고, 그분들도 북한에서의 사회·독재주의적인 방식에서 벗어나려면 분명 많은 시간과 노력이 필요할 것이므로, 그분들을 위한 인센티브를 지급하는 등의 방법을 고민해 봐야 한다고 강조하셨습니다. 마지막으로 선생님께서는 시대가 변할수록 사람들의 통일에 대한 무관심이 커지고 있고, 이렇게 분단되어있는 현실을 너무 당연시하는 경향이 있는 것을 우려하셨습니다. 사회·경제적인 부분부터 모든 것들을 고려했을 때에 역사적으로, 그리고 시대적으로도 우리나라를 위해서는 반드시 통일이 이루어져야 한다며, 저희와 같은 일반 청소년들에게 특히 더 통일의 필요성에 대해 재차 강조하셨습니다.

길지 않은 시간이었지만 교장 선생님과의 인터뷰를 마무리하면서, 북한 이탈 주민 청소년들의 교육에 대해 정말 다양한 것을 알게 되었고 많은 것을 느낄 수 있었습니다. 실제로 누군가에게 북한 이탈 주민 청소년들의 이야기를 들은 것도 처음이었고, 그들을 위해 노력하시는 분의 말씀을 들은 것도 처음이었기에, 더 감회가 새로웠던 것 같습니다. 이야기를 들으며 마음이 따뜻해지는 순간이 있다가도, 아이들의 열악한 환경과 고달픈 현실에 관해 듣다 보면 가슴 깊은 곳이 아리었습니다. 오래전부터 우리는 하나의 민족이었는데, 지금은 이렇게 서로 벽을 쌓으며 살아가고 있다는 것이 안타까웠습니다. 더 나아가 북한 이탈 주민분들께 관심이 없었던 것이 아닌 저에게조차도 생소한 이야기가 너무 많아, 우리가 얼마나 그동안 그분들에 대한 관심이 부족했는지 깨닫게 되었습니다.

🔭 보호받지 못하는 비보호학생들

특히, 북한 이탈 주민 청소년 중에서도 '비보호'라 불리는 아이들에 대해서 들을 때, 가장 심각성을 크게 느꼈습니다. 이들은 북한이 아닌 중국 등 제3의 국가에서 태어난 아이들을 지칭하며, 이 아이들에게는 다른 일반 북한 이탈 주민 청소년들보다 훨씬 복잡한 문제가 있었습니다. 대부분은 중국에서 태어나 남한에 오게 되는 경우가 가장 많은데, 이들은 과거 자신들이 받은 중국에서의 학력이 인정되지 않기 때문에, 결국에는 다시 한국어로 검정고시를 봐야 합니다. 한국말을 전혀 못 하는 학생들이 대부분이니 심각한 문제가 아닐 수 없습니다.

이뿐만 아니라 대학 입시를 하는 데 있어서 상당히 많이 불리합니다. 현 우리나라 정부에서는 비보호 학생들을 일반 북한 이탈 주민 학생들과 동등하게 취급하는 것이 아니라, 제3의 국가에서 태어났다는 이유로 보호하지 않고 있습니다. 그래서 '비보호' 학생들이라고 불리는 것이기도 합니다. 따라서 대학입시 제도도 완전히 달라 특례입학 전형에 지원조차 못 하고, 통일부 또는 교육부에서 북한 이탈 주민 학생들을 대상으로 지원해주는 여러 가지 지원금 등도 받지 못하여 환경이 더 열악합니다. 가족관계 또한 불안정하고, 비보호 학생들이 자라나면서 자신의 정체성에 대해 매우 큰 혼란을 겪고 있습니다.

저는 개인적으로 우리나라 정부에서 비보호 학생들까지 지원 영역을 확대해야 한다고 생각합니다. 현 정부는 비보호 학생들이 제3의 국가에서 태어났기도 하고, 성인이 되고 난 후 자신이 본래 태어났던 지역으로 돌아가게 되면, 그 과정에서 지원해준다고 가정했을 때 '밑 빠진 독에 물 붓

기가 아니냐.' 라고 생각을 하고 있습니다. 하지만 비보호 청소년들의 수는 해가 갈수록 급증하고 있고, 비록 비보호 청소년들이 제3의 국가에서 태어난 아이들인 것은 맞지만 어렵게 남한 사회에 와서 살아가고 있습니다. 혹시나 나중에 중국으로 돌아간다고 하더라도 이들은 남한, 북한, 중국을 이어주는 아주 중요한 역할을 할 수 있을 것으로 생각합니다.

그래도 다행히 최근 들어 위와 같은 사회적 인식이 점점 널리 퍼지고 있고, 작년 10월 말 비보호 청소년들을 위한 법안이 발의되었습니다. 법안은 제3국에서 태어난 북한 이탈 주민들의 자녀 또한 '북한 이탈 주민 청소년'으로 지정하고, 우리 대한민국의 국민으로 잘 정착할 수 있도록 동등하게 지원하는 내용을 담고 있습니다. 아직 법안이 위원회의 심사를 거치는 상태이지만, 이러한 하나하나의 변화가 시작이라고 생각합니다. 하지만 아직 턱없이 부족한 것은 사실이기에, 비보호 청소년들에 대한 더 많은 관심이 필요합니다.

여명 학교는 임대건물을 사용하고 있는데, 그동안 건물주께서 많은 배려를 해주셔서 편안히 지낼 수 있었으나 피치 못 할 사정으로 곧 이사해야 한다 하십니다. 옮겨갈 다른 건물을 알아봐야 하는데, 건물주들께서 북한 이탈 주민 어린이들을 그다지 환대하지 않으셔서 곤란한 상황에 부닥쳤다는 말씀이 있었습니다. 전형적인 님비(NIMBI)현상입니다. 이러한 일들을 줄이기 위해서는, 정부에서 지속해서 그분들에 대한 인식의 대전환을 위한 교육을 해야 한다고 생각합니다. 언젠가는 통일이 될 것이고 북한 주민들은 우리의 이웃이 될 것입니다. 그분들은 미래에서 온 우리의 이웃입니다.

북한 이탈 주민분들의 상황을 알게 된 뒤, 제가 2년간 참여해왔던 나눔 콘서트와 같은 활동들이 얼마나 큰 가치를 가지고 있었는지 다시 느끼게 되었습니다. 그리고 그분들에 대한 인식을 바꾸기 위해 공헌하고 싶다는 마음을 갖게 되었습니다. 처음에는 단순히 인터뷰 한번이 제 생각을 크게 변화시킬 것이라고는 생각해보지 않았지만, 실제로 인터뷰는 그러기에 충분했고, "미래세대를 위한 인재를 남기자."의 모토에 대한 확신이 들었습니다. 앞으로 더 많은 노력을 통해 통일을 이뤄내고자 하는 마음을 굳게 다짐할 수 있었던, 특별한 계기가 되는 인터뷰였습니다.

▶▶ 이흥훈 여명학교 교장 선생님 (오른쪽에서 두 번째)
Principal of Yeo-Myung School, Lee Hunghoon (second from right)

Interview of Principle of Yeo-Myung School,

Lee Hunghoon by Kim Seungah

Inspired interests in North Korean defectors

"Reunification" This one word has powerful strength by itself. People are touched by it; they feel hope through this word. Even though it has been a long time since the Korean War, a big task—reunification—is left to us, both North and South Korea. As technology and media develop, the number of people who live in North Korea in abject poverty and who try to escape their reality is ever increasing and incessant. Even though the government of South Korea is endeavoring to support and sustain them, frankly, it is still insufficient. According to the Ministry of Education, the current number of North Korean adolescents is approximately 2,200; however, most of them struggle to follow South Korea's educational system. Therefore there are a lot of students who give up their studies and drop out of school. So, at this time, I would like to especially focus on one person who has made great efforts and enormous progress with these children.

Before I had an interest in North Korean defectors, I had already been thinking that people should establish and pursue their own values. I was influenced in this by my parents and surroundings throughout my life, I considered that "replication" of himself for the next generation is ultimately the most significant goal of man. Even if a person with great ability makes an immense contribution to that society, it wouldn't last for a long time if there were no man with that same level of ability later. Therefore, I made up my mind to become a competent person, and leave behind a pupil who could greatly influence the world.

The time that my interest in North Korean defectors started was about two years ago, after the 2015 Hankuk Academy of Foreign Studies' Nanum (charity) concert. This concert was to benefit the North Korean defector students of Yeo-Myung School, our sister school. This benefit concert was a big festival held by our school consistently for several years. I also performed in 2015 as a member of street dance club 'Gesture' for the first time and then took part as a leader of the club the next year. For the second time, I not only performed but also promoted and planned the festival. I was so proud when the students and teachers expressed their great gratitude. Through this festival, I realized the genuine value of voluntary work. Moreover, my interest in North Korean defectors increased even more.

I expanded my interests more by publishing a book with my friends who have similar thoughts and ideas. Among the people related to North Korean defectors, I particularly focused on the principal of Yeo-Myung School, Hunghoon Lee.

Principal Lee came up with his story that he had been on for five years about working with North Korean defectors. I asked him what made him start this business; he said that he was invited to do this work while he was working in Korean education and business sectors. Surprisingly, he did not have much interest in North Korean related things before starting this job.

He originally majored in mathematics at a university, was a teacher, and then, as he finished his doctorate degree, he gave lectures in famous universities. In addition, he also ran a kindergarten abroad. All throughout these experiences in education, he found his life's worth and work.

✐ Leaving a person for the next generation

During the conversation, Mr. Lee said that "leaving a person for the next generation" is his motto. At that moment, I was excited to meet a person with the same values as mine. I felt that I could firmly establish my motto stronger than before. He mentioned that the working environment of school fit well in his motto. I was astonished that he was not interested in North Korean defectors from the beginning. As I continued the interview, I soon understood why the school invited him to be its principal. During our short conversation, I figured out that he sincerely made an effort and cared about the students with his warm-hearted attitude.

First of all, I inquired of him about the educational system of Yeo-Myung School. The word Yeo-Myung, which is 'daybreak' in English, means a 'feeble light right before the rising sun.' Yeo-Myung School was named in hope that his students would be a prelude to reunification. The principal has always worried about the needs of these students, and offered a variety of educational programs to them.

We should provide an appropriate education for those students from the North so that they don't lag behind the times, since we live in the 4th industrial revolution. Mr. Lee was fully aware of this problem and, thus, placed more concentration on English education to supplement the achievement gap. The school has five English classes per week: four classes for reading and one class for conversation. For conversation class, they recruit teachers fluent in English and also try to provide diverse opportunities for the students such as offering a 5-day English camp.

In addition to these programs, Mr. Lee persistently makes tremendous effort for his students to learn. However, it is undeniably difficult to actualize his plan due to the poor circumstances of what really exists. Mr. Lee said that since the school doesn't have basic facilities—playground, laboratory, and so forth—students have to use one classroom for several purposes, and because of these space constraints, expanding the scope of students' thinking is even more difficult. The moment that he feels the sorriest for his students is that when he sees all of them huddled in one small room. I was very touched by this story, and at the same time very grateful for my circumstances.

But, fortunately, Mr. Lee told me that people from outside are giving lots of help to their school. For example, students from Ehwa University opened a camp for the students of Yeo-Myung School; MIT University students also held a camp and taught them to make a robot out of materials that could be easily obtained in their daily lives. Nonetheless, almost all the students who came from North Korea did not receive a fundamental or foundational education in the North, so they experience hardship in following the study programs of the South. More especially, students had a relatively difficult time when learning science and mathematics. Therefore, there are very few students who decide to major in science. When they decide to take science courses, they usually major in nursing science. Almost every student chooses social welfare and Chinese related majors. Their Chinese language skills were learned in China during their escape from North Korea. I understood this sorrowful but inevitable reality, which understanding causes me more sadness.

Another thing that I wanted to ask the principal was about the finances. I was aware that nearly every student was suffering financially. Mr. Lee also worried about their circumstances, as to be expected. In order to ameliorate this situation, he is attempting to expand scholarships and grants to support those students in need. He supports those students who go to school early in the morning and work everyday until late at night. I was astonished that this system contributed to a reduction of the percentage of students who gave up their studies to drop out and work.

All these positive impacts were a result of Yeo-Myung School's differentiated educational system as compared to other schools. The school endeavors to carefully provide the students needs and plan classes based on the levels of each student. If there are students having difficulty studying despite these efforts, the school provides tutors or mentors for them. They also try to heal the trauma in the minds of their students—a counseling program, mental health diagnosis, and other various therapy and activities to heal them. "Instead of forcing students only to embrace South Korea's educational system, we compare the educational differences between North and South Korea in great detail," said Mr. Lee.

In spite of these efforts, I thought the situation would be totally different if North and South were reunified now. The principal told us that whether we have know-how or not would be the biggest key issue. He projected that there would be a dearth of skilled and competent instructors to teach North Korean students and that they were needed. He also pointed out that North Korean students might have ill feelings toward South Korean teachers.

Thus, Mr. Lee argued the importance of training adroit teachers, capable of teaching North Korean students, would be the greatest priority for us as a nation if we reunified. Cultivating South Korean teachers and retraining North Korean teachers is needed. He stated that North Korean teachers might be reluctant to change from an oppressive and authoritarian way of teaching. However, he emphasized a need to offer incentives to the teachers for quickly adapting. He was concerned that citizens are becoming more indifferent to reunification than before; he was concerned about the status quo of taking this separation for granted. Lastly, he strongly stressed the importance of and the necessity for reunification for the sake of our country's prosperity and future generations.

It didn't take a long time interviewing the principal before I recognized and felt numerous realities through this conversation. In fact, it was my first time hearing about North Korean defectors from someone who had devoted himself to them, so it was more special to me. On the one hand, my heart was warmed; on the other hand, I felt sympathetic toward the refugees from the North and their harsh realities. It was unfortunate that our land is divided into two separate countries. I have had some interest in North Korean defectors, but the story the principal told us was so unfamiliar to me that I suddenly realized that we needed to pay more attention to North Korean refugees.

Un-protected children

I noticed the particular seriousness when I first heard about "un-protected" children. These are children, born in another country, such as China instead of North Korea. They have more complex problems than those of North Korean defector children. Most are born in China and come to South Korea. But since their degrees were issued in China, they are not accepted by Korean schools in South Korea. They need to take GED tests in the Korean language. Of course, as most of them do not know Korean, we know that it is a serious problem.

Furthermore, un-protected children have a disadvantage when applying to universities. Our government doesn't regard them as North Korean defectors. That is why these children are called as "un-protected." Thus, they cannot apply for special admission which other North Korean defectors qualify to do. Also, they cannot receive any grants or subsidies from the government. As such, they live in unstable families which trigger identity crises for them.

I strongly argue that our government should also support un-protected children. The government opines that it is useless to support them because they are born in and immigrate from another country. They believe the possibility exists that supported children could leave this country upon reaching adulthood. But, the number of un-protected children increases annually; they continue to choose to live in our country. They could play an important role in bridging the North and the South even if they went back to China later.

Luckily, awareness is spreading throughout Korea; a bill promoting aid to these un-protected children was proposed last year. This bill included the content that we ought to embrace people born in another country just as we embrace North Korean defectors; we treat them equal to ordinary Korean citizens. Although the bill has not yet been passed in committee, this is a small -- yet significant -- step toward an enormous change in our society. Still, it is true that we need to pay more attention to these problems; efforts to date are insufficient.

According to the principal, Yeo-Myung School has to move to another building soon, but most people do not welcome the children in their neighborhood so he worries about them being accepted in a new location. This is definitely NIMBY -- "Not in my backyard." Consistent ongoing programs to educate citizens are needed to change their prejudices. Reunification will be achieved in the future and North Koreans will become our neighbors. North Korean defectors are our neighbors of the future.

After I learned about their situation, I realized that the activities in which

I have participated like the charity concert are much more valuable than I had previously thought. I was reassured that I wanted to continue to devote myself to them. I did not expect that this interview would change my mind so thoroughly but it totally did make a big change. I became reassured of my motto, "leave a person for the next generation." I hope that our society experiences a huge transition and becomes a better place to live for everyone.

강서현의 여명학교 이혜원 선생님 인터뷰

▶▶ 강서현 Kang Seohyeon
용인 한국외국어대학교 부설 고등학교 국제학부 3학년
Hankuk Academy of Foreign Studies International Course, Senior

현재 북한의 상황이 점점 악화하고 한국 매체를 접하는 북한 주민의 숫자가 급속도로 증가하면서, 현재 한국 내 북한 이탈 주민의 수는 30,000명에 이릅니다. 이 중 통일부 집계에 따르면 현재 우리나라에는 약 3,459명의 학업적령기의 북한 이탈 청소년들이 있으며, 학교에 소재하는 학생은 2,688명으로, 대안학교를 제외한 경기도에 있는 정규학교에 재학 중인 학생은, 249개 학교에 724명이나 됩니다. 하지만 저는 중학교 때까지도 학교 내외에서 단 한 번도 북한 이탈 청소년을 본 적도, 이들이 다른 학교에라도 있다는 것을 들은 적이 없었습니다.

물론 경기도 내의 약 5% 정도의 학교에만 이들이 소재하지만, 전혀 들어보지 못했다는 것은 북한 이탈 청소년의 수와 학교에 실제로 소재하는 북한 이탈 청소년의 수의 차이에서 보이는 것처럼 중도에 학교를 그만두거나, 자신이 북한 출신임을 숨기는 학생들이 많다는 실태를 보여줍니다. 통일부 조사에 의하면 실제로 북한 이탈 청소년 10명 중 6명이 자신이 북한 출신임을 숨기고 있으며, 이들의 정규학교 학업 중단비율은 2008년 10.8%에서 2016년 2.1%로 많이 감소하긴 했으나, 여전히 한국 청소년들의 0.77%에 비하면 3배에 달하는 수치입니다. 심지어 고등학교 학업 중단비율은 2016년 기준 6.1%로 굉장히 높은 수치를 보이고 있었습니다.

그렇게 북한 이탈 주민들과 전혀 접촉할 기회가 없던 도중, 처음으로 북한 이탈 청소년들을 만날 수 있게 된 건, 학교 동아리 연합이 주최하는 나눔콘서트에 참여했을 때였습니다. 나눔콘서트는 용인 한국외국어대학교 부설 고등학교의 공연동아리들이 연합하여, 여명학교 후원을 목적으로 여러 기업의 후원을 받아 성남 중앙공원에서 무료로 공연하는 행사입니다. 저는 2015년, 2016년 두 번 참가하였습니다. 2015년 나눔콘서트 당시 만났던 여명학교 학생들은 중등부 학생들로 보였는데, 머리스타일이나 옷을 입은 모습, 친구들과 대화하는 모습이 한국의 여느 중학생들과 다를 바 없는 모습이었습니다.

이를 계기로 북한 이탈 주민들이 한국에 적응하는 과정과 마련된 제도에 알고 싶어 여러 자료를 조사하였고, 여명학교 선생님 한 분과 인터뷰를 한 후, 이를 토대로 북한 이탈 주민을 대상으로 한 교육의 현주소와 개선해야 할 방안에 관한 리포트를 작성하게 되었습니다.

본격적으로 들어가기 전 여명학교를 소개하면, 북한 이탈 청소년들과 북한 이탈 주민의 자녀들을 위한 서울시 소재대안학교로, 북한 이탈 청소년을 위한 최초의 학력인정 대안학교이며 2004년에 개교하여 현재까지 총 11회 졸업식에 180명의 졸업생을 배출하였습니다. 저는 2017년 1월 23일에 여명학교를 방문하여 전 학년 역사과목을 담당하고 계신 이혜원 선생님과 인터뷰를 했습니다. 선생님과의 인터뷰에서는 주로 여명학교의 교육과정에 대해 알 수 있었습니다.

현재 여명학교에는 인가과정, 미인가과정 두 개의 과정이 있는데, 인가과정의 학제는 고등학교 과정으로 학년 구분이 일반 학교와 같고, 초등학교, 중학교 과정에 해당하는 미인가과정은 학력인정이 되지 않아 검정고시를 따로 준비합니다. 보통 한 반에 5명부터 많게는 14명까지도 편성되며, 반편성 수는 그 해의 학생 수에 따라 자유롭게 조율합니다.

여명학교의 수업 일과에 대해서 자세히 알 수 있었는데, 서울시 소재 학교이긴 하나 전국단위로 학생들을 받기 때문에 기숙사, 자취, 장거리 통학생들이 많아 희망자에 한해 저녁까지 제공한다고 합니다. 커리큘럼 자체는 일반 학교와 크게 다른 점이 없었으나, 여명학교만의 특별한 커리큘럼은 9시부터 9시 20분까지의 독서시간입니다. 독서는 북한에서 일찍부터 학업을 중단하고 가정의 경제를 책임져야 하여, 생긴 교육의 공백과 탈북 과정에서의 교육의 공백으로 인해 학생들이 긴 글을 읽는 걸 오랫동안 중단하여, 다른 과목을 공부하기 위해서는 필수적으로 독서의 습관화가 필요하다 생각해 정착된 제도입니다.

그 후 9시 30분부터 1교시가 시작되어 4시 35분에 공식 일과가 끝나면 하교할 학생들은 하교하고, 방과 후 수업이나 학원을 선택하는 학생들도 있다고 합니다. 제가 방문했을 때는 방학 중이라 교내가 한산한 편이었지만, 방학 중에도 몇 가지 프로그램을 진행해 학생들이 드나드는 모습을 볼 수 있었습니다.

크게 세 가지의 프로그램이 있었는데, 첫 번째로 과학캠프는 여명학교의 시설이 협소해서 실험실이 존재하지 않아, 과학실험을 전혀 진행하지 못하는 점을 보완하기 위해 진행하는 캠프입니다. 과학 캠프는 MIT 학생들이 방학 중 2주 정도 동안 실험 기구를 사용하지 않고 진행할 수 있는 간단한 실험을 진행합니다. 현재는 미국 교회를 통해 원어민 교사들을 초빙해 합숙하는 영어캠프를 진행하는 중이며, 다른 하나는 1대1 멘토링 프로그램으로 주요과목인 국어, 영어, 수학 보충 프로그램을 진행하는 프로그램입니다. 이 밖에도 통일부에서 주도하는 캠프가 있다고 합니다.

또한, 일반 학교처럼 국어, 수학, 영어, 체육, 미술, 과학, 역사 과목을 수업합니다. 특별히 여명학교는 학생들의 교육기간 공백, 남북한 용어의 차이, 북한과의 수업과정의 차이점으로 인해 일반 한국 교과서로는 학생들을 가르치기 어렵다 판단해, 자체적으로 교과서를 제작하여 학생들을 가르치고 있었습니다. 교과서 제작 과정에서는 북한 교과서와 한국 교과서를 둘 다 참고하는데, 북한 교과서 같은 경우는 2002년과 2008년 개정판 교과서를 참고하였다고 합니다.

학생들이 공부하며 겪는 어려움 중 하나가 관점의 편향성인데, 특히 이혜원 선생님의 담당 과목인 역사의 과목 특성상 학생들이 어려움을 겪는 경우가 종종 있다고 합니다. 선생님께서 겪은 바로는 학교를 중퇴하거나 교육 공백기로 인해, 대부분 학생이 애초에 역사를 거의 처음 접하는 경우는 괜찮지만, 북한에서 역사를 배우고 온 학생 같은 경우 상당한 혼란을 겪는다 합니다. 북한은 '조선 력사'라는 이름으로 선사시대(북한에서는 원시시대)부터 가르치나, 근현대 역사부터는 '혁명 력사'라는 이름으로 김일성, 김정일, 김정은 일가에 관련된 수업을 진행한다고 합니다. 그래서 북한에서 이를 교육받은 학생들은 한국전쟁처럼 북한과 한국의 관점이 판이한 경우, 한국과 북한의 입장 모두 믿을 수 없다며 방어적인 태도를 보이는 경우도 종종 있다고 합니다. 이런 경우가 잦기 때문에, 여명학교에서는 관점의 다양성을 설명하는 데 초점을 맞춘 수업을 진행하고 있었습니다.

🎤 여명학교의 맞춤교육

여명학교만의 특별수업으로는 독서 수업뿐 아니라 1인 1 악기 수업이 있었습니다. 1인 1 악기 같은 경우 신청 악기의 범위가 굉장히 넓어 드럼 같은 악기도 신청할 수 있는데, 학생들이 가진 상처와 PTSD(외상후 스트레스 장애) 치료에 도움이 될 수 있는 방향으로 진행되고 있습니다. 북한 이탈 주민들이 갖는 심리적 상처는 굉장히 복합적인데, 북한에서 얻은 상처, 탈북과정에서 얻은 상처, 그리고 한국에서 정착하는 과정에서 얻게 되는 상처로 마음의 문을 닫는 경우가 많습니다. 예를 들어 무연고 학생들 같은 경우 가족이 같이 탈북하지 못하거나, 탈북과정에서 떨어지게 되어 가정의 부재로 상처받는 일이 매우 많습니다. 이를 위해 여명학교에서는 심리치료를 굉장히 중시하고 있는데, 신청자에 한해 미술치료, 독서치료, 1대 1 치유상담과 국립정신건강센터에서 전문의에게 검사를 받을 수도 있다고 합니다.

제2 외국어로는 중국어 수업을 진행하고 있는데, 중국어 수업은 비보호 청소년들이 어렸을 때 익힌 중국어를 잊어버리지 않도록 돕는 차원에서 진행하는 수업이었습니다. 비보호 청소년이라는 용어가 아마 한국인 대부분에게 생소할 것입니다. 비보호 청소년이란 북한 이탈 주민의 자녀로, 북한 태생이 아닌 중국이나 제3국 출생 청소년들입니다. 이들의 규모가 우리의 인지도와는 반비례하게 계속 증가하는 추세인데, 2011년에는 전체 학생의 36%밖에 차지하지 않던 비보호 청소년들이, 2016년 기준으로 정규 학교에 재학하는 학생 수가 1,317명으로 탈북 이탈 청소년 수인 1,200명을 넘어섰습니다. (출처: 통일부)

이들의 특징이라면 북한 이탈 청소년보다 연령대가 어린 편으로, 2011년에도 초등학교 재학 비보호 청소년은 초등학교 재학 북한 이탈 청소년보다 150명 정도 더 많았습니다. 북한 이탈 주민 중에는 여성들이 상당수를 차지하는데, 탈북 과정에서 브로커에게 성폭행을 당하거나, 중국인이나 러시아인과 가정을 꾸리는 경우가 생기면서 비보호 청소년들은 지속해서 늘고 있는데, 일반인들의 인식이 부족하고 이들을 북한 이탈 주민이 아니라 중국인이나 제3 국민으로 보는 정부의 시선으로 인해 제대로 된 정책이 없습니다.

대학문제 같은 경우 북한 이탈 주민에게는 특별입학전형이 존재하고, 대학교 재학 중에도 학점이 일정수준을 넘으면 등록금을 지원하는 등의 혜택이 있지만, 비보호 청소년들에게는 해당하지 않습니다. 또한, 정부가 이들을 포용하려는 상황이 아니어서 이들의 정체성 고민은 온전히 그들이 떠안아야 하는 문제가 되어, 이들 스스로 어디에도 소속될 수 없다는 생각을 가질 수밖에 없는 현실입니다. 또한, 언어 문제도 발목을 잡는데 다른 북한 이탈 주민들 또한 소통에 어려움을 겪지만, 비보호 청소년들 같은 경우 한국말을 배우지 못한 경우가 많아, 한국에 정착하는 데 큰 어려움을 겪는 경우가 많습니다.

학생들의 연령대가 다양하고 받은 교육의 양이 차이가 크기 때문에, 여명학교에서는 수준별 분반수업을 적극적으로 진행하고 있습니다. 4반 정도에 한 반에 많으면 15명까지 나누어 수준별 수업을 진행해 수업에 뒤떨어지는 학생들이 최대한 없게 했는데, 학생들의 연령대가 다양한 이유를 질문하니 탈북과정이 일반인들의 생각보다 복잡한 게 가장 큰 이유로 꼽혔습니다. 보통 '직행'이라 불리는, 북한에서 바로 한국으로 넘어오는 경우는 거의 없으며 대부분의 북한 이탈 주민들은 중국을 거쳐서 옵니다. 보통 한국으로 올 생각을 바로 하기보다, 중국에서 돈을 벌고 북한으로 보낼 생각으로 탈북한 경우가 많다고 합니다. 그래서 중국에서 돈을 벌며 시간을 보내고, 후에 한국에 오길 결심해도 브로커를 구하기 위해 돈을 벌어야 하는 시간이 있기 때문에, 교육에 큰 공백이 생깁니다.

심지어 북한에서도 제대로 된 의무교육을 마친 주민은 드물기에 교육의 공백은 심화 됩니다. 북한의 의무교육이 11년이라 해도 학생 대부분의 집안 경제 상황이 열악하여, 소학교(초등학교) 졸업 후 경제활동에 뛰어듭니다. 이들의 학업 중도 포기율은 굉장히 높았습니다. 그래서 보통 짧아도 5~10년가량의 교육 공백이 발생하고, 청소년기에 탈북했어도 탈북과정의 어려움으로 인해 한국에 들어오면 20대인 경우가 많았습니다. 그래서 여명학교에는 20대 북한 이탈 주민 학생들이 상당수 존재하고 있었습니다.

하지만 이를 고려하지 않은 정부의 수급비 지원이 공부하고 싶은 성인 북한 이탈 주민들의 열망을 꺾고 있었습니다. 북한 이탈 주민에게는 성인 기준으로 한 달에 49만 원을 주는데, 이 비용으로 식비, 교통비, 임대아파트 관리비, 생활비 등을 모두 관리하려니 빠듯할 수밖에 없고, 공부 중인 학생들은 학교에 다녀야 하니 시간 여건상 다른 경제활동을 하기가 힘들 수밖에 없습니다. 심지어 주말에만 아르바이트해도 경제활동을 하는 것으로 간주 되어 지원이 중단되기 때문에, 이러기도 저러기도 힘든 상황에 부닥치게 됩니다.

그러나 이들이 교육과정을 이수하지 못하게 되면, 대부분 대학교를 졸업한 다른 구직자들과의 경쟁에서 뒤처지기 때문에 취업이 어렵습니다. 그래서 여명학교에서는 학생들이 공부를 계속할 수 있도록 학교 차원에서 다양한 장학금제도를 마련해 생활비와 교통비를 마련해주었습니다. 그리고 '드림장학제도'라는 장학제도로 방과 후 학교처럼 학교 일과 이후 학원이나 진로 관련 프로그램을 수강할 수 있도록 돕고 있었습니다.

🔭 개선되어야 할 점

북한 이탈 주민을 대상으로 한 교육의 현주소에 관한 긴 설명을 마치고, 제가 느낀 북한 이탈 주민 대상 교육정책에서 개선해야 할 점을 꼽자면, 첫 번째로는 정규학교에 재학 중인 학생들의 높은 중도 포기율입니다. 정규학교에 재학하면 한국 사회에 일찍 적응할 수 있다는 장점이 있으나, 중학교 3학년 과정 이후부터는 북한 이탈 청소년들이 수업을 따라가지 못해 상당수의 학생이 자퇴를 선택하게 됩니다. 초등학생부터 중학생까지의 학생들 또한 비보호 청소년들의 비중이 높아 한국어 실력의 부재로 다른 학생들과 소통이 쉽지 않고, 이 때문에 잦은 갈등을 겪어 상처받는 경우가 많습니다.

무조건 특수 교육을 지원하는 것도 능사는 아니지만, 이들을 중점으로 한 교육제도가 현실적으로 필요한 것은 확실합니다. 개인적 견해로는 학업 적령기가 아닌 학생들은 일반 학교에서 뒤처지는 것보다 특수학교에서 자신이 소화할 수 있는 공부를 하는 것이 좋으나, 학업 적령기, 특히 초등학생과 중학생 나이의 청소년 같은 경우는 적응과 소속감 형성을 중점으로 두어 일반 학교에 다니고, 고등학생부터는 희망하는 학생에 한해 일반 학교에 다닐 수 있도록 선택의 기회를 제공해야 한다고 생각합니다. 또한, 이들 모두에게 방과 후에 오후반 식으로 여명학교처럼 북한 이탈 청소년들과 비보호 청소년들만을 위해 운영되는 프로그램이 마련되어, 적응할 동안 겪을 갈등을 최소화하도록 지원해야 합니다. 예를 들어 비보호 청소년들에게는 국어 교육과 정체성 형성을 중점으로 두고, 북한 이탈 청소년들에게는 심리치료와 문화적 갈등을, 고등학생들에게는 방과 후 학교의 개념으로 학교 수업을 따라갈 수 있도록 지원하는 방안이 있습니다.

비보호 청소년에 대한 정책이 없는 점도 매우 큰 문제입니다. 기존의 다문화가정정책, 2개의 문화권을 대상으로 한 정책의 시선에서 비보호 청소년들을 바라보고 있습니다. 예를 들어 북한 땅을 한 번도 밟아보지 못하고 중국에서 태어났지만, 탈북한 어머니와 중국인, 혹은 러시아인 아버지를 두어 중국에서도 정체성으로 고민하다 한국에 와서도 외국인 취급을 받는, 2개 이상의 문화권 사이에서 갈등을 겪는 상황도 있습니다. 이런 사례들을 제대로 포용할 수 없어서 이들을 위한 새로운 제도를 마련해야 합니다.

비보호 청소년들이 북한 이탈 청소년의 수를 넘어서는 추세에서, 이는 우리 손으로 잠재적인 사회갈등을 초래하는 것과 마찬가지입니다. 대부분 중국에서 태어나 중국어를 모국어로 삼은 이들에게는 국어교육이 가장 시급하며, 문화의 차이로 부모와 충돌이 생기는 경우가 잦기 때문에, 부모와의 갈등중재에도 힘써야 한다고 생각합니다.

또 성인인 북한 이탈 주민이라 하여, 정규교육과정을 이수한 한국의 성인처럼 고려하여 정책을 마련해서는 안 된다고 생각합니다. 대부분의 북한 이탈 주민들은 장기간 교육의 부재를 겪었기 때문에, 이들의 성공적인 정착을 위해 성인들에게도 교육의 혜택을 누릴 수 있도록 해야 합니다. 만약 이들 중 교육을 받기를 희망하는 사람이 있다면, 그에 한해 현재 수급비 49만 원 이외에 추가로 교통비나 식비 명목으로 추가로 지원금을 지급하고, 중단된 경제활동을 어느 정도 메워주어 마음 놓고 교육을 받을 수 있도록 지원해야 한다고 생각합니다.

비용 문제가 당연히 대두 될 수밖에 없을 것 같습니다. 이는 현재 여명학교에서 지원금을 지급하는 명목처럼 기준이나 차등을 주어 지급을 하거나, 대부분 2.0이라는 너무 낮은 학점을 기준으로 북한 이탈 주민에게 대학교 장학금을 지급하는 현 제도를 개선, 장학금지급 기준을 높여 비용을 절감해 충당하면 어느 정도 해결할 수 있을 거라고 예상합니다. 북한 이탈 주민들을 위한 전용 교과서 또한 중요한데, 하나원에서 쓰는 교재를 제외하고 이들을 위한 교과서는 2014년 이후로 소식이 들려오지 않으며, 이 교과서 또한 고등과정 교과서는 아닙니다. 교육부에서 통일 대비 교과서를 제작하기 위해 여명학교 선생님들과 연락하고 있다고는 하나, 현재 여명학교 학생들을 위한 교과서도 여명학교 교사분들께서 직접 제작하고 있는 만큼, 교과서 제작 면에서 정부의 관심과 지원이 필요하다고 볼 수 있습니다.

마지막으로, 여명학교 학생들이 졸업 후 선택하는 진로 대부분을 보면 한 가지 공통점이 있는데, 소위 말하는 이과 전공이 없었습니다. 많은 이들이 북한 이탈 주민이 어려워할 것 같은 과목으로 영어를 꼽았는데, 실제로는 많은 학생이 영어는 즐겁게 배우고 있으며 노력하면 되기 때문에 선호하지만, 수학에서는 좌절하는 경우가 많았습니다. 언어와 달리 수학은 실생활에서 쓸 일이 없어 교육과정의 공백으로 수학능력이 쇠퇴한 것이 첫 번째 원인으로 꼽히고, 두 번째로는 한국의 수학 교육과정이 유독 다른 나라보다 훨씬 어렵고, 선행학습과 사교육이 가장 성행하는 과목이기 때문입니다. 이를 극복할 수 있도록 이들을 위한 교육을 제공할 때 다른 과목보다 특히 수학을 강조해 가르쳐야 한다고 생각합니다. 충분히 재능이 있을 수 있음에도 동등한 선에서 경쟁할 기회조차 제공되지 않아 다른 꿈을 선택하는 비극은 일어나지 않아야 한다고 생각합니다.

교육은 미래의 인재를 키우는 굉장히 중요한 분야이기 때문에, 교육제도가 매끄럽게 정착된다면 앞으로 있을 혼란 또한 대비할 수 있을 것입니다. 초등학교 때부터 배운 것처럼 우리가 한민족이고 분단은 민족의 비극이며, 국가 경쟁력을 위해서 통일해야 한다는 청소년들의 공감을 불러일으키지 못하는 낡은 표현은 쓰지 않겠습니다. 다만 북한 이탈 주민은 지속해서 증가하고 있고 북한 또한 언제 무너질지 모르는 것이 현실이므로, 우리가 마냥 안일하게 있어서는 안 됩니다. 북한 이탈 주민을 위해 적극적으로 새로운 교육제도를 마련해, 계속 수정해나가면서 통일 후 어떤 교육을 해야 할지 고민해야 합니다. 북한의 교육과 한국의 교육 차이를 어떻게 극복하고 교사들을 어떻게 재교육 해야 할지 미리 계획을 세워둔다면, 통일 후 있을 혼란을 조금이나마 줄일 수 있을 것입니다.

▶▶ 여명학교 이혜원 선생님
Lee Hyewon, teacher in Yeo-Myung School

Interview of Lee Hyewon,

teacher in Yeo-Myung School by Kang Seohyeon

⚔ Uncomfortable reality

Since the circumstances in North Korea deteriorates gradually and the number of North Koreans who encounter the media of South Korea increases rapidly, there are about thirty thousand North Korean defectors in South Korea. According to statistics from the Ministry of Unification, among the prime time for students studying, only 2,688 of 3,459 North Korean defectors are attending school. Seven hundred twenty four students are attending schools in Gyeonggi-do but I have never seen or heard about the North Korean students here.

Only five percent of schools in Gyeonggi-do have North Korean defectors, however, it was unusual that no one had heard about them. It may be a result from the difference between the total number of students and the actual numbers in school. This may indicate that many adolescents of North Korean defectors have dropped out of school or they may have concealed their identity: North Korean defectors. In reality, six out of ten students from North Korea have veiled their identity according to the Ministry of Unification. Moreover, the proportion of students who drop out of regular school was 2.1% in 2016, much lower than 10.8% in 2008; this figure is still three times higher than the rate of South Korean students who drop out of school, 0.77%. The rate of high school drop-outs was even 6.1% in 2016, which is an extremely high level.

I had spent a whole lifetime and never encountered North Korean defectors before attending 'Nanum (charity) concert.' Nanum (charity) concert is a benefit performance to support Yeo-Myung School. It is held annually by the performing club alliance of Hankuk Academy of Foreign Studies and its sponsors. I performed a street dance twice, in 2015 and 2016. I met students of Yeo-Myung School in 2015 Nanum (charity) concert. I recognized that they have nearly same appearances in clothing and hair styling with most usual Korean students.

I was surprised by this recognition, so I searched for background information on the process of North Korean defectors adjusting to South Korean society and the government system's support of this process. Then I decided to write a report about the present condition and how to improve education for North Korean defectors, based on an interview with one of the teachers in Yeo-Myung School.

Before knuckling down to the report, I will introduce the history and educational goal of Yeo-Myung School briefly. Yeo-Myung School is located in Seoul, and it is the first alternative education school for offering education to North Korean defectors and their children. It has been opened since 2004 and over eleven graduating classes, they produced about 180 graduates. I visited Yeo-Myung School on the 23rd of January, 2017, and interviewed Ms. Lee who teaches history in the school. I came to know the curriculum of this school through her.

There are two curriculums in Yeo-Myung School. One is permitted by the government and similar to other regular high school curriculum, and the other, elementary and middle school curriculum, is not permitted by government, so students of this curriculum prepare to take GED tests. Normally, each class accommodates five to fourteen students, and the number of classes is fluid, depending on the number of students in that year.

Throughout her interview, I learned in detail about the academic schedule of Yeo-Myung School. Since the school has recruited students nationally, many students live in the dormitory, apart from family. So the school offers dinner to students who require it. The curriculum is not much different from that of other usual schools, yet Yeo-Myung School has a special activity: reading time from 9 to 9:20 in the morning. North Korean defectors usually have a significant educational gap. They gave up studying in North Korea to support the family household financially and did not study during their escape from North Korea. As a result, they encountered difficulties when they study other subjects, so this reading time is designed to establish habits so that students read books.

After reading, their first class begins at 9:20 a.m. and the last official class finishes at 4:35 p.m. Some students return home, however; other students elect to take after school courses or private lessons. When I visited the school, it was quiet because it was winter vacation. A few students had come to school to take academic enrichment programs.

During the Yeo-Myung School vacation, there are three principal special programs: science camp, English camp, and a one-on-one mentoring program. First, science camp provides enrichment to make up for poor facilities in the school—too small, no laboratory. MIT students volunteer to instruct simple science experiments, which do not require the fancy tools or laboratories. At that time, the English training camp was conducted by native speakers from an American church. Last but not least, there is a one-on-one mentoring program where students can be assisted by teachers when they have difficulties in subjects such as: Korean, Math, English. There is also a camp held by the Ministry of Unification.

Similar to subjects in other regular schools, Korean, Math, English, Art, Science, P.E. and history are taught. However, Yeo-Myung School uses unique textbooks developed by Yeo-Myung teachers because their students experience an education gap due to their language disparity between North and South Korea as well as the difference in the curriculums. During teacher book development, teachers refer to both North and South Korean textbooks. More especially, they consulted 2002 and 2008 revised editions of North Korean textbooks.

One of the problems that Yeo-Myung students undergo is a collision between two opposing, biased viewpoints of North and South Korea. This has usually occurred in history, the subject taught by Ms. Lee. She said students who have never had history in North Korea did not experience much difficulty; however, students who had learned history, called Chosun history, in North Korea, were easily confused by opposing viewpoints in South Korea. To some extent, 'Chosun history' includes a similar course within the South Korean history textbook. For example, North Korean schools have also taught prehistoric ages as South Korean schools do. In addition, there is 'History of Revolution', which is the history of the family line of Kim Jong Un, in North Korean textbooks. Consequently, Yeo-Myung students who learned this history often demonstrate a defensive stance and say that they disbelieve both viewpoints of North and South Korea when they learn about the Korean War, a most controversial issue. Due to this problem, Yeo-Myung School tries to convey a neutral point of view, focusing on explaining facts and multiple viewpoints.

✒ Yeo-Myung School's customized education

Yeo-Myung School provides special courses including not only reading time but also a 'one man one instrument' musical program and psychotherapy to students. In this 'one man one instrument,' students may even request a drum lesson. This program helps to heal PTSD and its deep scars left on students.

North Korean defectors' wounded hearts are caused by multiple reasons — accumulated scars from North Korean life, escaping it and settling down in South Korea, which events make them close their hearts. For instance, students who failed to flee with family or were separated during the escape are vulnerable to this trauma. To cure this woes, Yeo-Myung School places high importance on psychotherapy. Psychotherapy affords them a chance to consult a professional psychotherapist and to take art or reading therapy.

Chinese is the only second foreign language in Yeo-Myung School. The purpose of this course is to remind 'unprotected adolescents' of Chinese skills that they learned in their childhood. The term 'unprotected adolescents' is unfamiliar to most Koreans. They are the children of North Korean defectors who have Chinese or another country's citizenship instead of the North Korean one, and the number of these "unprotected adolescents" is rapidly increasing, unlike our awareness. In 2011, there were thirty-six percent (36%) unprotected students among North Korean defectors. However, in 2016, there are 1,317 unprotected students in a regular school, a statistic much higher than the number of students from North Korea, 1,200 total. (Source: The Ministry of Unification)

A significant fact about these students is that they are younger than students from North Korea. In 2011, the number of unprotected students in elementary school was 150 more than that of students from North Korea. Most of North Korean defectors are women. They are vulnerable to sexual violence by brokers during their escape from North Korea. They are forced to marry Chinese and Russian men. As a result, the total number of these unprotected adolescents is steadily increasing. However, the awareness of them is desperately lacking because there is no established government policy and because the government treats them as Chinese or as third country nationals, not as North Korean.

There are special admissions for college students from North Korea, and there are also scholarships for them as long as they maintain a required minimum GPA. On the contrary, there is no support for unprotected students. Moreover, since the government has not ever embraced them, they entirely shoulder the burden of their identity crisis and tend to think they do not belong anywhere. Furthermore, the language holds them back. Of course, North Korean defectors have difficulty with communication, but unprotected students have much more trouble adjusting to South Korea since they never learned Korean in the first place.

Yeo-Myung School actively adopts differentiated instruction because of the diverse age range of students and their educational differences. To reduce the number of students who get left behind in studies, teachers classify students into 4 levels. I asked Ms. Lee the reason for diverse age range grouping of students; she pointed out the complex process of escaping from North Korea. Escaping directly from North to South Korea is very rare. Most North Korean defectors escape from North Korea through China, and they normally worked in China to send money to their family in North Korea, not directly deciding to go to South Korea. Therefore, they have spent time in China for at least 5 years, and they have to spend time earning money for bribes to brokers even after they determined to flee to South Korea.

Even worse is the fact that very few North Korean defectors complete the eleven-year compulsory education program in North Korea. Usually, students drop out school to earn money for family after graduating from elementary school. The majority of students live in very difficult financial conditions. Therefore, there is at least a five to ten year educational gap. As a result, Yeo-Myung School has a considerable number of North Korean defectors in their twenties.

But the financial support policy established by the government fails to consider their situation, discouraging the aspirations of adult North Korean defectors who want to study. The government aid [490,000 won] to adult North Korean defector each month is allotted to pay for food, transportation, and apartment maintenance fees. Students are not allowed to work while they go to school. Unfortunately, the government even considers a part-time job on weekends as work, so work of any kind would eliminate financial support immediately. Then they would be in a difficult place financially.

If they fail to study, they then can not compete with other job seekers who have graduated from university. So Yeo-Myung School supports students through its own scholarship programs. For example, the 'Dream Scholarship Program' is an after-school program for students to take a private enrichment class in study skills or job seeking skills.

✒ Several points of needed improvement

After finishing this long description about the current educational woes of North Korean defectors, I will present several points of needed improvement. Firstly, the high drop out from school must be solved. If students choose to enter regular schools, it would be easier, and hopefully faster, for them to adapt to Korean society. However, after the third-grade curriculum in middle school, some students from North Korea and a few 'unprotected students' drop out because of challenging academics. Additionally, there are a number of young unprotected students who usually struggle in conversation with other students due to a lack of Korean skills.

It, however, does not fulfill every need when they go to an alternative school. However, it is clear that a special educational policy for them is necessary. In my opinion, adults should enter alternative schools only to take the proper educational coursework necessary for them. Adolescents should enter a regular school in order to adapt and to acculturate quickly to Korean society. High schoolers, on the other hand, should have an option to choose the alternative school. In addition, there should be after school programs like Yeo-Myung School programs to reduce the struggles of adaptation. For 'unprotected adolescents,' for example, the program should focus on creating a sense of belonging and teaching Korean; to adolescents from North Korea, it should offer psychotherapy and culture classes. The mentoring program can be offered to high school students to bridge the gap with other students.

The most serious problem is that there is no policy for unprotected adolescents. The existing multicultural policy, which aims at balance between the two cultures, is inappropriate for them. They were born in a foreign country, have a China or Russia father and a North Korean mother, and, as such, are regarded as a foreigner in South Korea. This mixture causes them to have an identity crisis between more than two cultures: North Korea, South Korea, Chinese or Russian. A new policy needs to be made for them. The word 'unprotected' in 'unprotected adolescents' directly indicates that they are not protected by the government.

This trend that the ever-increasing numbers of unprotected adolescents are more than those adolescents from North Korea cannot be ignored. Their current situation may cause latent social conflicts without preemptive measures. Most urgently need to learn the Korean language because their mother language is Chinese; the government should provide for mediation between them and their parents to resolve potential cultural conflicts.

And the government should not make policies concerning adult North Korean defectors of the same age as other South Koreans who have already graduated from university. North Korean defectors usually undergo a huge educational gap due to circumstances of escape, so the government should give them educational benefits to help them have a successful settlement. If they want to study, the government should support them in learning through giving additional grants, not just current amount of 490,000 won per month.

Understandably, the issue of expense will arise, but it is a solvable problem. The government could raise the minimum GPA 2.0, a level required for financial aid to the undergraduates of North Korean defectors. It would allow the government to save money, which could be used for additional grants. Exclusive textbooks for 'unprotected adolescents' and North Korean defectors are also an important factor because there are no new edition textbooks for them since 2014. Even existing textbooks are not solely for high school students. Ms. Lee told me that the Ministry of Education keeps in contact with Yeo-Myung School teachers for development of textbooks to be used in a reunified Korea. I believe that the focus and support are still insufficient because current Yeo-Myung School teachers have insufficient time for research and writing textbooks.

Lastly, a major portion of Yeo-Myung School graduates have something in common. They select majors other than Natural Science, except for nursery. Although English is the hardest subject for most North Korean defectors, a large number of students enjoy learning it and prefer it because they think their skills in it become improved through effort. In reality, they have often experienced frustration with mathematics. Unlike languages, math is rarely used in actual life. Mathematical reasoning skills were not especially useful during their escape from North Korea. Also, the level of

Korean mathematical curriculum is especially harder than other countries' mathematical curriculums. Private tutoring for math is extremely needed. To overcome these conditions, math should be emphasized in the education for North Korean defectors. No more tragedy should be allowed in North Korean defectors' lives. They were forced to choose other than their desired dreams and, consequently, lack a fair chance to compete equally, even though they are just as competent.

Education is the most important and definite way to nurture talented people for the future. Therefore, once the educational policies are appropriately defined, these policies will decrease the possibility of future societal confusion. I will not use the cliché—we both are the Korean race—what we have learned for our entire lives. Also I will avoid saying that we must reunify to secure national competitiveness; this stance would not arouse sympathy from adolescents. But I want to point out that North Korean defectors are increasing their numbers and a collapse of North Korea is inevitable. We must prepare our educational curriculum for reunification through testing this policy now on North Korean defectors. We must improve policies for reducing this chaotic situation: the difference between North and South Korean curriculum and teachers. We must prepare for reunification whether we want it or not.

정예진의 연희 (가명), 김명주 (가명)님 인터뷰

▶▶ 정예진 Jeong Yejin
용인 한국외국어대학교 부설 고등학교 국제학부 3학년
Hankuk Academy of Foreign Studies International Course, Senior

🔭 너희 엄마 북한 사람이야?

하나였던 대한민국이 두 개의 국가로 분단된 지도 어느덧 많은 시간이 흘렀습니다. 고등학교 3학년으로서 북한 이탈 주민 청소년 후원을 위한 용인외고의 나눔콘서트에 참여한 것을 계기로, 북한 이탈 주민 청소년이 우리 주위에 있구나 하는 인식을 하게 되었습니다. 어쩌면 북한 이탈 주민들의 현실을 알고 이해하는 것이, 통일에 대한 첫걸음이 아닐까 생각해봅니다. 북한 이탈 주민 청소년들에 대한 더 깊은 이해를 목적으로, 그들을 위한 대안학교인 두리하나 국제학교를 방문하여 북한 이탈 주민 청소년과 선생님을 인터뷰하기로 하였습니다.

저의 첫 번째 인터뷰 대상자는 초등학교 6학년인 연희(가명)였습니다. 어린 학생을 인터뷰하는 것이 처음이었던 저에게도, 낯선 이와 인터뷰를 해야 하는 어린 친구에게도 불편함이 느껴졌던지 어색한 공기가 방을 감쌌고, 연희의 눈에서 왠지 모를 경계심과 불안감이 느껴졌습니다. 첫 질문을 시작하기 전 자료 작업을 위해 녹음을 해도 되느냐고 물어보았더니, 연희는 "녹음이요…?"라는 말과 함께 안 했으면 좋겠다는 의사를 나타냈습니다. 사진도 찍지 않기를 원했고 가명을 사용하길 원하는 연희에게 그 이유를 물어보았더니, "사진이 어디에 올라가거나 해서 예전에 다니던 학교 친구들이 보면 뭐라고 할까 봐…." 라고 대답하며 걱정을 내비쳤습니다.

북한 어머니와 한국 아버지 아래에서 태어나 한국에서 자라온 연희는, 일반 초등학교에 다니다 작년 11월 두리하나 국제학교로 전학 왔습니다. 자신처럼 북한 어머니 밑에서 자란 친한 친구 윤지(가명)를 따라 이 학교로 옮겨왔는데, 현재 윤지와 윤지 동생, 이렇게 셋이서 기숙사에서 살고 있다고 설명해주는 연희의 눈에서 조금은 긴장이 풀린 듯 즐거움이 느껴졌습니다.

혹시 일반 초등학교에 다닐 때 북한에 관련하여 차별을 겪은 적이 있느냐고 물어보자, 하나의 에피소드를 들려주었습니다. 일반 초등학교에 재학 중일 때 친한 언니에게 어머니가 북한 사람임을 말했는데, 그 언니가 또 몇몇 친구에게 말해서 친구들이 "너희 엄마 북한 사람이야?"하고 물어보곤 했답니다. 그럴 때마다 자신은 대충 얼버무리고 빨리 다른 주제로 넘기곤 했답니다. 이런 말을 하는 연희에게 왠지 깊은 마음의 상처를 느낄 수 있었습니다. 그리고 이런 일을 겪으면서 연희는 점점 더 자신의 이야기를 숨기게 되지 않았을까 하는 생각이 듭니다.

연희는 곧 일반 중학교로 옮길 예정입니다. 두리하나 국제학교에서 친구들과 보내는 시간, 그리고 추억들은 너무 즐겁고 소중하지만, 한국의 일반 중학교에 다니는 것이 미래에 더 좋을 것이라는 어머니의 말에 따라 일반 중학교로 옮겨갈 생각이라고 했습니다. 일반 중학교에 다니게 되면 걱정되는 점이 있느냐고 묻자, 자신이 예전에 두리하나 국제학교와 관련해서 뉴스에 나온 적이 있는데 새로 가게 될 중학교의 친구들이 그 방송을 볼까 봐 걱정된다고 합니다. 자신의 어머니가 북한 사람인 것이 밝혀지는 것을 많이 걱정하는 연희를 보면서, 여느 평범한 초등학생처럼 보이지만 조금은 특별한 가정에서 살아온 연희가, 많이 고민하고 또 많은 시련을 겪었을 거라는 생각이 들었습니다.

큰 걱정 속에서 첫 번째 인터뷰를 끝마치고 연희를 바래다주면서 많은 생각을 하게 되었습니다. 사진도 녹음도, 이름도 모두 공개되지 않길 바라는 연희의 모습에서, 그리고 왠지 모르게 주눅이 들어있는 연희를 보면서, 북한 이탈 주민의 자녀로서 미묘한 사람들의 눈길과 차별을 겪으며 한국에서 살아가는 것이 절대 녹록지 않음을 느꼈습니다. 또 직접 북한에서 건너온 북한 이탈 주민 청소년이 아닌데도 불구하고 어머니가 북한 이탈 주민이라는 이유 하나만으로, 수많은 걱정을 하면서 타인의 시선을 의식하는 연희의 모습을 보며, 북한 이탈 주민 청소년들은 또 얼마나 더 많은 고민과 걱정을 할까, 또 얼마나 더 많은 차별 속에서 살아갈까 하는 생각을 하게 돼서 마음이 씁쓸합니다.

13살밖에 안 됐지만, 고등학생만큼 성숙해 보였던 연희와의 인터뷰를 통해 수많은 감정이 교차하였고, 많은 것을 느꼈습니다. 우리 사회가 아직은 북한 이탈 주민들, 혹은 그들의 자녀들이 마음 편히 살 수 있는 사회가 아니라는 생각이 들었습니다. 갑질 당하는 것은 너무 싫어하면서, 어쩌면 우리 사회 구성원들이 아무렇지 않게 그들을 향해 무언의 갑질을 하며 살지 않았는지 반성해봅니다. 같은 이웃으로서 차별 없이 평등하게 살기 위해서는 사회 전반적 노력과 인식의 대전환이 필요하다고 생각되었습니다.

🎤 조선족? 탈북인? 다 같은 거 아니야?

걱정되는 마음으로 두 번째 인터뷰를 시작하였습니다. 인터뷰 장소를 들어서는 인터뷰 대상자의 표정에서 쾌활함이 느껴졌습니다. 김명주(가명)라고 자신을 소개한 이 분은 현재 두리하나 국제학교에서 집사님이셨고, 기숙사와 대안학교의 운영, 식당 관리, 학생들 피아노 반주 등 다양한 일을 하면서 대안학교를 위해 열심히 일하고 계셨습니다. 밝은 대답을 듣자 인터뷰를 진행하는 저도 긴장이 많이 풀리는 것 같았습니다. 혹시 인터뷰하며 사진이나 녹음을 진행해도 되는지 묻자, 전혀 상관없으나 사진은 찍지 않았으면 좋겠다고 하셨습니다. 그 이유는 "아직 북한에 가족들이 살고 있어서…"라고 하셨고 가슴 속에서 왠지 모를 찡함이 느껴졌습니다.

김명주 집사님은 1998년, 19살 때 중국으로 건너가 8~9년을 중국에서 살고 두리하나 국제학교의 목사님을 만나 한국으로 들어왔다고 하셨습니다. 북한에서는 미술, 기악, 무용, 화술(웅변, 선동 역할)을 중점적으로 교육하는 예대에서 공부하셨답니다. 북한에서 이 학교는 졸업 후 음악 선생님이라는 안정적인 직업이 보장되는 편이어서 부모님의 선호도가 높고, 재학했던 자신도 이에 대한 자부심이 매우 높았다고 하셨습니다.

하지만 기숙사 생활은 매우 열악하다고 하셨습니다. 썩은 밀가루로 만든 죽이 식사마다 나왔고, 난방은 전혀 되지 않았으며 한겨울에도 찬물로 세수해야 했고, 심지어는 천 생리대를 찬물로 빨아서 써야 했다고 하셨습니다. 이렇게 4년을 지내자 점점 몸에 이상이 왔고 결국 신장염을 앓게 되었답니다. 마침 외가가 중국국경과 가까웠고, 중국에 가면 돈을 많이 벌 수 있다는 말에 이끌려서 북한을 탈출해 중국으로 넘어가게 되었다고 하셨습니다.

북한에서의 김일성과 김정일의 존재가 갖는 의미는 다른 나라에서는 상상도 할 수 없는 정도랍니다. 김일성과 김정일은 북한에서는 정말 '하나님'과 같은 존재라고 했습니다. 수많은 충성서약을 통해 실제로 충성심이 많이 생겼고, 북한에서 태어나서 살게 되면 그런 체제가 당연하다고 생각하게 된다고 하셨습니다. 북한 밖의 정치나 체계에 대한 정보는 전혀 받지 못하며, 오로지 북한에서 가르치는 것밖에 알 길이 없었기에 반문을 할 수도, 의구심을 가질 수도 없었다는 집사님의 말을 들으며, 큰 안타까움과 함께 북한 체제의 심각성을 다시 한 번 느끼게 되었습니다.

북한에서 한국으로 들어왔을 때 가장 힘든 점이 무엇이었냐고 질문하자, 가슴을 울리는 말씀을 하셨습니다. "남한에서 가장 힘든 점요? 남한에서 힘든 것이 있다고 생각하는 자체가 사치예요!" 북한에서 남한으로 무사히 건너온 것만으로도 불평할 수가 없다고 하십니다. 한국은 노력한 만큼 벌 수 있고, 국가와 개인 또는 개인과 개인 간의 약속이나 신뢰 관계도 매우 투명하다고 하셨습니다. 단지 어떨 때는 소외감을 느낄 때가 있는데, "조선족? 탈북인? 다 같은 거 아니야?"라는 차별적인 말을 들을 땐 너무나 서러웠다고 하셨습니다.

현재 39세인 집사님은 아들을 둘 키우는 어머니라고 말씀해주셨는데, 자신이 70대이신 시어머니와 대화가 된다며 한국의 60~80년대와 현재의 북한이 매우 비슷하다고 하셨습니다. 그러니 북한에서 한국으로 탈북한 사람들은 처음에 얼마나 적응이 힘들겠냐며, 걱정을 내비치기도 하셨습니다. 그리고 북한 이탈 주민 청소년 또는 북한 이탈 주민에 대한 제도의 필요성에 대해 질문을 드리자, 무엇보다도 중국에서 중국인 아버지와 북한인 어머니 밑에서 태어난 친구들도 탈북자들과 다 마찬가지인데, 그들을 위한 제도는 전혀 마련되어있지 않다며, 그에 대해 안타까운 마음을 비쳤습니다. 중국인, 북한인, 한국인 사이에서 정체성의 혼란을 겪는 그들에게 아무런 경제적 지원이 제공되지 않으니, 그들은 정말 갈 곳이 없어진다고 말씀해주셨습니다. 중국에서 태어난 우리 동포를 위한 제도와 정책이 가장 시급한데 정작 너무나 미흡한 것 같다는 집사님의 말을 들으며, 우리나라의 북한 이탈 주민들을 위한 복지제도에 보완해야 할 점이 많다는 것을 느낄 수 있었습니다.

"북한 이탈 주민들을 바라보는 시선이 많이 변화한 것 같아요. 예전에는 남한사람들이 북한 이탈 주민에 대해 애틋함과 끈끈한 정을 많이 보내주셨는데, 요즈음의 20, 30대로부터는 전혀 그런 걸 못 느끼겠어요. 결국, 같이 살아가야 하는 같은 민족이 아닌가요? 오죽했으면 자기 고향을 버리고 죽음을 무릅쓰고 탈북을 할까요? 북한 이탈 주민들은 상처가 많아요. 좀 더 부유하고 여유로운 한국 사람들이 북한 이탈 주민들에 대한 편견을 버리고, 동정심이 아닌 포용심을 가져주시길 부탁해요."

집사님의 말씀을 다 듣고 난 후 우리가 함께 살 사회를 만들기 위해서는, 북한 이탈 주민에 대해서 동정하는 것보다는 공감하는 것이 더 중요하다는 것을 깨달았습니다.

정예진의 권혁성, 임수아 님 인터뷰

🔭 여명: 희망의 빛

두리하나 국제학교에서의 인터뷰를 마치고, 또 다른 북한 이탈 주민 청소년 대안학교인 여명학교를 방문했습니다. 나눔콘서트를 통해 직접 후원을 했던 학교이기도 해서 더욱 관심이 있었기에, 설레는 마음으로 발걸음을 옮겼습니다. 여명학교에서는 중국 출생의 학생 두 명을 인터뷰하게 되었습니다.

🔭 학생 부회장 권혁성

여명학교에서의 첫 번째 인터뷰 대상자는 권혁성이라는 학생이었습니다. 중국에서 북한인 어머니와 중국인 아버지 사이에서 태어나 살다가, 2014년도에 한국으로 왔다고 자신을 소개하는 혁성이에게서 밝은 기운이 느껴졌습니다. 한국에 오게 된 계기를 묻자 중국에서 무료로 고등학교에 가는 것이 힘들게 되었고, 또 한국에 미리 와 계시던 어머니와 같이 살고 싶어서 한국에 오게 되었다고 말해주었습니다. 여명학교에 오게 된 계기에 관해 묻자, 원래 일반 학교로 가려고 했는데 안 좋은 말들이 있어서 북한 이탈 주민 청소년 대안학교인 여명학교로 오게 되었다고 말해주었습니다. 혁성이의 말을 듣고 북한 이탈 주민 청소년들, 또는 중국에서 온 학생들 사이에서도 일반 학교에 가는 것에 대해 어려움을 느끼는구나 하는 생각이 들었습니다.

혁성이는 음악 듣는 것을 좋아하고 농구도 즐겨 한다고 했습니다. 학교의 친구들은 어떤지 묻자, 또래 친구들도 많고 다 같이 잘 지낸다고 했습니다. 또, 중국에서 온 친구들도 많아서 주로 중국어로 대화한다고 했습니다. 처음 한국에 왔을 때 힘들었던 점에 대해 질문을 하자, 처음에는 한국어를 못해서 무슨 말을 하는지 알아듣지 못할 때 굉장히 힘들었다고 했습니다. 또 학교에 다니기 시작하면서는 자신을 포함한 많은 친구가 공부를 힘들어한다고 했습니다.

혁성이는 북한에 대해서는 잘 모른다고 했습니다. 어머니로부터 북한에 대해서 말은 들어봤지만 사실 북한에 대해 자세히 아는 점은 없다는 혁성이는, 외할머니를 보러 북한에 가보고 싶다고 했습니다. 북한에 꼭 한번 가보고 싶다고 하는 혁성이가 신기하기도 했고, 가족을 보고 싶어도 분단으로 인해 볼 수가 없는 현실에 안타까운 마음이 들었습니다.

혁성이에게 일반 학교로 옮길 계획은 없는지를 묻자, 현재 다니는 여명학교가 정말 좋고 이곳에서 쌓은 친구들과도 추억이 많으며, 또 주어지는 혜택도 있어서 일반 학교로 옮기고 싶은 마음은 별로 없다고 했습니다. 장래희망에 관한 질문을 하자 지금은 뚜렷하게 희망하는 직업은 없지만, 대학교에 진학하고 싶고 기계와 관련된 공부를 해보고 싶다고 했습니다.

🎤 학생회장 임수아

두 번째로 만난 인터뷰 대상자는 고등학교 3학년에 올라가는 임수아라는 학생이었습니다. 중국에서 북한인 어머니와 조선족 아버지 사이에서 태어났고, 2013년도에 한국으로 왔다고 했습니다. 한국에 오게 된 계기에 관해 묻자, 한국에서 먼저 살고 있던 어머니와 함께 살고 싶었고 또 새로운 시작을 하는 마음으로 오게 되었다고 했습니다. 한국에 들어온 뒤 바로 일반 학교가 아닌 여명학교로 오게 되었다는 수아 언니는, 현재 나이는 20살이고 한국에 온 뒤 초등학교와 중학교 검정고시는 1년 만에 땄다고 했습니다.

또 수아 언니는 여명학교의 새로 뽑힌 전교 회장이라고 했습니다. 이에 관해 묻자 수아 언니는 "앞으로 잘해야 하는데…"라며 수줍은 미소를 띠었습니다. 사실 방금 인터뷰한 혁성이가 함께 일하게 된 전교 부회장이며, 학생회장이 참 부담스러운 자리이지만 앞으로 함께 잘 이끌어나가려고 한다며, 남북 교류 활동도 계획하고 있다고 했습니다. 한국 고등학생들과 만나서 남북한과 통일에 대해 의미 있는 대화를 나누면 좋을 것 같다는 수아 언니의 말에 깊이 공감했습니다.

현재 통번역 학원에 다니고 있다는 수아 언니는, 시험을 쳐서 자격증을 딸 계획이며 관련 전공을 희망하고 있다고 했습니다. 만약 작년에 입시를 치렀다면 특혜가 조금 들어가는 전형이 있어서 다른 전공이나 과를 선택해도 되는데, 올해에는 자신만 비버(중국 출생 사람들) 학생이라서 전형이 안 된다고 합니다. 그래서 잘하는 언어로 입시를 준비해야 한다는 수아 언니는 "한국 학생들이랑 경쟁이 안 되는데 진짜…."라며 걱정을 내비쳤습니다. 같은 입시생이지만, 훨씬 더 많은 고민과 조금은 다른 걱정을 해야 하는 언니의 입장에 대해 듣고, 안타까운 마음이 들었습니다.

인터뷰 도중 반대로 수아 언니가 "너는 통일이 됐으면 좋겠어?"라며 질문을 던졌습니다. 또 "한국이랑 북한이랑 통일되면 한국에서 돈을 북한에다가 내야 하잖아. 그건 어떻게 생각해? 많이 손해 보는 느낌이 들지 않아?"라고 묻기도 했습니다. 통일에 대한 저의 생각에 대해 말하면서, 속으로 "그러게, 통일이 왜 되어야 하는 걸까?"라는 생각을 했습니다. 통일의 필요성과 그 중요성에 대해 스스로 질문하고, 다시 한 번 생각해 볼 수 있었던 순간이었던 것 같습니다.

한국에서 또는 일상에서 느끼는 힘든 점에 관해 묻자, "우리(중국인과 북한인 사이에서 태어난 자녀) 같은 경우에는 정체성이 좀 혼란스러워서 이것도 아니고 저것도 아닌 애매한 상태라서 말하기도 모호한 경우가 있지…"라며 정체성에 대한 고민을 말해주었습니다. 같은 민족이지만 중국 출생이라는 이유로 사회적으로 또 제도적으로도 차별받는 것을 느꼈고, 많은 도움이 필요한 그들인데 사회적 혜택이 너무 박하다는 생각이 들었습니다.

수아 언니와의 인터뷰를 마치고, 인터뷰를 진행했던 학생들, 그리고 함께 여명학교를 방문했던 송이와 다 같이 저녁 식사를 했습니다. 인터뷰하면서는 서로에게 갖고 있던 긴장감이 식사 자리에서는 모두 풀어졌는지, 다들 즐겁게 대화하고 서로 밥을 나눠 먹기도 하면서 즐겁게 시간을 보냈습니다. 서로의 학교생활에 관해 이야기하고 전화번호를 교환할 만큼, 짧은 시간이었지만 많이 가까워진 것을 느낄 수 있었습니다. 집으로 돌아가는 길에 다 함께 지하철을 탔는데, 헤어지는 순간 얼마나 아쉬웠는지 모릅니다. 서로의 손을 잡으면서 꼭 다시 만나자고 약속했습니다. 돌아오는 길에, 그리고 집에 돌아온 뒤에도 수많은 감정이 교차했습니다.

처음엔 어색했습니다. 무슨 질문을 해야 할지, 또래인데 이런 인터뷰를 하는 게 기분이 상하진 않을지, 어떻게 물어보면 기분이 나쁘지 않을까. 혹여나 아픈 상처를 들추는 것은 아닐까 걱정하며 인터뷰를 진행했습니다. 하지만 계속 대화하면서 서로에게 마음을 열 수 있었으며, 소중한 인연을 만난 너무나 소중한 시간이었습니다. 여명이란 단어는 동트기 바로 전의 희미한 빛, 즉 희망의 빛을 뜻합니다. 우리 사회가 북한 이탈 주민들을 더 잘 이해할 수 있고, 그들에게 한줄기 밝은 빛이 되기를 바랍니다.

Interview of Yeonhee (pseudonym) and

Ms. Kim Myungjoo (pseudonym) by Jeong Yejin

🎙 Is your mom North Korean?

A lot of time has passed since the once united two countries were divided. As a senior in high school, I have gained more interest in North Korean teen defectors through participating in the Hankuk Academy of Foreign Studies "Nanum (charity) concert." I believe that understanding and awareness of North Korean defectors may be the first step in the direction toward reunification. In order to understand North Korean teen defectors on a deeper level, I interviewed North Korean teens at an alternative school for North Korean teens called Durihana International School.

The first person I interviewed was Yeonhee (pseudonym). There was an awkward atmosphere in the room; Yeonhee seemed defensive and nervous, being interviewed by a stranger. It was my first experience interviewing a younger student. Before the first question, I asked her if I could record the interview in order to review her words. She replied "Recording....?" and expressed her discomfort. She didn't want her pictures taken and wanted to use a pseudonym rather than her own. Concerned, she said, "I'm scared that my friends from my previous school would talk if the photos were posted somewhere…."

Born of a North Korean mother and a South Korean father, Yeonhee attended an ordinary South Korean school till she transferred to Durihana International School last November. Yeonhee seemed at ease once she started describing how she transferred to this school with her friend Yoonji (pseudonym). She spoke about how she lived with Yoonji and Yoonji's younger sister in the dorms.

When queried about any moments when she experienced discrimination as a North Korean while attending an ordinary South Korean school, she related her story to me. While attending the ordinary South Korean school, she shared with one close friend that her mother was North Korean. That friend told her other friends; those friends used to ask Yeonhee, "Is your mom a North Korean?" Whenever they asked, she would answer vaguely and changed the topic. I sensed that she was hurt by these experiences. I believe that these experiences may have hurt Yeonhee enough so she now hides her stories.

Yeonhee plans to transfer to an ordinary South Korean middle school soon. Although she enjoyed her experiences at Durihana International School and cherished memories there, she decided to take her mom's advice about her future benefits in going to an ordinary school. Concerning her transfer, she was worried that her new classmates perhaps had watched the television news about Durihana International School and seen her. I witnessed Yeonhee worry about friends finding out that her mother is North Korean; I realized that even though she looked like any other elementary school student, she had concerns and hardships in her own environment.

I was deeply moved by her situation. We finished the first interview and I accompanied her back to her classroom. While walking her back, thoughts swam in my head. Due to her timidness, she didn't want her photo, any recording, or her name to be released. It wasn't easy to live as a North Korean defector's child. She was hurt by discrimination and by what others thought. Moreover, even though Yeonhee was not a defector herself but a child of a defector, she worried so about others. I felt sorrow at how much discrimination other North Korean teen defectors may have experienced and may now be living with.

I felt many emotions interviewing thirteen year old Yeonhee who seemed as mature as a high school student. I realized that our society is still unhospitable to North Korean defectors and their children. I reflected that, although we despise being abused by power, members of our society may be carelessly abusing these North Korean defectors. In order to live equally as neighbors, without discrimination, our whole society must make every effort to accomplish a paradigm shift.

✒ Korean Chinese? North Korean defectors? Aren't they both the same?

With concerns from my first interview, I began the second. I saw liveliness in the interviewee's face as she walked in. Introducing herself as Myungjoo Kim (pseudonym), she served as a deaconess at Durihana International School; she worked hard for the alternative school, taking on many roles such as dorm administration, cafeteria management, and piano teacher. Hearing her cheerful answers made my nervousness disappear. She allowed me to record her interview but said that she would prefer not to take photos. She said "[she] still had family in North Korea." Her reply tugged at my heart.

Deaconess Myungjoo defected to China in 1998 at age 19. She stayed in China for about nine years until she met the pastor of Durihana International School and then entered South Korea. She had studied at an art school that focused on fine arts, instrumental music, dance, and speech (oratory, demagogy). In North Korea, this school was famous and well-known to secure graduates a stable job as a music teacher, which made her parents very proud.

However there, she explained, that the dorm conditions were very poor. Every meal consisted of porridge made of rotten flour. There was no heating system, even in the midst of winter; she had to wash her face (and even fabric sanitary pads) in cold water. Living for four years in this environment, she gradually became ill with nephritis. Fortunately, her mother's relatives' homes were close to the border of China. She had heard that she could earn a lot of money in China, so she escaped North Korea to China.

She believed that the people from other countries could never imagine the horrors brought by Kim Il Sung and Kim Jong Il in North Korea. In North Korea, Kim Il Sung and Kim Jong Il are like gods. She said that loyalty was created and transferred through numerous loyalty oaths; if you're born and raised there, you assumed that the system was a natural one. It was sad to hear that she could not question or doubt the North Korean regime. She had only learned about the North Korean system and never was taught about political systems outside of North Korea. This reminded me of the austerity of the North Korean system.

When asked about any hardships experienced when she came to South Korea, she touched my heart. "Hardships in South Korea?" It is a luxury to think that there are hardships in South Korea! She could not complain because she came safely to South Korea from North Korea. In South Korea, unlike North Korea, one can earn as much as one works. The relationship between the government and an individual, or between two individuals, was very transparent. However, when people ask her, "Are you Korean Chinese or a North Korean defector? Aren't they both the same?" she sadly felt ostracized.

Currently thirty-nine years old, the deaconess explained that she was a mother of two. She speaks freely with her mother in law, who is in her 70s. The present North Korea is very similar to South Korea in the 1960's to 1980's. She expressed her concerns about the difficulties North Korean defectors have in adapting to South Korea. Governmental systems are of vital importance for North Korean teen defectors and the North Korean defector community; she expressed sadness at the lack of governmental support for children born to a Chinese father and a North Korean mother. The government provides no financial support for these children. Their identity crisis of being Chinese, North Korean, and South Korean, is substantial and they really have nowhere to go. I realized that the current government welfare system for North Korean defectors needed to be supplemented due to the urgency for a support for people who were born in China.

South Koreans' views of North Korean defectors have changed a lot. In the past, South Koreans were more loving and affectionate toward them. Now, I no longer feel that sympathy from young adults currently in their 20's and 30's. Aren't we part of a single nation? Shouldn't we coexist? Wouldn't we have been desperate to flee our motherland North Korea also and risk our lives as they have? North Korean defectors are truly a wounded people. I plead that more affluent, comfortable South Koreans embrace North Korean defectors.

After hearing the deaconess' words, I realized the importance of empathy rather than pity for the North Korean defectors. We all must strive to make a society that we can live in.

✍ Yeo-Myung: light of hope

After finishing the interviews at Durihana International School, I visited Yeo-Myung School, another alternative school for North Korean teen defectors. I was excited to arrive there because the school was sponsored by the Nanum (charity) concert. There, I interviewed two students born in China.

✍ Student body vice president

My first interviewee at Yeo-Myung School was a student named Hyuksung Kwon. He explained his mother was North Korean and his father Chinese; he lived in China until 2014 when he came to South Korea. I felt his bright energy. The reason why he came to South Korea was because he was not able to attend high school for free in China. He also had wanted to live with his mother, who was already in South Korea. When asked why he came to Yeo-Myung School, he replied that originally he was going to attend an ordinary South Korean school, but had heard negative rumors and decided, instead, to attend an alternative school for North Korean teen defectors. This made me realize that both North Korean teen defectors and students from China have a difficult time attending an ordinary South Korean school.

Hyuksung said that he liked listening to music and playing basketball. When asked about his friends, he said he got along well with them. He mentioned that he spoke primarily Chinese because many students were from China. In the beginning, he said, he had difficulties in South Korea because he didn't speak Korean and didn't understand what others said. Additionally, he and his friends had a hard time adjusting to the academia of South Korea.

Hyuksung said that he knew very little about North Korea. He heard mostly about North Korea from his mother, but none of the details. He wanted to visit his grandmother in North Korea. It was both interesting to see Hyuksung want to visit North Korea and sad to learn about the reality of families, unable to see each other due to the division.

Hyuksung confided that he didn't plan to transfer to an ordinary South Korean school, because he really enjoyed Yeo-Myung School. He had made many good memories and had benefited much there. In terms of his career dreams, he said that he did not have a clear idea, but that he wanted to attend college and have a major related to machines.

⚲ Student body president

The second interviewee was a rising senior in high school named Sooah Lim. She was born in China of a North Korean mother and a Korean Chinese father. She came to South Korea in 2013 to live with her mother, who was already living in South Korea, and because she wanted a new beginning. Sooah had attended Yeo-Myung School, instead of an ordinary South Korean school, from her arrival in South Korea. She had passed her elementary and middle school GED tests in a year and now was 20 years old.

Sooah was the newly elected student body president at Yeo-Myung School. She commented, "I have to do well...." shyly smiling. She told me that Hyuksung in my first interview was the vice president. Even though the role of president has many pressures, she was planning to work hard with Hyuksung. They planned to work on activities such as an exchange program between the North and the South. I agreed that an exchange would be good. She wanted to talk with South Korean high school students about reunification.

Currently studying translation at an academic institution, Sooah said that she planned to be a certified translator and hoped to major in translation. She explained that, if she had applied for college last year, she could have chosen other majors through a special admissions program. Since she was the only student from China this year, she was unable to do so and had had to apply for the foreign language major, her strong suit. Hearing Sooah say, "It's going to be so hard to compete with South Korean students…" made me feel sad. Though we were both potential applicants to college, we had different things to worry about.

During our interview, Sooah questioned me about my opinion on reunification. "If the North and South reunify, South Korea would have to financially support North Korea. What do you think about that? Don't you think that would be a loss on your part?" Telling her my thoughts on reunification made me question, "Right! Why on the earth reunification?" I questioned myself on the importance and necessity of reunifying the two Koreas again.

When I asked her about hardships living in South Korea, she shared her identity crisis. "For us (children born of Chinese and North Korean parents), we struggle with our identity since we don't fit in anywhere; ours is an ambiguous state." Although they are the same race and in grave need, they were discriminated against by our society and a system that fails to provide enough support for the simple reason that they are from China.

After finishing the interviews, I had dinner with the Yeo-Myung School students I had interviewed and Songyi who accompanied me on a school tour. The tension of the interview had disappeared; we enjoyed ourselves, talking freely and sharing plates at dinner. Even though we had only met shortly before, we grew close enough to share our school experiences and exchange phone numbers. I was sad to say goodbye to them at the subway when we went our separate ways home. We held hands firmly and promised to definitely meet again. On my way home, and after arriving home, I experienced many different emotions.

There was an awkwardness at first. I did not know what to ask. I was worried that they would be offended by being interviewed by a peer. I worried that I could open up wounds about a hurtful past. However, as we conversed, we opened up to each other and formed a priceless relationship. The word 'Yeo-Myung' in Yeo-Myung School means 'a light faintly brightening the day' or 'light of hope'. I hope that our society becomes more aware of our North Korean defectors and becomes a bright light to them.

이송이의 이순정 (가명)님 인터뷰

▶▶ 이송이 Lee Songyi
용인한국외국어대학교 부설고등학교 국제학부 3학년
Hankuk Academy of Foreign Studies International Course, Senior

🏃 탈북 간호사

초등학교 때 '우리의 소원은 통일'이라는 노래를 부르면서 통일이 되면 어떨까? 라는 생각을 몇 번 생각해 본 적이 있습니다. TV에서 이산가족들의 눈물을 보면서 가슴이 찡했던 적이 많았습니다. 그동안 북한 청소년 대안학교인 여명학교를 돕기 위한 콘서트를 지난 2년간 해 왔지만, 막상 북한사람을 직접 만난 적은 한 번도 없었습니다. 인터뷰를 위해 기다리는 동안 가슴이 두근거렸습니다. 오늘 25살 때 한국에 도착한 이순정 (가명)님을 만났습니다. 순정님은 북한에서 태어났으며 간호전문대학 (2년)을 졸업하고 간호사로 일하다가 탈북했고, 북한에서 간호사 직업은 꽤 선호도가 높은 편이라고 하십니다. 가족들이 아직 북한에 있어서 위험해서 가명을 써주길 부탁하셨고, 성실히 인터뷰에 응해주시며 많은 이야기를 들려주셨습니다.

Q 북한에서 한국으로 바로 오셨나요?

A "그렇게 올 수가 없어요. 온통 지뢰밭이고 경비가 엄청나게 심해요. 중국 통해서 왔는데 중국을 넘어갈 때 군인들이 서라면서야 해요. 안 서고 가면 총살이죠. 중국에서도 탈북자라고 해서 다시 잡아서 북송시켜요. 그래도 중국에서 북송되면 단련대로 끌려가거나 징역 1~2년 살다가 풀려나요. 근데 중국에서 한국을 가다가 잡힌 사람들은 정치범 수용소에 가서 영영 못 나와요. 말은 쉬워도 죽을 각오를 하고 온 거죠." 다시는 생각하기도 싫다는 표정이었지만 흥미진진하게 이야기를 해주셨습니다.

Q 왜 한국에 오고 싶으셨어요?

A "한국에 오면 자유를 준다고 해서요. 돈 벌러 중국에 갔다가 밖에 나가지도 못하고 숨 쉬는 것도 힘들고, 진짜 조마조마 숨 쉬고 하니까 그게 싫어서요. 다시 북한에 가긴 싫고 한국에 오면 국적을 주고 자유를 준다고 해서 여기로 왔어요."

Q 북한에서 특성화된 고등학교 같은 것이 있나요?
A "수재들이 따로 가는 학교. 시험을 봐서도 가고 아주 부모님이 특별해서 뒤로 해서 가거나… 수재들은 학급에서 한 명씩 뽑혀가는 거예요."

Q 한국 교과서가 북한하고 다른 점이 무엇인가요?
A "한국은 역사하면 진짜 역사를 하잖아요. 근데 북한은 왜곡된 역사, 김정일에 대한 역사, 김일성에 관한 역사만 해요."

Q 그럼 거기서 배우면서도 왜곡되지 않은 역사가 있다는 걸 알고는 있나요?
A "북한에서는 정말 옛날 역사를 잘 몰랐었죠." 순정 님은 한국에 와서야 역사를 제대로 알게 되었다고 하시며 한숨을 내쉬었다.

Q 한국처럼 학교에서 왕따가 있나요?
A "아 있죠. 근데 여기처럼 왕따가 심하진 않아요. 본인한테 달려서… 학교 안 가면 계속 데리러 가요. 여기는 그런 거 없잖아요. 나오든 말든. 저기는 학교 나올 때까지 계속 데리러 가요. 애들이 짜증 나는 거지! 다른 왕따는 아니고, 이런 왕따예요."

Q 한국의 수능 같은 대학입시를 위한 시험이 있어요?

A "네. 비슷한 거 있어요. 학교 학생들이 다 한 건물에 시험 보고 같이 나오고. 시험 이름은 잘 기억이 안 나고…."

Q 그럼 대학교 진학하지 못하면 주로 무슨 일을 하나요?

A "그냥 공장 들어가서 일하거나 직장, 농촌에서 일하거나…."

Q 대학을 가면 군대는 안 가도 되는 건가요?

A "아니. 남자들은 의무제. 대학 가서 군대 안 가는 애들은 한두 명? 다 군대 가요. 그리고 거기서 나고 자란 애들은 내가 있을 때는 군대 가는 걸 되게 성스럽고 자랑스러워했던 것 같아요. 가끔 어떤 애들은 그 생활을 못 버티고 도망쳐서 나오고 힘들어하기도 하고. 군대 갔다가 영양실조 걸려서 죽어서 온 애들도 있고.

군대 갔다 와서 직장 생활하거나 직장생활 하는 척하면서 장사도 하고… 텃밭에 농사도 하고, 장사는 몰래 해야 해요. 다 알면서도 '눈 가리고 아웅'이라고, 먹고 살아야지 하고 눈감아주는데 아예 직장 안 다니고 장사만 하고 그러면, 무직으로 걸려서 또 끌려가요. 배급제도라는 게 원래 쌀을 줘요. 한 사람당 하루에 700g씩 해서 계산해서 한 달에 한 번 딱 나가는데 북한 사정이 안 좋아서 그런 것도 아예 없어졌어요. 명절 때만 2~3kg씩 조금 줘요. 생각해봐요. 그거 갖고 어떻게 먹고 살아요! 그니까 농사짓거나 장사하거나 도둑질해서 먹고 얻어도 먹고… 중국도 갔다 오고 막 그러는 거예요."

Q 북한 이탈 청소년들을 보시면서 교육에서 가장 시급한 점은 무엇이라고 생각하세요?

A "영어. 외래어죠. 한국어에 외래어가 많아서. 난 처음에 왔을 때 내가 25살에 왔는데… 외래어가 정말 너무 힘들었어요. 북한은 외래어가 아예 없어요. 처음에 적응할 때 무척 힘들었고 그래서 스트레스라는 게 뭔지 알게 되었어요."

Q 북한에 종교는 있나요?
A "종교 없어요. 김정일, 김일성밖에 없어요. 개인이 가끔 미신은 있어요. 그것도 잘해야지 잘못하면 끌려가요. 조심해야 해요."

Q 통일된다면 북한에 가장 먼저 만들어야 할 시설이 무엇이라고 생각하세요?
A "복지시설, 병원시설이요."

Q 북한에는 병원도 많지도 않은 건가요?
A "(허탈하게 웃으며) 병원이요? (웃으며) 딱 두 개 있어요. 양강도에 양강도 병원, 그리고 혜산시 병원. 그리고 진료소라는 게 구역마다 조금씩 있어요. 그게 어느 수준이냐면 (진료소가) 되게 작아요. 한국에서 약국 하나 정도? 그 정도 진료소가 끝이에요. 그런 진료소들이 군마다 몇 개씩 있겠죠. 큰 병원은 딱 2개."

Q 그럼 큰 수술은 어떻게 해요?
A "무조건 도 병원 아니면 시 병원 가야지. 도 병원도 크기가, 제가 도 병원에서 일했었는데 그게 4층짜리 건물 세 개 고정도."

Q 북한 이탈 청소년들에게 해주고 싶은 말씀이 있나요?

A "한국에 오면 애들이 스트레스받고 우왕좌왕하기도 하고 괜히 들떠서 겉멋만 들어서 그런 애들도 있는데, 그런 걸 다 내려놓고 공부만 좀 열심히 하고 나쁜 것 말고 좋은 것만 배웠으면 좋겠어요. 제일 먼저 배우는 게 나쁜 것부터 배우더라고요. 담배 같은 거."

Q 지금 한국 청소년들에게 북한과 관련해서 해주고 싶은 말씀은요?

A "한국 사람들은 그런 게 있잖아요. 북한 사람이라고 하면 무조건 못사는 나라, 무식하다는 편견. 근데 어쨌든 북한도 같은 한국에 속하는 나라고⋯. 그 (북한)사람들은 그 상황에서 살았으니까 잘 모르는 거니까, 좀 더 배려하고 가르쳐주었으면 좋겠어요. 북한 학생들이 한국 학교 들어가면 무조건 왕따래요. 그런 거에 대해서 좀 배려해주고 품어줬으면 좋겠어요. 북한 학생, 한국 학생 모두 서로 생각의 차이를 바꾸는 것이 제일 중요할 것 같아요."

인터뷰를 마칠 즈음 이순정 님은 북한 이탈 주민을 무시하는 사람들도 있지만 좋은 분들이 더 많다고 하시며, 한국의 좋은 사람과 정말 친한 친구가 되고 싶다고 희망을 말씀하셨다. 7년을 한국에 살면서도 북한 이탈 주민들 외에 한국 친구를 사귀는 것이 힘들었던 모양이시다. 얼굴도 예쁘시고 말씀도 잘하시고 누구보다도 한국말도 잘하시는데, 어떤 장애물이 있었을까 하는 생각에 마음이 씁쓸합니다. 그 장애물은 우리의 편견이 아닐까 하는 생각이 듭니다. 우리는 한민족인데 잠깐 다르게 살았을 뿐인데, 그것을 극복하는데 7년의 세월로도 모자란 것인가! 하는 안타까움에 한숨이 절로 나올 뿐입니다.

이송이의 김정미 (가명)님 인터뷰

🎤 뷰티 아티스트가 꿈이야!

두 번째 인터뷰는 여명학교 김정미 (가명) 학생입니다. 제 또래 북한 학생은 정말이지 처음 만납니다. 기다리는 동안 왠지 모르게 마음이 두근거렸습니다. 드디어 만난 순간 나는 너무 놀랐습니다. 그냥 내 친구 중의 한 명이라 해도 모를 정도로 다른 점이 없었습니다. 아마 나도 모르는 사이나 자신도 북한 학생에 대한 편견이 있었던 모양입니다. 통하는 점도 많았고 좋아하는 것도 비슷해 우리는 금방 친구가 되었습니다. 나이가 한 살 많아서 언니라고 부르기로 했습니다. 정미 언니는 북한에서 태어나서 4년 전에 가족과 함께 탈북해 한국에 오게 되었다고 합니다.

Q 한국에 오게 된 계기는요?

A "저는 목적이 없이 가족이 떠나와서 다 같이 왔어요." 한국말을 잘한다고 칭찬하자 아직도 택시 타면 억양 때문에 중국사람이냐고 물어본다고 하며 웃었습니다.

Q 오는 과정이 매우 힘들었죠?

A "아… 정말 생각하기도 싫어요." 탈출과정은 떠올리기 싫은지 더는 말을 하려 하지 않았습니다.

Q 북한의 교육 시스템은 어때요?

A "한국은 객관식이 있지만, 북한은 모든 걸 암송해서 외워서 써요. 김일성에 대한 게 많고 발표, 암송을 다 못하면 집에 못 가고 매 맞고…. 저기(북한)는 좀 폭력성이 많아요. 저기는 모든 걸 자기 손으로 쓰고 다 암기하게 하고. 교육 시스템은 여기(대한민국)가 더 좋은 것 같아요."

Q 한국에 대해서 기대가 컸나요?

A "저는 중국에 대해 기대가 많았어요. 한국 드라마를 못 보고 중국 드라마를 많이 봤거든요. 그래서 중국에 대해 기대가 컸는데 한국에 온다고 해서 그때부터 어떤 나라인지 궁금했어요. 자유라 해서 자유라는 게 어떤 느낌일지 그런 게 제일 많이 궁금했어요. 기대도 좀 됐고…."

Q 그래서 막상 한국에 와보니까 어땠어요?

A "좋은 점도 있지만 힘든 점도 많았죠."

Q 가장 힘든 점이 뭐였나요?

A "숙제하는 게 너무 힘들어서. 하… 말도 대화하다가 갑자기 못 알아들으면 멘붕 와서(멘붕 때문에 모두가 웃음) 스트레스받고 그랬어요. 그래도 (한국) 되게 좋은 것 같아요."

Q 여명학교 말고 일반 학교는 다녀보셨어요?

A "북한에서 와서 바로 여명학교로 가서 안 다녀봤어요."

Q 한국에 들어와서 가장 적응하기 어려운 것이 뭐였어요?

A "우선은 저희 쪽(북한)은 시, 군, 도 이렇게 있거든요. 우리 집은 군이라 한마디로 말하면 촌이었어요. 그래서 되게 아무것도 모르고 살았는데. 한국에 오니까 패션부터 달라서. 지금 생각하면 진짜 창피한데. 그것부터가 되게 힘들었던 것 같아요. 저 같은 경우에 그때는 패션이어떤지 몰라서 괜찮았는데, 주변 사람들이 되게 창피했을 것 같아요. (모두 웃음) 두 번째는 언어가 되게 어려웠던 것 같아요. 말투가 많이달라서 조심조심했던 것 같아요."

Q 그럼 평소에는 (북한 출신을) 숨기는 편이에요?
A "그죠. 티 내는 걸 별로 안 좋아하고. 한국 말투를 따라 하려고 하는데 그것도 힘들더라고요. 공부도 힘들고. 여기서는 공부를 해서 대학을 가야 하고, 공부해도 대학을 갈 수 있는 게 아니잖아요. 그게 되게많이 힘들어요. 쉬운 게 어디 있어요."

"쉬운 게 어디 있어요." 라는 말에 저는 양심이 찔렸습니다. 정미 언니보다 내가 더 힘들다고 할 수 있을까. 무언가를 성취하려면 쉬운 것은 없다는 것을 알고 있으면서도, 자꾸만 쉬운 방법을 찾고 싶어하는 나를 보니반성이 들었습니다. 우리 또래는 요즘 진로 고민이 가장 큽니다. 그럼 정미언니는 꿈이 무엇일까 궁금해 그것을 물어보았습니다.

Q 혹시 뭐 하고 싶은 거나 꿈이 뭐예요?
A "저는 꿈을 정했는데 뷰티 아티스트예요."

'뷰티 아티스트'라는 말을 듣는 순간 너무 잘 어울릴 것 같았습니다. 정말 그렇습니다. 처음 본 순간 정말 예쁘고, 화장도 예쁘게 했다는 생각이 들었습니다. 확실하게 진로를 정하고 열심히 하려는 언니의 모습을 보고, 오히려 내가 언니한테 많이 배워야겠다는 생각을 했습니다.

우리는 웃고 이야기하는 동안 더욱 친근해졌고 서로 말을 편하게 하기로 했습니다. 우리는 유행어에 관해 이야기도 하고, TV 프로그램 '아는 형님' 이야기도 하며 더욱 웃음꽃을 피웠습니다. 요즘 인기 있는 가요도 같이 흥 얼거렸고 연락처도 서로 교환하며, 정말이지 오랜 친구처럼 한참을 수다를 떨었답니다. 정미 언니는 오히려 질문할 게 있으면 편하게 하라고 이야기해 주었고, 질문은 또 이어졌습니다.

Q 탈북자 청소년만을 위한 프로그램이 따로 필요하다고 생각해?
A "필요한 것 같아. 한국에서 사니까 한국사람 많이 만나야지. 한국 사 람에 대해서 많이 알아가고 난 그런 만남이 되게 좋은 것 같아. 그런 프로그램이 있으면 꼭 참가하고 싶어. 만남이 꼭 필요하다고 생각해. 서로가 알아가야 서로를 이해하고 또 북한에 대해서도 잘 알게 될 거 니까…. (미소)"

Q 진짜 궁금한데 집에 정말 김일성 김정일 초상화 달아?
A "어. 당연하지. 그건 다 달고. 잃어버리면 지가 사야 하고 졸업하게 되 면 조그만 김일성, 김정일 초상화를 가슴에 달아야 해. 안 달면 처벌 받고 저기(북한)선 그런 걸 되게 중요시해. 불이 나더라도 초상화를 감 싸서 보호해야 영웅으로 쳐."

마지막에 언니는 저에게 질문을 하나 던졌습니다.

"정말 진심으로 통일을 원해?"

저는 그렇다고 대답했습니다. 언니는 나에게 통일이 되면 한국이 손해라고 생각하지 않느냐는 질문을 더 했습니다. "손해라고? 아니 그만큼 인적자원이 많아지고, 또한 북한에는 지하자원이 많으니까 서로 충당하는 면이 크다고 생각해. 물론 통일 후에 따라올 문제들이 있긴 하겠지만, 나라의 위상이 높아지고 국력이 커지니까⋯ 한민족인데 당연히 통일해야지."

"근데, 한국 사람들에게 통일하고 싶으냐고 물어봤거든. 근데 싫다는 거야. 그래서 왜 싫으냐고 하니까 자기 몫이 줄어든다는 거야. 근데 내 생각은 몫이 줄어든다고 해도 땅이 요만한 데서 커지는 거잖아. 그리고 솔직히말해서 여기서(한국)는 자원이 별로 없잖아(웃음). 북한에서는 자원이 많긴 하지만 그걸 다 못 써먹는 경우가 되게 많단 말이야. 땅이 넓어지게 되면 그 몫이 나가더라도 그 몫이 배로 들어올 수 있지 않을까 생각해."

우리는 인터뷰를 마치고 명동역에서 떡볶이와 치즈 돈가스를 나눠 먹으며 더 친해졌습니다. 밥을 먹으면서 학교 동아리, 놀이 공원, 아이돌에 대한 한국 학생들끼리 하는 일상적인 이야기를 하고, 장난도 많이 치면서 행복한 저녁 시간을 보냈답니다.

북한 이탈 주민에 대한 편견은 말 그대로 편견일 뿐입니다. 살아온 환경만 다를 뿐 우리는 하나입니다. 우리가 탈북자를 도와주어야 하는 것은 맞지만, 그렇다고 불쌍한 시선으로 바라볼 필요는 없다고 생각합니다. 우리의 역할은 북한 이탈 청소년들이 우리와 동등한 위치에서 한국 사회에 적응하고, 경쟁할 수 있도록 도와주는 것입니다. 그러기 위해서는 서로 간의 만남과 교류가 가장 중요하다고 생각합니다.

단 한 시간의 만남이라도 편견을 없애기엔 충분하지 않은가요! 저는 남북 청소년 교류 프로그램이 많이 만들어져서, 편견을 없애고 서로를 알아가고 이해할 수 있기를 바랍니다. 그렇게 되면 우리가 어른이 되었을 때 몇십 년이 걸려야 할 문화의 차이와 배타적 감정을 단 몇 년으로 줄일 수 있을 것입니다. 저는 앞으로 언니와 지속해서 연락을 취하면서, 남북청소년이 만날 수 있는 교류의 장을 만들어 넓혀나가야겠다는 다짐을 했습니다. 마지막으로 우리는 영원히 잊지 못할 사진을 남겼습니다. 찰칵! 오늘 저는 대한민국 청소년인 것이 잠시 부끄럽기도 자랑스럽기도 했습니다. 그리고 오늘 하루가 너무 뿌듯했습니다. 19년간 가졌던 편견을 말끔히 씻어낸 하루이기 때문에….

▶▶ 북한 이탈 주민 학생들 (뒤쪽 세 명)
North Korean defector students (three students behind)

Interview of Ms. Lee Soonjeong (pseudonym) by Lee Songyi

North Korean nurse defector

'What if North and South Korea were reunited?' The thought flashed through my mind while reminiscing about my childhood. I was singing the song "Our wish is to be Reunified." When I watched reunions of separated family members on TV, I choked up. As manager of my school street dance club, I had participated the last two years in the charity concert to help teenagers in Yeo-Myung School but I had never met a North Korean. I got a chance to meet a woman who escaped from North Korea. My heart pounded while I waited to interview her. Her name is Soonjeong Lee; she wanted to use a pseudonym because revealing her real name might put her family, residing in North Korea still, in danger. Soonjeong is 25 years old, born in North Korea, a graduate from nursing school, and an escapee to South Korea which occurred while working as a nurse. During our interview, she sincerely shared many stories with me.

So, did you come straight from North to South Korea? "No, it couldn't be done that way because the ground is full of exploding minefields and strictly guarded. So I came through China to South Korea. When escaping to China, if the guard had stopped me, then I had to stop. If I hadn't stopped, they would have shot me immediately. If I had gotten caught on my way to China, they would have sent me back to North Korea. There I would have been sent to forced labor as a slave or I would have been sentenced to jail for one to two years. However, if I had gotten caught on my way to South Korea from China, I would have been sent to a concentration camp for political prisoners, euphemistically called a "reeducation camp" for the rest of my life. This means you can never dream of escaping. That's definitely easier said than done. She seemed to hate thinking about her escape to South Korea, but told me vivid details about it.

Q Why did you want to escape to South Korea?

A "Well, I heard that freedom is allowed in South Korea. Actually, at first, I went to China to earn money. Every single day was like a continuing game of hide and seek. I could not even breathe freely (which I hated) but I never wanted to go back to North Korea. Finally, I decided to come to South Korea, where there are guaranteed freedom and citizenship to North Korean defectors."

Q Is there a special high school in North Korea?

A "There is only one special school where the top students are selected from each classroom. They usually take exams for entrance but some are admitted to the school based on who their parents are."

Q What is the difference in classes between North and South Korea?

A "South Korean students learn all the histories that the Korean country has had. However, North Korea teaches a distorted history, only the history of Kim Jong Il and Kim Il Sung."

Q When you learned this distorted history did you realize that it was distorted?

A "I did not know then." she sighed, saying that she learned its true history shortly after her arrival in South Korea.

Q Are there any outcasts in North Korean schools like there are in South Korea?

A "Oh, of course. But it's different from South Korea. In North Korea, it's really up to the student. When a student skips school, then the other students must bring him or her to school. Here, nobody cares about absentees. There, other students keep visiting the absentee until he or she returns to school. How annoying! I think that's how outcasts are formed."

Q Is there Scholastic Aptitude Test like in South Korea?

A "Yes, a similar one. I do not quite remember the name of it but there is an entrance test to get into college."

Q If you are not going to college, then what type of work do you do?

A "I probably would just work in a factory or farm…"

Q If you are attending college, would you be able to defer or avoid joining the army?

A "No. Joining the army is required for all men, except perhaps one or two. But everyone else must go. When I was there, men who joined the military were proud to be soldiers. Sometimes soldiers deserted the army and died of malnutrition…"

"Once they are discharged from military service, they start working or open their own business. They must pretend to be working. If government officials discover that they are not working for a company or the government and are just operating their own business, the government can drag them back into military service. Originally there was a rationing system and the government distributed 700g rice per person per day. However, since North Korea's economic condition has worsened, the government has distributed a ration of only 2~3kg of rice on holidays. How can anyone survive with that? That is why North Koreans farm, sell, steal, beg, and escape to other countries."

Q What do you think is the most urgent thing needed for the education of North Korean defectors?

A "English! Foreign languages. South Korea uses many foreign languages. I came here when I was 25 years old, and I had a hard time getting used to the foreign words. In the North there are no other languages besides the Korean language. It was so difficult for me that I deeply learned what the word 'stress' means."

Q Are there religions in North Korea?

A "No. There are only Kim Jong Il and Kim Il Sung. Some people believe superstitions; but they must be careful or they might be caught."

Q If Korea were reunified, what do you think is the first thing that should be done in North Korea?

A "Build welfare facilities and a hospital."

Q Aren't there many hospitals in North Korea?

A With a hollow smile, she said, "Hospital? There are only two of them. Yanggang-do (state) Hospital and Haesan-si (city) Hospital, just two of them. There are a few tiny clinics in towns but they are all very small, perhaps the size of a pharmacy in South Korea. That's it! Just two big hospitals!"

Q Then, what if you need an operation?

A "You should enter one of those two big hospitals. You have no choice.

The size of hospital… I worked in a three or four-story-building."

Q Do you have any advice for North Korean teenager defectors?

A "I know how it feels when they come to South Korea. Sometimes they are too excited with the concept of freedom and other times they feel really stressed and confused with everything. They should focus on studying and learning only positive things instead of learning about negatives such as cigarettes…."

Q What do you want to say about North Korea to South Korean students?

A "South Koreans hold stereotypes of us. Many of them consider North Korea a poor and ignorant country. However, North Korea is also part of Korea. South Koreans should understand that North Koreans don't know what they are doing because they are used to following what the government asks them to do. I heard that North Korean students can be outcasts in a regular South Korean school. I wish South Koreans would show consideration for and embrace North Koreans. Changing their negative thoughts and impressions would be the most important thing to do."

At the end, Lee said that, while some people look down on North Korean defectors, most South Koreans are kind and good. She wanted to make friends with good South Koreans. Even though she has lived in Korea for seven years, she expressed difficulties making South Korean friends. 'What obstacles would she have in South Korea?' I thought. She is pretty, speaks well, and has no accent. I suspect that the obstacles are our prejudices. We both are Koreans and have just lived apart for a brief moment in a long history. Seven years is not long enough to get over the prejudices! I sighed out of sadness.

Interview of Ms. Kim Jeongmi (pseudonym) by Lee Songyi

✒ I want to become a beauty artist!

I met the second interviewee, Kim Jeongmi, who attends Yeo-Myung School. It was my first time to meet a North Korean student about my same age. I was very excited to meet her in person. When we finally met, I was surprised that she was just normal... like us. I was ashamed of myself for imagining a North Korean student differently. We had much in common and the same hobbies. After a short time, we soon became friends. She is a year older than I, so I called her by a Korean honorific title, "Unni (sister)." Jeongmi was born in North Korea; her family escaped to the South four years ago.

Q What made you come to South Korea?
A "Well, I had no choice. My family planned to escape and I came with them." I praised Jeongmi for her excellent Korean. Of course she speaks well. But a lot of people still asked her whether she came from China. She smiled bashfully.

Q Did you have a lot of troubles during your escape?
A "I really don't want to think about it again." She sighed deeply; she was reluctant to talk about what had happened.

Q What is the education like in North Korea?
A "The exams in South have multiple-choice questions but North Korean students learn everything by rote. The content is mostly about Kim Il Sung; if we don't give a presentation, the teachers inflict corporal punishment. They make us stay and refuse to let us go home. They treat

students violently. They force students to write everything down and rote memorize it. South Korea has a better education system."

Q Were you excited about coming to South Korea?

A "I had greater expectations of China. I've watched many Chinese dramas rather than Korean ones, so that is why I had more expectations of China. When I heard that we were going to South Korea, I wondered what kind of country it would be like and how would it be to live in freedom. I was looking forward to coming…."

Q So, how do you feel about living here?

A "There are so many advantages here. On the other hand, I've had a lot of hard times as well."

Q What was the most difficult for you?

A "I have a really hard time doing assignments for school…." she deeply sighed. "Also there are times that I misunderstand or can't understand what people are talking about. At times, I felt so messed up. But I still love South Korea!"

Q Have you attended other schools besides Yeo-Myung School?

A "No, I haven't. Yeo-Myung School is the only one."

Q What was the most difficult thing to get used to in South Korea?

A Fashion. North Korea has an administrative division of Si (a city), ranked below Gun (a province) and Do (a state). "I lived in the Gun countryside, and, of course, I was a country guy in North Korea. And you know, South Koreans are very fashionable. How embarrassing! I should have dressed in more sophisticated manner but I didn't know at the time. Perhaps my friends felt embarrassed around me." We laughed loudly. "And the language. Intonation and style of speaking were a little different. That difference makes me uncomfortable."

Q Do you try to pretend that you are not from North Korea?

A "Yes. I usually don't like to reveal it. I'm trying to learn to speak like South Koreans speak but it's very hard. Studying is hard, too! Everyone in South Korea studies hard to attend university, and yet there are no guarantees. It is a heavy burden. But there is nothing easy in life."

When she said that nothing is easy in life, my conscience was pricked. Am I having a more difficult time than she is? Even though I had realized long ago that there was no easy goal to achieve, I still was tempted to take an easy path. Choosing a career path is my biggest worry. Therefore, I wondered what her dream was.

Q Jeongmi, what is your dream?

A "I want to become a beauty artist."

When she told me that, I felt that she was well-suited to be a beauty artist. When I first met her, I thought that her make-up was very well done. I thought I should learn how determined she was to pursue her career.

We became more intimate, talkative and laughing. We decided to talk without using formal language. We used in vogue words and spoke about TV programs that we liked, hummed popular songs, and exchanged phone numbers. We chatted like longtime friends. She offered, "Feel free to ask me any question." So I continued.

Q Special programs are needed for North Korean defectors?

A "We decided to live in South Korea and we should have more time to meet more South Korean people. I would really want to participate in such a program. Knowing each other and understanding each other would be really helpful." She smiled.

Q Do you really have portraits of Kim Il Sung and Kim Jong Il in your house? I'm curious.

A "Of course. We must hang them in our home. If we lose them, then we have to purchase another one. And, once we graduate, we are obligated to wear a mini badge with portraits of Kim Il Sung and Kim Jong Il on our chest. If we don't, then we are punished. These portraits are the most important thing in North Korea. We learn that, if a fire breaks out, we have to protect the portraits first. Protecting their portraits makes us heroes."

At last, she asked me a question.

"Do you really want reunification?"
"Yes. Of course." I answered. And she asked me again.

"Don't you think that reunification would be bad for South Korea?"
"I don't think so. I think that there are a lot of human resources and underground natural resources in North Korea. There would be benefits as well for South Koreans. Of course, there will be problems following reunification, but reunification will raise our nation's status among nations to a higher level. Our national power will increase. We should reunify our divided country. We are one Korean people."

"I actually asked a few Koreans if they wanted Korea to be reunified. But they disagreed with me. So I asked them to respond. "Why do you object to reunification?" They replied that reunification meant that we have to split the profits, meaning South Koreans' share would shrink, but the nation would grow bigger and stronger with more underground resources. North Korea has many natural resources, but currently, North Korea doesn't know how to use them. If the land area increases, ultimately one person's share would double."

After our interview, we went to Myungdong, had Tteokbokki and cheese pork cutlet. While eating dinner, we pleasantly talked about school clubs, amusement parks, idols, and other things teens discuss.

Prejudice against North Korean defectors was literally that, a prejudice. However, the only difference we share is our environments as we have lived in different places. We need to help North Korean defectors to settle in a new environment, but we don't have to show sympathy. Our role is to help North Korean defectors have an equal opportunity to compete and to adjust well to South Korean society. In order to do that, it is important to meet each other with mutual respect.

I believe that after only an hour of talking to each other we have eliminated prejudices. I hope that an inter-Korean youth exchange program will be created so that we can eliminate prejudices and understand each other better. Then, as adults, we will reduce cultural differences and hatred against each other. I promised that I would continue to contact Jeongmi and expand our mutual exchanges as two Koreans. Finally, we took a selfie that we will never forget. I was somewhat ashamed, but also somewhat proud of being a Korean teenager this day. It was a day that I could discard the prejudice which I had held for 19 years....

김나윤의 이지원, 박하진 님 인터뷰

▶▶ 김나윤 Kim Nayun
용인 한국외국어대학교 부설 고등학교 국제학부 3학년
Hankuk Academy of Foreign Studies International Course, Senior

🔭 함께 그려 갈 세상을 꿈꾸며

북한 이탈 주민들에 관해 관심을 두고, 그들의 이야기에 귀 기울이게 된 것은 단순한 호기심에서가 아니었습니다. 고등학교 2년간 북한 이탈 청소년을 위한 연합동아리 자선공연을 하면서도, 책이나 자료들을 통해서만 그 친구들의 이야기를 접해 왔습니다. 그래서 저는 직접 그들을 만나 살아 있는 이야기를 듣고, 그 친구들이 겪는 고민과 괴로움을 함께 나누고 싶었습니다. 마음을 열고 다가가 그들의 이야기를 들어주는 저의 첫걸음이, 앞으로 우리가 함께 꿈꾸고 만들어 갈 세상으로 가는 첫걸음이 되리라 믿습니다.

🔭 『첫 번째 만남』

작고 마른 체구에 똘망똘망한 눈빛을 가진 귀여운 여동생 13살 이지원. 제가 만난 첫 북한 이탈 주민의 모습은 우리와 전혀 다를 게 없는 평범하고 가녀린 소녀였습니다. 두리하나 국제학교 기숙사에서 친구들과 생활하고 있는 지원이는, 방학이라 늦잠을 자다 일어났다며 조금은 수줍은 듯한 목소리로 자기소개를 시작했습니다. TV 뉴스에서 북한 소식을 접하며 평소 머릿속에 막연히 떠올렸던, 경직되고 어색해서 거리감이 느껴졌던 북한 이탈 주민의 모습에 대한 편견이 깨어지는 순간이었습니다. 사실 지원이는 북한 출신의 어머니와 한국 아버지 사이에서 태어난 친구로, 그냥 똑같은 한국 사람이겠지 하는 생각을 하며 이야기를 이어가던 중, 작은 몸에 새겨진 마음의 상처들을 하나씩 들을 수 있었습니다.

북한을 떠나온 엄마가 중국을 거쳐 한국으로 오는 힘든 과정에서 몸이 약해져 일하시면서 병원에서 오랫동안 치료를 받으셨다고 합니다. 그리고 한국에서 결혼하여 지원이와 8살 된 동생을 갖게 되셨는데 이혼으로 양육과 생활을 병행하기 힘들어, 두리하나 국제학교에 맡기게 되었다고 했습니다. 이혼 후 힘들어하던 어머니는 지원이가 6살 때 캐나다로 건너가 4년 동안 지원 단체의 보호 속에서 지냈는데, 지원이는 그때를 제일 행복했던 시간으로 기억하고 있었습니다. 불안하고 안정되지 않은 생활과 변화를 겪으며 13살 아직 어린 나이에 너무 일찍 철이 들어버린 지원이는, 불안함을 긍정으로 받아들일 줄 아는 저보다 훨씬 어른스러운 구석이 있는 친구였습니다.

오히려 캐나다에서보다 한국에서 일반 학교에 다닐 때 친구들에게 북한 이탈 주민 자녀인 것을 숨기기 위해 더 조심해야 했고, 친구네 집을 놀러 갈 때마다 행복해 보이는 모습에 거리감을 느껴야 했다고 하였습니다. 학교 친구들이나 선생님에게 부모님이 북한 이탈 주민인 것을 알리고 싶지 않다며, 친구들이 알면 무시하거나 다르게 보고 멀리할 것 같다는 걱정을 하고 있었습니다. 주위에서 학교 친구들에게 상처받은 후에 두리하나 국제학교로 온 북한 이탈 주민 친구들이 털어놓은 이야기를 듣고, 힘들어하는 친구들을 많이 보았다고 했습니다. 이미 우리와 다를 게 하나 없는 지원이 같은 친구가 왜 마음에 돌덩이같이 무거운 짐을 지고 보이지 않는 벽을 느껴야 하는 걸까? 남북을 가로지르는 답답한 벽이 우리들의 생각 속에도 깊게 자리 잡고 있던 것은 아닌지, 지원이를 보며 미안한 마음을 감출 수 없었습니다.

내 표정이 어두워 보였는지 지원이는 앞으로 요리사가 되고 싶다는 자신의 꿈 얘기를 들려주며, 캐나다에서 배운 영어로 학교에 외국인 손님이 찾아올 때마다 통역도 맡는다고 웃어주었습니다. 지금 바라는 것이 있느냐는 마지막 질문에, 지원이는 동생에게 라면도 끓여주고 돌봐줄 테니 엄마가 빨리 나아서 동생과 세 식구가 함께 집에 있는 시간이 많아지는 게 소원이라고 답했고, 그 담담한 목소리가 오히려 더 가슴 아프게 남아있습니다. 북한 이탈 주민 1세대뿐만 아니라 2세대인 자녀들도, 한국 사회에서 자리를 잡고 살아가는 데에 많은 어려움을 겪고 있습니다. 사회적인 냉소와 보이지 않는 차별 속에서 방황하며 꿈을 잃고 무기력해지는 청소년이 없도록, 우리 개개인에 자리 잡은 편견을 버리고 그들을 진심으로 이해하고 포용하려는 노력이 필요하지 않을까요?

🔭 『두 번째 만남』

작은 친구와 만남 뒤 큰 여운이 남아서일까. 조금은 무거운 마음으로 박하진 선생님을 만나 보았습니다. 수줍어하시는 말투와 달리 밝고 긍정적인 에너지를 전해주신 박하진 선생님은 36세의 여성으로, 두리하나 국제학교에서 중국어 교육을 담당하고 계십니다. 한국으로 오신지는 10년이 되었는데, 결혼해서 돌을 갓 넘긴 예쁜 딸이 있다며 환하게 웃으셨고, 그 환한 웃음을 찾기까지 험난한 길을 돌아오신 이야기를 들려주셨습니다.

선생님은 어렸을 때 부모님을 잃고 고아가 되었는데, 남겨진 3형제 중 동생은 보육원으로 보내졌고, 오빠는 가출해서 홀로 길을 떠돌며 지내는 노숙 생활을 오랫동안 하였다고 하셨습니다. 가장 힘든 것은 추위와 배고픔이었고, 날마다 견디기 힘들었다고 합니다. 심지어 아침에 눈을 뜨면 거리에서 굶주려 죽은 사람을 보는 일도 있었고, 배고픔에 지쳐 19세에 탈북을 권유하던 지인과 함께 중국으로 넘어가 8년을 중국에서 지내게 되었습니다.

하루하루 배고픔을 견뎌야 하는 북한 주민들과 달리, 북한의 지도층이나 관리 계층은 안정적인 생활을 할 수 있으나 극히 일부에 국한되어있고, 그 빈부의 차가 커서 일반 주민들의 불만도 커지고 있다고 합니다. 또 인터넷과 미디어 매체의 발달로 한국의 드라마나 뉴스 등을 몰래 시청하는 일도 많아져, 탈북을 생각하는 북한 주민들이 늘어나고 있다고 합니다.

가장 힘들었던 순간으로는 중국으로 넘어온 지 얼마 되지 않아 북한군에 잡혀 다시 북한으로 돌려 보내졌을 때였는데, 다시 도망쳐 나오기까지 선생님은 말로는 할 수 없는 힘든 과정을 거쳐야 했습니다. 이야기를 듣는 내내 영화에나 나올 법한 장면들이 머릿속에 그려지는 기분이 들었고, 지금의 저와 비슷한 나이에 그런 엄청난 일들을 겪었을 어린 박하진 선생님에게 경외심이 들기도 하였습니다. 힘든 환경에서 벗어나려는 어린 소녀의 절박한 몸부림과 끝없는 도전이, 지금 박하진 선생님의 환한 웃음을 만들어 주었다고 생각합니다.

힘들다고 엄마에게 투정부렸던 작은 일들이 떠올랐습니다. 제가 인생에서 중요하다고 생각했던 시험, 대학, 진로, 이런 문제들이 삶과 죽음의 경계를 넘나드는 본질적인 인권 앞에서 얼마나 하찮고 사치스런 고민이었는지를 생각해봅니다. 박하진 선생님이 겪었던 일들이 모든 사람이 공통으로 겪는 괴로움과는 많이 다를 것이고 진심으로 공감하기는 더더욱 어려울 일이겠지만, 생존을 위해 치열하게 부딪쳐 이겨낸 용기에 저를 포함한 많은 사람이 함께 응원할 것이라 믿습니다. 목사님과의 인연으로 8년의 중국생활을 접고 한국으로 온 후 10년이라는 시간 동안, 외국어대학에 진학해 중국어과를 졸업하고 신학을 공부하며 끊임없이 자신의 미래를 개척해 온 박하진 선생님이 새삼 존경스럽게 느껴졌습니다.

북한을 이탈하여 한국으로 오게 되면 한 달 동안 조사를 받고, 3개월간 하나원이라는 곳에서 한국생활 전반에 대한 교육과 정착금을 지원받는다고 합니다. 교육비도 지원받을 수 있으니 북한 이탈 청소년들이 포기하지 말고 끝까지 학업을 이어가, 사회의 당당한 구성원으로 살아갈 수 있도록 돕고 싶다는 뜻을 밝히셨습니다. 북한을 벗어나 중국에서 생활하는 동안 안 해 본 일이 없을 정도로 힘들었지만, 잘 곳과 먹을 것이 있다는 것 하나만으로도 북한을 떠나온 일을 후회한 적이 없었고, 신앙을 갖게 된 이후로는 항상 감사하는 마음으로 지낼 수 있었다고 합니다.

특히 중국에서 태어난 탈북 자녀들이 한국으로 왔을 때 언어문제로 적응에 힘들어 하는 것을 보고, 두리하나 국제학교에서 중국어를 가르치기로 하셨다고 합니다. 사회생활을 하며 힘들었던 일로 역시 북한 이탈 주민에 대한 편견 어린 시선을 꼽았습니다. 말투나 억양으로 북한 이탈 주민임을 알게 되면 면접에서 불이익을 당하는 일이 많고, 무시하는 태도로 대하거나 취업 후에도 차별적인 대우를 받게 되는 경우가 많아서, 중국에서 온 조선족 동포라고 얼버무린 적도 있었다고 합니다. 북한 이탈 주민의 실수나 잘못이 언론에 보도될 때에는 여지없이 편협한 시선을 받아야 한다며, 한숨을 쉬는 모습을 보이셨습니다.

박하진 선생님이 북한 이탈 주민 청소년들을 지도하고 격려하며 진정 가르쳐 주고 싶은 것은, 어쩌면 중국어가 아니라 본인이 그랬듯이 사회에 맞서 당당할 수 있는 자신감과 용기일 것입니다. 그 친구들이 어떠한 사회적 불이익에도 좌절하지 않고, 꿋꿋하게 자신의 길을 갈 수 있기를 바람일 것입니다. 북한에 남아있는 가족과 북한 주민들이 더는 고통받지 않기를 바란다며, 우리가 어른이 되었을 때에는 통일된 한국의 모습을 보고 싶다는 꿈을 꾸신다고 하셨습니다. 하루하루 열심히 살았을 뿐이라는 박하진 선생님은 자신의 딸이 사는 세상은 좀 더 좋은 세상이면 좋겠다는 말씀을 하시며, 다시 한 번 환하게 웃어 주셨습니다.

🔭 더 좋은 세상

선생님이 딸을 위해 만들어 주고 싶은 더 좋은 세상은 어떤 세상일까요? 이 질문에 대한 답은 우리가 해야 할 것입니다. 3만 명이 넘는 북한 이탈 주민들이 생사의 고비를 넘으며 찾아온 곳에서 상처를 치유하며 각자의 꿈을 이뤄갈 수 있도록 마음을 열어 편견의 벽을 허무는 것은, 그들을 위한 일일 뿐만 아니라 우리 모두의 좋은 세상을 위한 최소한의 노력일 것입니다. 오늘도 TV에서는 북한 이탈 주민들이 우리와 다르지 않은 같은 한국인이라는 공익광고가 나옵니다. 이것은 역설적으로 그들이 다른 존재임을 사회적으로 규정한 것일지도 모릅니다. 다르지 않다는 것을 인정하고 받아들이기 어려운 것은, 어쩌면 무지와 연결되어있다는 생각을 해봅니다. 그들을 알고 이해한다면 다름은 다양이라는 모습으로 우리 곁에 자연스럽게 어울려질 것이라 믿고 있습니다.

『첫 번째 만남』, 『두 번째 만남』, 두 분과의 인터뷰를 통해 옆집 동생이나 사촌 언니 같은 친밀감을 느낄 수 있었고, 그들의 아픔을 조금은 더 공감할 수 있게 되었습니다. 북한 이탈 주민들은 단순한 호기심이나 동정의 대상이 아니라, 우리와 함께 살아가야 할 이웃이며 친구입니다. 저는 마음의 벽을 허물고 그들을 이해하기 위해 세 번째, 네 번째 만남을 이어갈 것이며, 북한 이탈 주민을 위한 공익광고가 필요없는 세상이 될 수 있도록 노력할 것입니다.

You can
make
a fresh start

Interview of Lee Jiwon and Ms. Park Hajin by Kim Nayun

🔭 Dreaming of the world we create together

It was not just out of curiosity that I became interested in the North Korean defectors. I listened to their stories carefully. I had been performing at club charity concerts for North Korean defectors in high school. All I had learned so far about their stories was from books and articles. Yet, I wanted to meet them personally, to listen to their life stories, and to share their troubles and hardships. I believe that opening my mind and listening to their stories would be a first step toward a world where we dream and create together.

🔭 『The First Meeting』

The first North Korean defector I met was thirteen year old Lee Jiwon; she had a small frame and bright eyes and did not look any different from us at all. Presently, she lives with her friends at Durihana International School dormitory. She introduced herself in a shy voice, saying that she woke up late because it was vacation. At this moment my prejudice about North Korean defectors melted. Until that moment I had envisioned them as being stiff, awkward, and hard to approach, based on TV news images. I continued, thinking that she was just another Korean -- born of a South Korean father and a North Korean mother. But I then heard the wounds of her heart one at a time.

Her mother was treated in a hospital for a long time because she became weak during the difficult journey from North Korea through China into South Korea. She then married in South Korea and gave birth to Jiwon and her now 8-year-old brother. She entrusted Jiwon to Durihana International School because, as a divorcee, it was very difficult for her to raise a child and work at the same time. As a single mother having a hard time after her divorce, she moved to Canada when Jiwon was 6 years old. She spent four years under the protection of a support group; this Jiwon remembered as one of her happiest times. However, this unstable life with a lot of fluctuations appeared to make thirteen year old Jiwon a precocious child. She seemed more mature than I, and knew how to change anxiety into a positive attitude.

She had had to be more careful in a regular South Korean high school than in Canada. She couldn't reveal that she was a North Korean defector's child; she felt distant each time she visited her friends' homes because they looked so happy. She never let her schoolmates or teachers know that her mother was a North Korean defector. She worried that her friends would ostracize her, look at her strangely, and perhaps keep their distance from her, if they knew. She had heard stories of other North Korean defectors who had been hurt by schoolmates prior to transferring to Durihana International School. Why would a young girl like Jiwon, not different from us, bear such a heavy burden in her heart? Why would she perceive an invisible wall around her? I could not help but feel sorry for her. It made me think that the thick wall that divides the North and South was deeply embedded also in our minds.

She suddenly changed the topic and told me about her dream of becoming a chef. Perhaps she noticed my worried face. She smiled and told me that she serves as an English interpreter whenever foreign guests visit the school. I asked her about her hopes. She hoped that her mother's health returns so that the three members of her family, including her brother, could spend more time at home together. She is willing to cook for and take care of her brother if that hope were realized. Her calm voice broke my heart deeply. The second generation of North Korean defectors, as well as the first, experiences many difficulties in settling and living in Korean society. Shouldn't we make every effort to rid ourselves of the prejudices in our minds? Shouldn't we understand and embrace them so that no young people go astray, lose their dreams, and become victims of social cynicism and invisible discrimination?

「The Second Meeting」

I met Ms. Park Hajin with a somewhat heavy heart because of the resonance from the first meeting with Jiwon. Ms. Park's bright and positive energy contrasted with her shy tone of voice. She is a 36 year old woman who teaches the Chinese language at Durihana International School. It has been 10 years since she arrived in Korea. She smiled brightly and announced that she has a beautiful daughter who just turned one. She sadly told me her stories about the rough journey she had had to endure. Then she recovered her bright smile.

She lost her parents and became an orphan at a young age. Her three siblings remained and only the youngest was sent to an orphanage. Her older brother left home and became homeless, wandering around alone for a long time. The hardest thing she endured was the cold and hunger everyday; this was unbearable. She saw people who had starved to death on the street when she woke up in the morning. Absolutely tired of hunger, she left for China at

개별인터뷰 Individual Interviews of Teachers and North Korean Defectors the age of 19 with an acquaintance. She spent eight years in China.

Unlike the majority of North Koreans, who have had to endure hunger every day, North Korean leaders and managerial officers live a stable life, but such privilege is limited to a very few people. The gap between the rich and the poor is so large that the majority of North Koreans are increasingly complaining; there are also an increasing number of people watching South Korean dramas and news in secret due to the Internet and multimedia. As a result, a growing number of North Koreans contemplate escaping North Korea.

The most difficult moment for her was when she was caught by North Korean soldiers shortly after she arrived in China. They sent her back to North Korea. She had to go through unspeakably harsh ordeals until she escaped again. Her story seemed as if the scenes of a dramatic movie; I was in awe of Ms. Park, who had endured such harsh experiences at my same age. The desperate struggles and endless challenges she faced while trying to escape such a miserable situation gave her the bright smile that she has today.

I remembered the little things that I routinely complained about. I thought how trivial they were. The extravagant issues that I deemed important—like exams, college, and career were miniscule compared to fundamental human rights and the issues of life and death. The ordeals Ms. Park had been through are very different from what ordinary people experience. Thus, it is very hard for us to truly empathize with them. It has been 10 years since she came to South Korea; her friendship with a pastor during her eight years in China helped bring her here. During the period in Korea, she attended a foreign language college and earned a degree in Chinese. She also studied theology and continued to pioneer her future. This inspired much respect in me for Ms. Park.

When North Korean defectors arrive in South Korea, they are examined for a month and, for three months, receive general instruction about life in South Korea at Hanawon (Refugee Resettlement Center); they also get resettlement funds. She expressed her aspiration to help young North Korean defectors continue their studies and become honorable members of society. She encourages them to never give up because they can get financial assistance to help them succeed. Ms. Park said that, although life in China after escaping North Korea was very hard, she never regretted leaving North Korea. She was grateful for life's simple blessings like having a warm place to sleep and food to eat. She has lived with gratitude since she acquired religious faith.

She was especially eager to help the children of North Korean defectors born in China. She tries to help them by teaching Chinese at Durihana International School. She had observed that they had language barriers which had caused difficulties in school. Moreover, she pointed out that the hardest part of adapting to social life in Korea was dealing with South Korean's prejudicial view to North Korean defectors. Once she pretended to be a Korean Chinese. If she had revealed that she was a North Korean defector through her words or accent, she would have been at a disadvantage in interviews, slighted, or even discriminated against after being employed. She sighed that, when North Korean defectors' mistakes or wrongs are reported in the press, they experience prejudice without exception.

Perhaps what Ms. Park would truly like to teach to young North Korean defectors, while guiding and encouraging them, is the confidence and courage to stand up to South Korean society, as she has done. She hopes that the social inequalities do not discourage or frustrate them; she wants to encourage them to persistently pursue their dreams. She wants the sufferings of her family and others in North Korea to end. She dreams about a reunified Korea when these adolescents become adults. "My life has been tough, but I would like my daughter's world to be a better one," said she, smiling once again.

🐾 A better world

What would the better world that she wants to create for her daughter be like? We all will have to answer this question. More than 30,000 North Korean defectors crossed through life and death traumas to come to South Korea. We should open our minds and break down the barriers of prejudice so that they can heal their wounds and realize their own dreams. This will not only help them, but also help to create a better world for all of us. This is our obligation. Today on TV we see public service announcements, sharing that North Korean defectors are Koreans, the same as us. Ironically, this will define them socially as being different from us. The reason why it is so hard to acknowledge and accept differences may be related to our ignorances. I believe that once we get to know and understand them, not their differences, but the diversities will naturally harmonize within our society.

During the interviews, 『The First Meeting』 and 『The Second Meeting』, I was able to feel the intimacy of a neighbor or a cousin and empathize with them a little bit more. North Korean defectors are not mere objects of curiosity or pity, but neighbors and friends with whom we should live together. I will continue my third and fourth interviews to break down the walls in our minds and to understand them better and to attempt to make a better world in which no public service announcements are needed.

이나은의 김영옥 님 인터뷰

▶▶ 이나은 Lee Naeun
용인 한국외국어대학교 부설 고등학교 국제학부 3학년
Hankuk Academy of Foreign Studies International Course, Senior

김영옥 님은 올해로 30세가 되고, 한 달 전에 자신과 같은 북한 이탈 주민과 막 결혼을 한 새색시였습니다. 영옥 님에게 5년이라는 세월은 남한의 문화와 언어에 적응하기에 충분한 시간이었습니다. 인터뷰 내내 유창하게 남한 말과 외래어를 구사하며, 구체적으로 자신이 경험했던 것들을 설명해주신 영옥 님의 얼굴에는 선한 웃음이 떠나지를 않았습니다.

중국과 북한의 경계에서 얼마 떨어져 있지 않은 혜산시에서 나고 자란 영옥 님은, 보육원에서 어린 시절을 보냈습니다. 어머니와 아버지를 잃고 들어가게 된 보육원에서 정부의 지원을 받으며 하루하루 살아갔습니다. 학교도 소학교(초등학교) 2학년 때까지는 일반 학교에 다니다가, 그 후부터 근처 고아들이 모여 있는 학교로 옮겨 나머지 8년의 교육을 받았습니다.

북한의 소학교는 8시부터 12시까지, 중고등학교는 8시부터 4시까지가 수업 시간이었습니다. 12시부터 2시까지는 점심시간, 나머지 시간은 수업했습니다. 한 반에는 40~50명 정도가 함께 생활했고 남녀 비율은 비슷했습니다. 한국과 마찬가지로 국어나 수학 같은 과목들을 배웠지만, 특이하게 소학교에서 '자연'이라는 풀의 종류를 배우고, 주변에 사는 생물들에 대해서 배우는 과목도 있었습니다.

전체적인 학교의 분위기는 몇십 년 전의 남한 학교와 비슷했습니다. 선생님들은 무섭고 엄하셨으며, 숙제해 가지 않거나 벌을 받아야 할 때는 체벌을 가했습니다. 규정과 규율이 워낙 심하고 엄했기에 반항하는 학생들은 찾아볼 수 없었으며, 선생님의 말씀을 그대로 따랐습니다. "문제라는 게 있을 수가 없었어요. 워낙 무섭게 혼내서서 선생님의 명령을 거역할 용기를 가진 친구들이 없었거든요." 이러한 엄격한 분위기에도 불구하고 그래도 한국학교 학생들과 크게 다르지는 않았습니다. 영옥 님도 학교에서 무리를 지어 다니거나 단짝 친구와 같이 어울려 놀곤 했답니다.

수업이 끝나면 바로 보육원으로 돌아와 집안일을 돕고, 물 길어 가는 일을 도맡아 했습니다. 돈이 많은 집 아이들은 과외를 받거나 아코디언을 배우는 등 다양한 활동을 할 수 있었지만, 그러기에는 영옥 님의 생활은 너무나도 빈곤했습니다. 정부에서 지원해주는 부족한 자금으로 생활하고, 지원받은 교재의 개수도 부족해서 까마득한 선배들의 다 헤진 교과서를 물려받아 어렵게 공부를 이어나가야 했습니다. 그래서 영옥 님에게 과외나 악기를 배우는 것은 정말 꿈만 꿀 수 있는 것들이었습니다.

10년의 학교생활이 끝나자, 영옥 님은 돌격대에 들어가서 일을 하게 되었습니다. 돌격대는 도로 공사나 집짓기 등 다양한 노동을 무보수로 하는 집단인데, 이 집단에는 그녀와 같은 고아 출신들도 들어가지만, 일반 사람들도 3년만 돌격대에서 일하면 당원이 된다는 말에 자진해서 들어가서 일하기도 합니다. 그녀는 이 일을 하면서 생계를 이어나가던 중, 자신의 미래에 대해 진지하게 고민해보기 시작했습니다. 언제까지나 돌격대에서만 지내면 안 되겠다는 생각이 들었고, 고아 출신에다 북한에서 쌓아놓은 게 별로 없으니 잃을 것도 없다는 생각이 들었습니다. 자신의 미래를 스스로 개척해나가고 싶었고, 그것이 그녀가 북한을 떠나기로 한 궁극적인 계기였습니다.

탈북 과정은 위험하고 힘들었습니다. 친구와 함께 국경을 넘어 북한에서 중국으로 넘어가는 데에 성공한 영옥 님은, 중국에서 집주인의 일을 도와주고 허드렛일을 하면서 돈을 벌었습니다. 그러나 신분증이 없어서 편안한 삶을 살 수가 없었습니다. 불법 체류자로 적발될까 봐 거리에서도 제대로 돌아다니지 못했습니다. 그렇게 불안한 나날을 보내다 그녀는 태국을 거쳐 겨우 남한으로 들어오게 되었습니다.

🎤 신분증이 나오잖아요!

"왜 다른 나라 말고 남한을 선택하게 된 거예요?"라고 질문을 던지자 당연하다는 말투로 "신분증이 나오잖아요." 라는 대답이 돌아왔습니다. 탈북한 사람들을 시민으로 받아주고, 법적으로 안정적인 삶을 보장해주는 나라는 남한밖에 없다는 것이었습니다. 다른 나라에서 영옥 님과 같은 사람들은 그저 불법 체류자고, 언제 적발돼 어려움에 부닥칠지 모르는 상황이었습니다. 그렇기에 그녀는 선택의 여지 없이 남한으로 들어와 터전을 잡게 된 것입니다.

그녀의 예상대로 남한에서의 삶은 다른 나라에서의 삶과는 달랐습니다. 신분증이 발급되고 정식으로 시민으로 인정받을 수 있게 되어 다른 나라에서보다 떳떳하게 살 수 있었던 점도 좋았지만, 그녀는 천기원 목사님을 만나 구출되지 않았다면, 자신이 이렇게 남한에 잘 적응할 수 있지 않았을 것이라고 말했습니다. 아무것도 모르는 자신에게 기꺼이 손을 내밀어주고 다양한 방면에서 가장 큰 도움을 준 감사한 분이 바로 천기원 목사님이자, 이 두리하나 국제학교의 교장 선생님이라는 것이었습니다.

기독교는 영옥 님이 생전 처음으로 접한 새로운 종교였습니다. 그전까지 그녀에게 허락된 유일한 신적인 존재는 김일성, 김정일, 그리고 김정은이었고, 다른 종교를 가지거나 다른 우상을 섬기는 것은 엄격하게 금지됐기 때문이었습니다. 그녀도 다른 북한 사람들과 마찬가지로 어렸을 때부터 그들을 신봉해야 한다는 교육을 받았습니다. 북한의 주체사상과 유일사상에 대한 교육은 그녀가 유치원에 다닐 때부터 이루어졌으며, 김 씨 일가에 대한 조건 없는 신념을 지니도록 강요받았습니다. 그녀의 말에 의하면, 그들의 생년월일이나 사건이 일어난 날짜까지 모두 다 완벽히 외우고 있는 사람들이 많다고 하였습니다. 북한에서 김 씨 삼 부자는 누구도 감히 비판할 수 없는 신성한 유일신이었습니다.

지난 25년간 이런 삶을 살아온 영옥 님이 이런 사상을 버리고 기독교를 믿게 되는 데에는, 목사님의 베풂이 크게 작용했습니다. 일단 자신을 어려움에서 구출해주셨다는 점에도 감사드리고, 그 외에도 자신이 남한에서 다양한 목표를 이룰 수 있게 전적으로 도와주신 점에도 크게 감사드렸습니다. 이런 목사님의 은혜를 입고 하나님이라는 신을 믿게 되고, 모든 일에 감사하며 살아가게 되었습니다. 영옥 님은 기독교에 더 자세히 알기 위해 성경도 공부했고, 현재도 교회에도 주기적으로 다니며 예배를 드리고 있다고 말하며 독실한 기독교 신자의 모습을 보여줬습니다.

🔭 공부가 제일 쉬웠어요!

목사님을 통해 기독교를 알게 된 것만이 끝이 아니었습니다. 비록 몇 년간 생계로 인해 학업을 놓고 있었지만, 기회가 되면 교육을 더 받고 싶다는 학구적인 열정을 가지고 있었습니다. 그래서 영옥 님은 생활이 안정화된 후에는 대학 진학을 목표로 삼게 되었습니다. 대학 진학을 위해 검정고시나 준비할 서류 등에서 도움을 얻은 곳이 바로, 이 두리하나 국제학교였습니다. 대학 입학이라는 목표를 이루기 위해 단계별로 하나씩 가이드라인을 제시해주고, 몰랐던 부분에 많은 도움을 주신 분이 이 학교 선생님들이었다는 것이었습니다. 그 도움을 받아 열심히 노력한 덕에 결국 원하는 대학, 원하는 학과인 사회복지과에 입학할 수 있게 되었습니다. 목사님이 교장 선생님으로 재직하고 계시는 이 두리하나 국제학교에서 일주일에 한 번씩 주방 가사 일을 돕게 된 것도, 목사님의 은혜에 감사하고 보답하고 싶었기 때문이랍니다.

영옥 님은 대학에서 사회복지학을 전공합니다. 비록 신혼생활 때문에 잠시 휴학을 하고 있지만, 그녀는 학교에 돌아가게 된다면 제대로 사회복지학을 배워 사회복지사가 되고 싶어 합니다. 자신도 지금까지 어려운 상황을 많이 겪어봤고 아픔을 느껴봤으니, 다른 어려운 사람들을 더욱 진심으로 정성껏 대할 수 있지 않을까 하는 생각에서입니다. 하지만 마냥 행복할 것만 같던 대학 생활에도 어려움은 있었습니다. 아무리 노력해도 완벽히 없어지지 않는 특이한 억양이 문제였는지, 아니면 다른 대학생들보다 상대적으로 많은 나이가 문제였는지, 친구 사귀기가 쉬운 일이 아니었습니다. 대인관계 문제보다 학과 공부는 훨씬 쉬웠습니다. 대인관계 문제는 단시간에 해결하지 못할 문제라며 마음 아파했습니다. 북한과 남한의 문화 차이가 너무 심해서 생기는 문제인 것 같다는 말을 덧붙이며 쓴웃음을 짓기도 했습니다.

남한 사람들과 어울리기 힘들며, 자신 또래의 남한 친구를 사귀어본 적이 없다는 말에 "만약 통일된다면 남한과 북한이 잘 어우러져 살 수 있을 것 같으신가요?"라는 질문을 던졌는데, 인상적인 답이 나왔습니다. 대부분의 한국 사람들이 통일을 원하기 때문에 언젠가는 통일이 될 것이지만, 실질적인 차이점 때문에 힘든 과정을 거쳐야 할 것이라는 답이었습니다.

영옥 님은 북한사람들이 일반적으로 가지고 있는 통일에 대한 생각을 말했습니다. 북한에서는 남한 사람들을 한민족이라고 생각하고, 통일을 염원하고 있다는 말을 했습니다. 남한 사람과 북한 사람을 한 공동체로 생각하고 있다고 했습니다. 약간 혼란스러워서 그러면 왜 북한은 한국을 위협하느냐고 물어보았더니, 북한에서는 미국과 한국에 상주하고 있는 미군을 적으로 생각한다는 것이었습니다. 남한에 미사일을 날리며 위협을 가하는 북한의 적대심은 우리를 향한 것이 아니라 미국을 향한 것이랍니다. 영옥 님도 학교에서 "한국에서 미국을 몰아내야 우리가 통일할 수 있다." 고 배웠다고 털어놨습니다.

물론 만약 통일된다면, 자신이 북한 이탈 주민으로서 현재 겪고 있는 문제를 북한 사람들도 겪을 수 있다는 것이 영옥 님이 꼽은 가장 큰 문제점이었습니다. 약 65년간의 분단은, 남한과 북한이 다른 문화를 형성하고 발전시킬 수 있었던 긴 시간이었습니다. 그 긴 시간으로 인해 생기는 문화적, 언어적 차이점은 우리가 함께 넘어야 할 장벽이라고 말했습니다. 또한, 남한과 북한의 경제적 차이를 좁히는 것도 풀어야 할 문제라고 덧붙였습니다.

긴 인터뷰가 끝난 후, 열심히 답해주셔서 감사하다는 인사를 드리고 잠깐 가벼운 이야기를 나눴습니다. 진지한 인터뷰 중 궁금증을 느꼈던 부분들을 위주로 말을 했습니다. 취미를 물어보니 남한에 와서 새로운 취미를 만들었다고 했습니다. 원래는 요리를 별로 좋아하지 않았지만, 한국에 와서는 다양한 음식을 접하고 요리하는 것에 관심을 가져 계속 하고 있다고 했습니다. 영화나 음악도 관심이 있지만, 아직 많이 접하지 못했다며 결혼하고 여유가 생긴 지금, 이런 문화를 더 많이 즐길 계획이라고 했습니다.

영옥 님도 제가 몇 살이고 어떤 걸 공부하고 있는지 궁금해했습니다. 저는 고등학생이라는 말을 했고, 저널리즘과 과학을 공부하고 있다고 말했습니다. 그리고 지금까지는 기사만을 주로 써왔기 때문에, 이렇게 정식으로 누군가와 인터뷰를 진행하고 온전히 그 인터뷰에 대한 글을 쓰는 것은 이번이 처음이라는 말도 덧붙였습니다.

누군가와 인터뷰를 하는 일은 정말 신기하고 소중한 경험이었습니다. 그리고 제가 만난 첫 북한 이탈 주민, 첫 인터뷰가 영옥 님이었던 건 정말 크나큰 행운이었습니다. 서툰 질문에도 친절히 답변해주셨고, 답하기 껄끄러우실 것 같다는 생각에 조심스럽게 물어본 것들도 아무렇지 않게 자세하게 이야기를 풀어주셨기에, 첫 인터뷰가 편안하게 이루어질 수 있었다고 생각합니다. 제가 상상조차 해보지 못했던 경험들을 직접 겪고 견뎌내신 분을 인터뷰하게 되어 정말 좋은 경험이었습니다.

You can
make
a fresh start

Interview of Ms. Kim Yeongok by Lee Naeun

🎤 Hyesan new bride

Kim Yeongok is a thirty year old young woman who just married another North Korean refugee. During five years of living in South Korea, she learned and adapted to this whole different society. Without losing her beautiful smile until the last moments of the interview, Yeongok illustrated the dynamics that she experienced throughout her life.

Born and raised in Hyesan, a city near the northern boundary of North Korea, Yeongok was taken to an orphanage run with government funds after her parents passed away; she spent most of her childhood in the orphanage. But the support was insufficient for her to live a comfortable life. In the second grade she had to transfer from regular elementary school to another school where all the orphans in the city were accumulated. From that time on, she attended that school for eight years from elementary through secondary school.

Elementary school classes in North Korea were from 8:00 in the morning to 12:00 noon. Secondary school students held class from 8:00 to 4:00 in the afternoon. There were approximately forty to fifty students in each class; the ratio of male to female students was nearly equal. Many classes were similar to those in South Korea – such as Korean or mathematics – but there was a unique subject called "Nature." In "Nature," students learned about biological creatures and different kinds of herbs and weeds in their surroundings.

Overall, the school atmosphere in North Korea was not different from that of South Korea in 1970s. Teachers were strict and harsh to students; when students did not do required assignments, teachers inflicted corporal punishment to discipline them. Because of extremely strict regulations and punishments, students never thought of violating those rules. "So-called 'troublemakers' were never be found in our school because the punishments were so harsh. No one dared to violate the teacher's commands." Despite this harsh environment, the students were allowed some degree of freedom. Yeongok explained that she hung around in groups and played with her best friends in school, which is not different from students in South Korea nowadays.

After school, Yeongok came back to the orphanage and did household chores, such as cooking and drawing water from a well. Some children from wealthy families got private lessons or learned how to play an accordion after school. Yeongok, however, could not afford to take expensive lessons. Government funds were so insufficient that she even had to use worn-out, hand-me-down books because new textbooks were rarely given out.

After ten years of school life, Yeongok became a member of "Dolgyukdae (stormtroopers)." These North Korean stormtroopers are quite different from normal troopers. Members are not soldiers, but ordinary adults who build houses or repair roads without pay. Not only orphaned workers are required to join, but also others volunteered to do that job in order to become a party member, after spending three years in the troop. While in the troop, Yeongok had a chance to think seriously about her future. Her conclusion was that there would be no opportunities for her if she stayed in North Korea as a trooper. There was nothing for her to lose because she was from an orphanage and she had nothing literally. She wanted to cultivate a future for herself; this inspired her to leave North Korea.

Escaping from North Korea was tough indeed. Along with one of her friends, Yeongok succeeded in crossing the northern border into China. She made her living working as a charwoman for a Chinese family. She still could not live a comfortable life as she did not have an identification card. Since she was an illegal immigrant in China, she was nervous about getting caught all the time, even when she was walking down the street. After spending many uneasy days in China, Yeongok eventually travelled to South Korea via Thailand.

🔭 I could get an ID card!

When I asked her, "Why did you end up choosing South Korea as your second home?" Yeongok immediately replied as if the answer were obvious, "I could get an ID card." South Korea was the only country that considered her and other North Korean refugees as legal citizens and gave them an identification card. In other countries, she would have been regarded as an illegal alien, always anxious about being caught by the government. South Korea was the one and only choice left for her to live a proper and legal life.

As she had expected, life in South Korea was conspicuously different from that in other countries. Her life became more comfortable. She could live with confidence as she had become a citizen of South Korea. She wouldn't have been able to adapt to the new country, if she had never met Rev. Chun, the Pastor and Principal of Durihana International School. According to Yeongok, Rev. Chun was a generous person who helped her in many ways to adapt to the new environment.

Christianity was the very first religion in Yeongok's life. Previously, she had had no chance to learn or have any religious exposure. Having any religion was strictly banned in North Korea. The only beings that could be treated like gods were Kim Il Sung, Kim Jong Il, and Kim Jong Un – the three-generational Kim regime. Even kindergarteners had had to learn the "Juche ideology (deification of the Kims);" North Koreans are required to have blind faith in the Kim regime. According to her, most North Koreans were so indoctrinated that they even memorized the birth dates and personal events of all three Kims. These three Kims were holy, sacred beings that no one could dare to criticize.

It was difficult for Yeongok, who had lived in North Korea during most of her life, to abandon this belief and become a Christian. It was possible only thanks to the pastor's unconditional support. She kept thanking him for providing her diverse opportunities in this new land. She appreciated his unconditional help to achieve her dreams and goals. His generosity was the main factor that led her to believe in the existence of Jesus Christ and God and to eventually become a Christian. Wanting to know more about Christianity, Yeongok started to attend church and Mass. She gladly added that she was working hard to become a sincerely devoted Christian.

To study is the easiest!

Introducing Christianity was not the only thing that Rev. Chun did to help Yeongok. As she had postponed her studies for several years, Yeongok dreamed of attending South Korean university to continue her studies.

Therefore, the first thing she started after settling in South Korea was to prepare to enter a university. The teachers at Durihana International School had greatly helped her from paper reports to GED test preparations. Thanks to their help, Yeongok would enter her dream school and major in her favorite field – social welfare. She volunteered to work in the Durihana International School kitchen once a week to return what she had received from the Principal and Pastor Chun.

Even though she had been absent from school for several months because of her marriage, Yeongok still wants to study hard and become a social welfare worker. "As I have been through hard times, I believe that I would understand other's wounds and difficulties." She dreamed about her future as a social welfare worker. However, despite efforts to understand others sincerely, there were difficulties in establishing friendships among peers at the university; it was easier to study than to make friends. She assumed that the problem was her North Korean accent or her age because she was older than the average student. Yeongok was deeply hurt by those unexpected problems; she still sensed that this problem would not be resolved in a short time. She concluded bitterly that this problem is inevitable between North and South Koreans due to cultural differences.

In this context, I asked her another question. "If the two Koreas reunite, do you think that North and South Koreans could blend well?" She answered with two simple statements: one, most Koreans want reunification deep down in their hearts and two, the process of blending will be a long and painful one because of actual differences.

Yeongok explained that the overall atmosphere in North Korea regarding reunification is that most North Koreans sincerely want the two Koreas to reunify; they believe that North and South Koreans share the same identity. Confused about some "threats" by North Korea toward South Korea, I asked her to explain. Her answer explained everything: North Koreans actually regard Americans as the enemy. The North Korean animosity of threatening South Korea with ballistic missiles was, not towards South Korea, but towards America. Yeongok said other North Koreans were brainwashed in school to believe that the North and the South can truly reunite once we drive out Americans from the South.

If reunited, the biggest potential social issue would be that all North Koreans would face the same problems that she herself faced as a North Korean defector. Approximately 65 years of separation created inevitable differences between North and South in culture, language, and other fields. "Overcoming problems of those differences is one of the biggest goals of a reunited Korea," said Yeongok. Narrowing the economic gap between the North and the South will become another area we will need to grapple with in a reunited Korea.

I thanked her for her time answering my questions in a detailed manner. Then we gossiped a little. I was personally curious about her and her hobbies; she replied that her new hobby was cooking. Even though she didn't like to cook in North Korea, she had changed when she learned many diverse recipes after coming to the South. She loved movies and listening to songs. She planned to enjoy contemporary culture now that she had more time after marriage.

Yeongok asked me several things. She was curious about my age; what I was learning; what was I majoring in. I shared that I am a 19-year-old high school student who intends on majoring in journalism. I also confided that she was officially my first interviewee as, prior to her, I had only researched and written articles.

To interview someone like Yeongok was an unforgettable experience.

I was fortunate to have Yeongok as my first interviewee, a North Korean defector. She generously understood my awkwardness during our interview and kindly answered every question in great detail. She willingly provided anecdotes on issues that might have been uncomfortable for her. She recalled past experiences that might have been too painful for her. I had intentionally avoided mentioning these topics, but I was surprised and thankful that she freely answered them. It was an immense pleasure to interview an individual who had undergone very hard times, times that I dared not to imagine.

윤주상의 최민주 (가명), 임예빈 님 인터뷰

▶▶ 윤주상 Yun Jusang
용인 한국외국어대학교 부설 고등학교 국제학부 3학년
Hankuk Academy of Foreign Studies International Course, Senior

🎙 우리는 형제입니다.

우리 민족이 둘로 나누어지고 서로에게서 멀어진 지 60년보다도 더 지났습니다. 우리는 늘 가까이 붙어있지만, 한편으로는 제일 멀리 떨어져 있습니다. 우리가 한 민족이라는 사실이 많은 사람의 기억 속에서 사라져 갑니다. 하나의 민족인 남과 북은 이제 남남이 되었습니다. 더는 남과 북을 우리라고 부르지 않습니다. 이렇게 우리는 각자 다른 길로 걸어가며 서로 멀어지고 있습니다. 하지만 서로 얼마나 다르던 우리는 한 민족이라는 사실은 바뀌지 않을 것입니다. 그래서 통일이라는 희망의 끈을 놓치면 안 된다고 생각합니다. 비록 지금 당장 끈을 잡아당겨 꿈을 바로 이룰 수는 없겠지만, 모두가 다 함께 붙잡고 소망한다면 언젠가는 이루어지지 않을까요?

우리는 한가족이듯이 남남이 아닌 남과 북이 아닌, 서로를 갈라놓는 휴전선이 없는 땅에서 같이 함께 살고 싶습니다. 그러한 날이 오기 위해서는 시간이 비록 많이 지났지만, 우리는 여전히 한민족이고 형제라는 것을 꼭 기억해야 한다고 생각합니다. 시간이 많이 지난 만큼, 많은 사람의 기억 속에서 사라진 만큼, 모두의 희망을 되살리기 위해서는 우리가 하나의 민족이라는 것을 잊어먹지 않기 위해서라도, 희미해지는 기억들을 기록으로 남겨 두어야 합니다. 이러한 이유로 저는 여명학교에 가서 북한 이탈 주민 학생들을 인터뷰해서 글로 쓰기로 마음먹고, 학교를 찾아가게 되었습니다.

북한 이탈 주민들을 위한 고등학교 과정의 학교인 여명학교에 찾아가기 위해서는, 매우 가파르고 좁으며 구부러진 골목길을 올라가야 했습니다. 마치 통일이라는 큰 꿈을 이루기 위해서는 갈 길이 멀다는 것을 의미하는 것 같았습니다. 하지만 한 걸음, 한 걸음 차츰 내딛고 앞으로 나아가다 보니,

어느새 얼마나 높이 왔는지 가늠하기 어려울 정도로 올라와 있었습니다.

　힘들게 경사진 언덕을 오르고 올라 서서히 학교의 모습이 보이자 마치 여명과 같이, 서서히 돋아나는 해처럼, 한 줄기 희망의 빛처럼 통일의 꿈이 보이는 듯했습니다. 그 경사진 언덕은 저에게 사자성어 고진감래를 증명해주듯이, 힘들게 가파른 골목길을 올라 희망의 여명학교를 보여준 것처럼, 한 걸음, 한 걸음 미래를 향해 내딛다 보면 언젠가는 통일이 이루어질 수 있다고 저에게 일러주는 것 같았습니다. 언덕 밑을 내려다보고 제가 어디에 있는지 주위를 둘러보며, 스스로 우리 민족의 꿈을 위해 보탬이 될 수 있다는 자부심을 느꼈습니다.

　학교에 직접 들어가 보니 저는 여명학교 자체가 우리의 미래, 꿈을 향한 한 걸음이라고 더욱더 크게 느끼게 되었습니다. 처음에는 가파른 골목길에 있는 사회적 약자를 위한 학교가 제대로 운영이나 될까, 교실이 제대로나 있을까, 선생님들은 괜찮으신 분들일까, 등 여명학교에 대해 많은 의구심과 부정적인 생각을 하고 있었습니다. 언덕에 오르며 학교가 희망적인 것으로 보였지만, 계속 왠지 크게 실망할 것 같은 느낌이 들었습니다.

　학교를 겉에서 보기에는 마치 반지하 아파트처럼 언덕에 위치하고, 건물도 오래된 것 같아 더럽고 청결하지 않고 열악해 보였습니다. 하지만 겉표지만 보고 책을 판단하지 말라고 하듯이, 여명학교에 들어서자마자 저는 깜짝 놀랐습니다. 비록 여명학교는 운동장도 없는 5층짜리 작은 건물이었지만, 학교 안으로 들어가자마자 어느 곳보다도 밝고 활발하고 희망찬 분위기가 온몸으로 느껴졌습니다. 학교에 발을 들이자마자 벽에 걸려있는 희망찬 그림들과 문구들, 위에서 들려오는 화기애애한 웃음소리, 또 어디선가 들려오는 친구들과 재미있게 떠드는 소리가 저를 환영해주었습니다. 선생님들 또한 낯선 사람인 저를 보고 환하게 웃어주셨습니다.

그러자 조금 전에 들었던 생각은 어디론가 사라지고, 이러한 희망으로 가득한 여명학교를 위해주는 사람들이 많이 없다는 점이 너무 아쉽다는 생각밖에 안 들었습니다. 분명 이런 희망과 소망의 학교가 통일이라는 꿈을 위한 한 발자국이고 미래이지만, 이들을 위한 도움과 지원이 부족하다는 사실이 너무나도 아쉬웠습니다. 또한, 이렇게 힘든 환경에서 사는 사람들이 너무 안타깝게 느껴졌고, 이러한 환경을 이겨내고 살아가는 많은 사람이 너무나도 존경스럽게 느껴졌습니다.

저는 이 안타까움과 존경스러움을 머금고, 여명 학교의 학생 두 명을 만나게 되었고 인터뷰했습니다. 두 학생은 방학기간임에도 찬양을 위해 학교에 나와서 만날 수 있었습니다. 이런 환경에서도 희망과 행복을 잃지 않고 열심히 부지런하게 성실하게 살아간다는 점에 너무나도 감명받았습니다. 편안하게 살면서 많은 일을 귀찮아하는 저의 모습이 머릿속에 스쳐 지나갔고, 저의 행동을 뒤돌아보며 창피하고 죄송했고, 존경스러웠고 감사했습니다.

어떤 사람들이 힘들게 노력하여 얻는 것들을, 저는 이미 가지고 있는데도 감사할 줄 몰랐습니다. 그런 모습이 창피했고 저와 다르게 열심히 사는 분들께 죄송스러웠으며, 그 부지런함이 존경스러웠습니다. 그리고 노력 없이 가지고 있던 것들의 가치, 소중함을 알게 되어 감사했습니다. 이 감정을 꼭 기억하겠다고 스스로 다짐을 할 정도로 저에게 의미가 크게 다가왔습니다.

🔭 최민주 님의 이야기

　처음으로는 이번에 여명학교에서 고등학교 과정을 완료하고 대학교에 합격한 최민주 님(가명)을 만나 인터뷰했습니다. 민주 님은 여명학교 재학생으로 흔히 말하는 북한 이탈 주민입니다. 그녀는 그녀가 기억하는 북한의 모습에 관해 설명했고, 한국에서의 경험담을 알려주며, 남과 북의 차이점을 일러주었습니다. 2009년 1월, 1년 중 제일 추운 시점에 민주 님은 북한에서 나와 중국으로 향했습니다. 1월은 매우 추워서 강물도 얼고 경비도 약해지기 때문에, 넘어가기가 비교적 안전하고 쉽다고 합니다. 하지만 아무리 쉽다고 하더라도 탈북하다 붙잡히면 심한 고초를 겪기 때문에, 국경수비대를 피해 목숨을 걸고 강을 건너는 것이라고 합니다. 하나밖에 없는 목숨을 걸고 탈북을 하게 된 계기는, 정말 안타깝게도 돈을 벌기 위해서입니다.

　민주 님은 북한 함경북도에 거주하던 평범한 가정에 있었습니다. 그녀는 초등학교까지만 학교에 다니고, 중학교부터는 어려운 가정형편 때문에 어머니와 함께 장사해야 했습니다. 12살에 초등학교를 졸업하고 산에 나무하러 가고, 사금을 캐고, 산나물을 캐고, 고기와 해산물을 다른 곳에서 싸게 산 다음, 가격을 올려 파는 장사를 했습니다. 이렇게 민주 님은 어린 나이에 학교에 다니고 싶었지만 갈 넉넉한 형편이 안 되었습니다.

　그러다가 북한에서는 들어본 적도 없는 개념인 '사춘기'가 왔는지, 1년 동안 무작정 집을 떠나 멀리 가 있었습니다. 1년 후에 다시 집에 돌아왔는데도 생활 형편은 전과 같이 힘들었고, 앞날이 전혀 안 보였습니다. 당일에 먹고 살 식량을 얻기 위해 매일매일 일을 해야 했고, 나아질 기미도 안 보였습니다. 그렇게 일생을 매일매일 가난으로 걱정해야 하는 희망 없는 삶이 쭉 펼쳐져 있었습니다. 그러던 중에 스스로 탈북을 해서 집에 도움을 주자고 결심을 했습니다. 어차피 똑같이 희망이 없는 삶을 살게 될 것이니, 무엇이라도 시도해봐야겠다는 것이 그녀의 생각이었습니다. 그렇게 민주 님은 친구와 함께 그 추운 날 목숨을 걸고 가족을 위해, 더 나은 삶을 위해 차갑게 얼어버린 강을 건너 가족과 떨어져 중국으로 넘어갔습니다.

민주 님은 그렇게 친구를 따라 힘들게 중국에 도착했고, 친구의 친척이 운영하는 식당에 들어가 일을 하게 되었습니다. 처음에는 설거지부터 시작하여 차츰 중국어를 배워나가, 나중에는 계산을 담당하기도 했습니다. 하지만 처음 2년 동안은 중국에서의 공안 감시가 너무 무서워, 일하는 식당에서 나오지도 않았다고 합니다. 그렇게 5년 동안 중국에서 살면서 계속 겁을 내며 숨죽이고 눈치 보며 살아야 했습니다.

계산을 담당하다 보니 자연히 손님들과 대화할 일이 잦았는데, 발음이 중국 사람과 차이가 나서 혹시 북한에서 왔느냐고 물어보는 사람이 많았다고 합니다. 혹시 자신의 정체가 드러날까 봐 느끼는 두려움, 심한 감시에 의한 불편함 때문에, 민주 님은 중국에서 나와 대한민국으로 넘어오기로 마음을 먹었습니다. 대한민국으로 넘어오려면 중국 공안의 감시를 피하는 위험을 감수하기 때문에, 브로커들이 돈을 많이 요구해서 돈을 모아야 했습니다. 게다가 브로커를 찾는데도 2년 정도 걸렸다고 합니다. 이 브로커 또한 길에서 맞닥트린 사람이라 하나도 신용이 없었지만 무작정 믿었고, 대략 150만 원 정도를 주었습니다. 다행히도 이 브로커는 양심적으로 대한민국 대전으로 보내주었습니다. 이렇게 힘든 과정을 걸쳐 북한에서 남한까지 오게 되었습니다.

대전에 와서 민주 님은 북한 이탈 주민 교육센터인 하나원에 가서, 열흘 동안 북한 생활과 다른 기초적인 것들, 예를 들어 은행계좌 개설 하는 법, 컴퓨터 사용하는 법, 지하철 타는 법 등을 배웠습니다. 그리고 하나원에 서 그녀에게 비록 나이는 들었고 공부를 안 한 지 12년이나 되었지만, 공부를 다시 시작해보라고 권유를 받아 여명학교로 연결되어 학교에 다니게 되었습니다. 중학교를 검정고시로 통과하고, 여명학교에서도 열심히 공부하여 이번에 좋은 대학교에 합격까지 했습니다.

룸메이트와 같이 월세를 나눠 내며 사는 민주 님은, 인터뷰하는 내내 미소를 잃어버리지 않았습니다. 이야기를 듣는 저는 이러한 현실에 무서워지고 얼굴이 굳었지만, 이 이야기를 해주는 민주 님을 보며 너무나 존경스러웠습니다. 스스로 결정해서 가족을 위해 가족과 떨어져 한국에 와, 홀로 잘 살아가는 그녀를 보며 안타까웠습니다. 민주 님은 한국에 도착한 후에 브로커를 통해 북한에 계신 삼촌과는 연락되었지만, 아직 여전히 어머니와는 연락이 닿지 않는다고 합니다.

비록 북한과 남한은 붙어있지만 한 나라에서 다른 나라로 건너오기 위해서는 목숨을 걸어야 하고, 가족끼리 연락 하는 것은 돈을 많이 들여 브로커를 이용해도 쉽지 않습니다. 심지어 자신의 가족이 뭘 하고 있는지, 수사대에 붙잡혀 갔는지, 병에 걸렸는지, 죽었는지 살았는지조차 모릅니다. 민주 님은 아직도 어머니와 연락을 하기 위해 노력 하는 중입니다. 그리고 꼭 어머님을 데리고 오겠다고 하십니다. 민주 님에게는 통일되었을 시 북한에 관광지를 많이 만들겠다는 또 다른 꿈이 있습니다. 그 꿈들이 반드시 이루어지기를 간절히 바랍니다.

최민주 님 다음으로는 현재 여명학교에 재학 중인 임예빈 님을 인터뷰했습니다. 예빈 님 또한 일명 북한 이탈 주민입니다. 예빈 님은 초등학교를 시골에서 다니다가 시내로 이사 가면서 초등학교 1학년 때 중퇴하게 되었고, 그 이후로는 사정상 학교를 안 다녔습니다. 그리고는 어린 나이인 12살부터 17살까지 엄마와 함께 장사했습니다. 어느 정도 큰 이후에는 혼자 음식을 만들어 장사하며 먼 지방으로 갔습니다. 그런데 중국으로 넘어가면 북한에서 평생 벌 수 있는 만큼을 2년이면 번다고 해서, 그녀는 여럿이서 함께 2012년도에 탈북을 하여 중국에 갔습니다. 여섯에서 일곱 명과 함께 중국에서 생활했지만, 늘 탈북자 입장으로서 엄청나게 많은 위협을 느꼈습니다.

중국에서 양아버지를 만나 선교사를 알게 되어, 5개월 동안 성경을 배우며 기독교인이 되었습니다. 그녀는 그렇게 중국에서 2년 동안 살다가 한국으로 들어오게 되었습니다. 한국에 도착해서 하나원에 들어가서 여명학교를 소개받고 학교에 다니게 되었습니다. 예빈 님은 한국에서 사람들이 앞에서만 호의를 베푸는 거짓된 행동을 많이 한다는 점이 다르다고 말했습니다. 또 남한에서는 사람들을 많이 평가한다고 했습니다. 실제로도 우리는 겉모습을 많이 따지는 것이 사실이고, 그래서 다른 사람들 앞에서는 호의를 베푸는 것이 아닐까 하는 생각이 들었습니다.

북한은 아직도 독재 정치를 실행하고 있습니다. 마음대로 이동할 자유도 없고, 도를 지나다니려면 도 통행증이 필요하며 모든 드라마는 김 삼부자를 치켜세우는 이야기이고, 남자들은 필수적으로 군대에 10년간 있어야 합니다. 학교 시설이 열악해서 겨울에 석탄으로 난로 하나를 때우는데, 난로 옆에 앉아 있는 학생을 다들 부러워하는 점, 대학에 가려면 돈이많아야 하는 점 등은 몇십 년 전의 한국의 모습을 보는 것 같습니다.

앞서 모든 것보다도 예빈 님이 한국에 와서 느낀 점은, 북한에서는 한마디, 한마디를 조심스럽게 말하는데, 한국에서는 대통령을 욕하는 등 정말로 자유롭게 자신의 의견과 생각을 내뱉을 수 있어, 진짜 자유를 누릴 수있는 곳이라고 했습니다. 하지만 이런 자유가 보장되는 만큼 자신이 열심히 노력해야만, 그만큼 그 자유를 누릴 수 있다고 했습니다. 이 말을 듣고저는 제가 태어났을 때부터 누렸던 자유에 대해서 당연하게 여기지 않고,새로운 시점에서 바라볼 수 있었습니다. '내가 열심히 노력한 만큼 자유를누릴 수 있다.' 자본주의에 종속되어 살아온 사람으로서 지금까지 심각하게 생각해본 적 없는 자본주의의 원리에 대해, 한번 깊게 생각해보게 되었습니다.

이미 2016년도에 탈북자들의 수가 3만 명을 넘었으며, 이 추세는 더더욱빨라질 것이라고 합니다. 이렇게 당당히 밝은 꿈을 향해 우리보다 먼저 한걸음 내디딘 이들을, 우리는 존중하고 더욱더 아껴야 합니다. 이들을 위해더욱 도와주고 지원해줘야 합니다. 실제로 북한에서 태어난 사람들은 모두 자동으로 대한민국 시민입니다. 명백히 북한 이탈 주민들도 대한민국시민입니다.

하지만 단지 북한에서 왔다는 이유만으로, 말투가 이상하다는 이유로,생각하는 것이 조금 다르다는 이유로, 북한 이탈 주민들은 현재 남한 사회에서 불공평한 대우를 받는 것이 사실입니다. 생각해본다면 이것은 인종 차별과 별반 다를 것이 없습니다. 제가 미국에 있었을 때 단지 아시아에서 왔다는 이유만으로, 영어 발음이 서투르다는 이유로, 생각하는 것이 다르다는 이유로, 자란 환경이 다르다는 이유로 놀림을 받은 적이 있습니다. 하지만 겉표지로 책을 판단하지 말라고 하듯이, 사람의 생김새, 출신, 배경은 많이 중요하지 않습니다. 오히려 더 중요한 것은 남을 위한 배려와 호의일 것입니다.

한국 사회는 겉모습을 많이 중요시합니다. 많은 사람이 꾸미는 것을 원하고, 심지어 외모를 바꾸는 성형 수술도 다수가 하는 편입니다. 하지만 다시 강조해야 할 점은 겉이 중요한 것이 아니라는 것입니다. 사과가 겉으로 보기에는 아무리 예뻐 보여도, 정작 껍질을 까보니 속에는 썩어있다면 좋은 사과가 아닐 것입니다. 이처럼 사람도 겉으로 드러나는 외모, 출신, 배경보다도 우리는 모두 형제이고 같은 인간이라고 생각하고, 모두에게 따뜻하게 베푸는 마음가짐을 가지는 것이 훨씬 중요하다고 생각합니다.

남남이 아닌 남과 북도 아닌 통일이 되어 한몸이 될 때까지, 모두 다 같이 손을 잡고 같은 방향으로 걸어가는 밝은 꿈을 소망해봅니다. 마지막으로 우리는 형제입니다.

Interview of Ms. Choi Minju (pseudonym)
and Ms. Lim Yebin by Yun Jusang

🎤 We are all one family.

It has been more than 60 years since we have been separated into two countries. We stand right next to each other, yet we are aloof. The evident fact that we are one and the same family goes unrecognized. This one family has separated and now its members see each other as strangers. We don't even call ourselves 'we' anymore. Likewise, we are walking along different paths and drifting apart. Nevertheless, different as we are, the identity that we are brothers and sisters goes unchanged. That is why we should cling to our mutual goal, - reunification. Although we cannot jump up to reach it immediately, we all need to hold to it and dream of it. And won't our dream come true one day?

We are from one family, not strangers - not North and South. We want to stay together in this land without borders and fences. However long this day is in coming, we have to remember that we are still brothers and sisters of one family. Time has passed and the memory is fading. Now we need to revive everyone's common hope and try to remember our true identity; it is essential to record all these fading memories. Because of this, I decided to visit Yeo-Myung School and interview North Korean defectors, recording their memories.

Yeo-Myung School is a high school to help North Korean defectors adapt to a different society, South Korean society. In order to visit, I had to climb a very steep, narrow, curved road. I felt as if this road were telling me that there is still a long way to go in order to arrive at our dreams of reunification. Nonetheless, as I kept going up step by step, at some point, I had come so far up that I could not estimate how high I had climbed.

After laboriously climbing up the steep hill, the school slowly emerged. Like the word Yeo-Myung meaning daybreak, beams of sunlight, hope and dreams of reunification, appeared to shine on me. The hill alluded to the proverb, "No pain, no gain." Climbing up the hill to find Yeo-Myung School seemed to tell me that reunification will come as we walk toward the future, a step at a time. As I looked around at the sights that surrounded me, I felt pride that I, in my own way, can help further our national goal.

After I walked into the Yeo-Myung School, I easily felt that the school itself was a step into our future, our dreams. At first, I felt negative emotions about the school. I wondered whether this school for minors that is placed on a steep road could be managed properly. I doubted that it would have proper classrooms. I didn't expect the teachers to be professionals. Although I was full of hope while I walked toward the school, from the depths of my heart I kept thinking that I could be very disappointed.

From the outside, part of the school building was underground, like a semi-basement apartment on a hill. The building looked dirty, shabby and old. However, like the proverb "Don't judge a book by its cover," I was overwhelmed as soon as I stepped inside the school. Although it was true that Yeo-Myung School has a poorer atmosphere than other ordinary high schools, I felt much brightness, liveliness, and hope with all my senses. The school is a five story building without any playground. The students' paintings and calligraphic works, full of hope, hung on the wall, lively laughter rang out from upstairs and cheerful chatter came from somewhere else, all welcomed me with gratitude. Even the teachers in the school gave me warm smiles.

Then, all the thoughts that had overwhelmed me, then disappeared. Rather, it was a pity that there were so few people who cared about this Yeo-Myung School, a school filled with hope. This hope-filled school is unquestionably the future, a step forward toward reunification. But its lack of financial aid and support brings feelings of regret, making me sigh deeply. I cannot help but feel pity and respect the many people who pass through this humble but hope-filled school.

Along with all these emotions, I was fortunate to be able to meet two students and to interview them. Although it was winter break, I met them because they had come to school for prayers and praise worship. I was very deeply moved by their sincerity and diligence, and by the fact that they kept their faith and hopes despite these humble surroundings. They caused me to reflect on myself. I had been living a comfortable life in South Korea, but I was indolent and lazy. Looking back on my attitude, I felt ashamed, sorry, respectful, and thankful.

Although I already had what so many others strive and work hard to attain, I hadn't been thankful for the god fortune. I was ashamed of myself, sorry for others who lived life to the fullest, and respectful of their earnestness and thankful for recognizing the value and significance of the things I took for granted. I learned such an enormous lesson that I made a resolution that I would never forget it.

✍ Minju Choi's story

At first, I met Minju Choi (pseudonym), who had just finished her high school curriculum at Yeo-Myung School and recently gotten accepted into college. Ms. Choi is a current student at the school; she is a refugee from North Korea. She described everything that she remembered about North Korea. She demonstrated the differences between the North and the South, referring to her personal experiences. In January 2009, the coldest period of the year, Ms. Choi left her home country, North Korea, to go to China. She says that, since January is extremely cold, especially in the North, rivers freeze and border security becomes so very weak that it is relatively easy to cross the border. However easy it appears, if you get caught while crossing, then you are simply in big trouble. So crossing the river and watching for border guards are a life-risking task. The reason Ms. Choi slipped across the border, risking her life, was sadly to earn money.

Ms. Choi was raised in an average family in North Hamgyong Province, North Korea. She attended school only until elementary grades. After graduating from elementary school at age twelve, she had to help her mother sell goods at market. She bought meat and seafood at a low price and sold them at a high price. Moreover, she also climbed up mountains to gather firewood, panned for gold, and picked wild greens for a living. Even at a young age, she had wanted to go to school. However, Ms. Choi had to work in order to earn a living for her family.

When she arrived at puberty (a concept that does not exist in North Korea), she whimsically left home and stayed far away for a year. And when she came back, her family's state of living had stayed the same. She had to work hard daily to buy food only for that day; there was no hope of improvement. It was an immutably hopeless life that she had, worrying about poverty everyday and for every future day ahead. And one day, on the spur of the moment, she determined to slip across the border to help her family. As she had to live the same miserable life for the rest of her life, she thought she should at least try something, anything, to improve it. Thus, along with her friend, Ms. Choi, risked her life to cross a cold frozen river. For a better life and for her family, she left to China.

Ms. Choi followed her friend to China where she was given a job in a restaurant that her friend's cousin ran. At first, she started doing menial tasks such as washing dishes. Then, as she learned to speak Chinese, she worked at the front counter. However, for the first two years after she arrived in China, she feared to leave the restaurant because the surveillance of North Korean refugees was very strict and harsh. Similarly, she had to live a very fearful life during her five years in China, afraid and holding her breath.

While she worked at the counter, she communicated with a lot of customers; many asked her whether she was from North Korea since her pronunciation was different. She felt uncomfortable with the severe surveillance of people in China and feared that her identity might be discovered. So, she decided to move to South Korea. She needed first to find brokers to take her to the South without getting caught. Not only did it take her nearly two years to find a broker, but it also required a lot of money. Furthermore, when she found the broker at last, she was unsure of his credibility. But she decided to take a risk and paid him 1.5 million won. Fortunately, the broker successfully brought Ms. Choi to Daejeon, South Korea. Going through these turmoils, she finally arrived in South Korea from the North.

In Daejeon, Ms. Choi was sent to Hanawon (Refugee Resettlement Center), where she learned daily life skills such as how to open a bank account, how to use a computer, and how to ride the subway and so on. Hanawon Center also recommended that she resume studying although she had not studied for the past twelve years. Following their suggestion, she was then introduced to Yeo-

Myung School where she now attends. In this school, she obtained a middle school degree by passing the General Educational Development tests. Then, she studied even harder in order to qualify to enter a good college in South Korea.

Ms. Choi currently lives with a roommate, with whom she shares both rent and fees. Although she talked about many depressing realistic facts, she kept smiling. While I listened to her story, I was shocked and dumbfounded about the horrible realities of North Korea that I became very respectful toward her. I felt pity when she said that she decided herself to leave her family in order to have a better life. Ms. Choi says that she has been able to contact her uncle via brokers, but she hasn't yet reached her mother.

Although North Korea and South Korea are geographically connected, one has to risk his life in order to cross between the two countries. Also, it is hard to contact your family on the other side, even when you employ brokers. You have no idea where your family members are, what they do, and even whether they are alive or not. Ms. Choi still makes an effort to contact her mother on the opposite side of the Korean peninsula. Her wish is to bring her mother to the South. She has her own dream of establishing tourist attractions in North Korea after reunification. I sincerely wish her dreams come true one day.

Yebin Lim's story

Along with Ms. Choi, I interviewed Yebin Lim, a current student in Yeo-Myung School. She is another one of the North Korea defectors. She went to elementary school in the North Korean countryside until she moved to a suburban area after one year at the school. However, she couldn't attend school afterwards due to hard living conditions. From the young age of twelve to seventeen, she had to sell food in a market with her mother. After getting a little older -- when she had learned to cook foods by herself -- she moved to a different region of North Korea alone to sell her food for a living. There, she heard that, if she went to China, she could earn in two years what would take all of her remaining life in North Korea to earn. So in 2012, she accompanied others on a risky journey to cross the border into China. She lived in China with seven others; but, as a North Korean defector, she experienced threatened living there.

In China, she met her foster father, who introduced her a Christian missionary. There, she studied the Bible for five months and became a devout Christian. She lived in China for two years by hiding her identity. Then, she followed the missionary's suggestion to move to South Korea. After she arrived in the South, she was sent to Hanawon (Refugee Resettlement Center), where she was introduced to Yeo-Myung School. Ms. Lim pointed out that, in the South, many people pretend to care for others. She also found out that people in the South evaluate and judge others a lot. It is true that we South Koreans judge the way someone looks so much that we show superficial favoritism to others in their presence.

North Korea is still under dictatorship. People are not even free to move around the country without a special permit. All the television programs praise and speak highly of the "great Kims." Men are obliged to join the military for ten years. The school facility is so poor that there is only a coal burning furnace for heat in winter. Students sitting near the furnace become an object of envy. A fortune in money is needed to go to college. Many aspects of North Korean life are very similar to the South a few decades ago.

The most notable and striking difference between the North and the South, as Ms. Lim says, is the degree of freedom. In North Korea, she had to be cautious of every single word that came out of her mouth. Meanwhile, South Korean people enjoy freedom of speech to such an extent that they can openly taunt the president without hesitation. Nonetheless, she pointed out that, in order to attain the freedoms that we dearly want, we have to make every effort to keep them. Hearing these words made me have a different point of view on the freedoms that I took for granted. As a person who has never seriously thought of these fundamental principles of capitalism, I have pondered and thought about its value.

The number of North Korean defectors has been increasing sharply and in 2016 has surpassed 30,000. We must respect and cherish them for bravely taking a step forward towards our dream of reunification. We should aid and support them. In fact, everyone born in the Korean peninsula, including North Korea, is automatically citizens of the Republic of Korea. Clearly, all refugees from the North are Korean citizens.

Nevertheless, just because they come from North Korea, have a different accent, and think differently, they are treated unfairly in South Korea. This is the same racism I saw when I lived in America. Just because I was from Asia, I was bad at English, I thought differently, and I grew up in a different environment, I was teased. However, we should not "judge a book by its cover." A person's appearance, origin, and background do not matter. Rather, the inner aspects, such as consideration and politeness and kindness, should be regarded more valuable.

South Korean society cares a lot about appearance. Many people dress up and decorate themselves even using plastic surgery. Nonetheless, the main point is that appearance is not everything. Some apples look good on the outside. However, if an apple is rotten at the core, people will not call it a good apple. Likewise, warm-heartedness and good character should be considered more important than appearances, origin, and background.

Until the day that we can call ourselves 'we' again as one unified body, I wish for us to hold our hands and walk on the same path. At last, We are one family.

Chapter 3

그룹 인터뷰

Group Interviews of Teachers
and North Korean Defectors

조성은·이호준·신승호의 김란희 님 인터뷰

북한 이탈 주민 학생 김란희 님 (왼쪽)
North Korean defector student Ms. Kim Ranhee (left)

인터뷰가 어색하지 않을까 조마조마했던 우리의 걱정을 완전히 깨준 김 란희 언니는, 밝고 시원한 성격과 웃음을 가지고 있어서 화기애애한 분위 기로 인터뷰를 진행할 수 있었습니다. 언니는 올해로 20살이 되고, 우리와 같이 고등학교 3학년에 올라가는 여명학교 학생입니다. 여명학교는 서울시 명동에 위치한 북한 이탈 청소년과 북한 이탈 주민의 자녀를 교육하는 학 교입니다. 언니는 북한에서 중학교 2학년까지 다니다가, 중국과 라오스에 서 약 1년간 지낸 후 3년 전인 2014년, 처음 남한으로 내려왔다고 했습니 다. 그렇게 넘어오는 과정이 위험해서, 대부분 언니처럼 시간이 좀 걸리더 라도 다른 나라를 거쳐서 오는 경우가 많다고 합니다. 우리 상황에서 생각 하면 '굳이 이렇게라도 해서 내려와야 하나?'라고 생각할 수 있겠지만, 이 런 위험을 거치더라도 남한으로 내려와야 하는 북한 이탈 주민들의 열악 한 상황이 안타까웠습니다.

언니는 그 후 '하나원'이라는 북한 이탈 주민을 위한 기관에서 3개월간 의 적응 교육을 마치고, 안성에 위치한 한겨레 중고등학교에 다니기 시작 했습니다. 한겨레 중고등학교는 국가에서 지정한 특수학교로 여명학교보 다는 좋은 시설과 환경을 가진 학교입니다. 하나원 선생님으로부터 추천 을 받아 그 학교를 선택하긴 했지만, 막상 가보니 아침에 일찍 일어나 체 조를 하는 등의 학교생활이 하나원에 있을 때처럼 너무 자유롭지 못하고, 일반 고등학교의 교과과정을 따르기 때문에 학업의 부담도 컸다고 말했습 니다.

언니는 '자유를 찾아 남한으로 내려왔는데 이런 곳에서 지내고 싶지 않앞고, 공부보다는 적응할 시간이 더 필요하다.'고 생각해, 오랜 고민 끝에 여명학교로 옮기게 되었다고 합니다. 저였다면 단순히 겉으로 보이는 것만 생각하고 계속 한겨레 중고등학교에서 생활했을 것 같습니다. 그런데 나와 딱 1살밖에 차이가 나지 않지만, 언니가 지니고 있었던 깊은 생각과 어려운 상황을 극복해낸 성숙함을 통해, 많은 것을 배울 수 있었습니다. 그리고 앞으로 살아가면서 언니가 더 자유롭게, 언니만의 삶을 살아갔으면 좋겠다고 생각했습니다.

다음으로는 북한 이탈 주민을 향한 우리의 시선이 어떻게 받아들여지는지 궁금해서, 언니에게 차별이나 시선을 받아 불편했던 경험이 있는지 물어보았습니다. 란희 언니는 일반 한국 학교에 다닌 적은 없어서 학교에서 차별당한 경험은 없지만, 일상생활에서 북한에서 왔다는 이유로 받았던 질문과 시선에 대한 경험과 생각을 이야기해주었습니다. 아르바이트 자리를 구하는 등 다른 사람을 만나는 자리가 생겼을 때 본인이 북한에서 왔다고 밝히면, 단지 북한에서 왔으니 잘 알 것 같다는 이유로 "'이제 만나러 갑니다(이만갑)'에서 말하는 것들이 사실이냐." 등의 질문을 많이 받곤 했다고 합니다. 물론 나쁜 의도를 가지고 말하는 것이 아니란 걸 알면서도, 이런 것들이 자신이 북한에서 왔다는 인식을 계속 심어주어서 불편함을 느꼈다고 말했습니다. 그리고 그 외에도 다른 사람들이 자신을 북한사람이라고 생각하고, 좋지 않은 시선으로 바라볼까 봐 신경 쓰이는 일도 많았다고 합니다.

하지만 언니 또한 남한에 적응해가면서 생각이 바뀌었다고 합니다. 요즘은 그냥 자신이 북한사람이기에 다른 사람들도 궁금한 것이 많을 것이고, 그래서 그런 행동이나 시선도 있을 수 있다고 생각한다고 답했습니다. 이

답변은 저에게 가장 큰 인상을 남긴 답변이었습니다. 보통 그런 일을 겪으면 그냥 이런 상황에 대해 불평하고 좋지 않게 생각하기가 쉬운데, 언니는 상대의 상황에서 생각할 줄 알았고, 이해할 줄 알았습니다. 남한으로 온 이후에 다른 나라를 가본 적이 있느냐는 질문에 아직 그런 경험은 없지만, 만약 가게 된다면 일본을 가장 가고 싶고, 실제로 친구와 여행을 계획했었지만 아쉽게 가지 못하게 되었다고 했습니다.

그리고 언니의 학업에 관해서도 이야기를 나누어 보았습니다. 책 읽는 것을 좋아하는 언니는 좋아하는 과목 또한 국어였습니다. 주로 소설도 읽지만, 저의 관심분야이기도 한 심리학책을 많이 읽는다고 했습니다. 반대로 싫어하는 과목은 저와 같이 수학이라고 답했습니다. 북한에서 중학교에 다닐 때 1학년 때는 러시아어를 배우고, 2학년 때 영어를 배웠다고 합니다. 한 번도 러시아어를 접해보지 않은 나로서는 러시아어를 배운다는 것이 놀라웠고, 배워보고 싶었습니다. 하지만 영어는 알파벳 등 기본적인 것만 배우고 북한에 있을 때 언니는 공부에 별로 관심이 없었기 때문에, 한국에서 영어를 배우면서 많은 어려움을 겪었다고 말했습니다.

TOEFL 같은 영어공인인증시험을 본 적이 있느냐는 질문에 너무 어려워서 시험을 본 적은 없지만, 미래에 공부해서 볼 의향은 있다고 했습니다. 본인은 공부를 별로 좋아하지 않는다고 했지만 어렵더라도 공부하려고 하는 란희 언니의 마음가짐을 통해, 저 또한 지금 상황에서 더욱 열심히 해야겠다고 다짐하게 되었습니다. 그리고 이곳 여명학교에서 많은 친구와 잘 지내고 있고, 기숙사에서 지내기 때문에 따로 과외나 학원은 다니지 않지만, 학교에서 제공하는 방과 후 수업을 수강하고 있다고 합니다.

저희처럼 이제 고3에 올라가는 란희 언니는 가장 큰 고민 중 하나가 '공부'라고 했습니다. 언니의 말로는 그동안은 북한에 있을 때도 그렇고 내려와서도 공부에 흥미를 느끼지 못했고, 흔히 말하는 '날라리'처럼 지냈다고 합니다. 하지만 지금은 입시를 준비하는 시점에서 공부를 열심히 해야겠다고 말하는 언니를 보며, 나 또한 마음을 바로잡게 되었고 북한 이탈 청소년들의 학업 중도 탈락률이 높은데, 언니가 포기하지 않았다는 점에 자극을 받았습니다. 그리고 언니가 이렇게 학업에 대해 고민하게 한 한국 사회에 대해 동기부여를 한다는 좋은 점도 있고, 스트레스와 경쟁의 주범이 된다는 단점도 있다고 생각하게 되었습니다. 남한에 정착하면서 적응하기도 힘들었을 것이고 시선도 불편했을 텐데, 포기하지 않고 밝고 열심히 살아가는 언니가 누구보다 빛나 보였고, 앞으로 살아가는 삶 가운데 언제나 행복한 일만 가득했으면 좋겠습니다.

그리고 교육부의 조사를 보면 북한 이탈청소년의 학업 중도 탈락률은 2.1%로 점점 감소하고 있지만, 0.77%인 남한 청소년의 학업 중도 탈락률에 비하면 매우 높은 수치라고 합니다. 여기서 가장 큰 문제는 이런 탈락률의 가장 큰 이유가 '학업의 어려움'이 아닌 '정체성 혼란'이라는 것입니다. 탈북 후 일반 학교에 진학하는 경우 따돌림이나 괴롭힘을 당하는 경우가 많고, 특히 경쟁 위주인 남한의 학업에 잘 적응하지 못하는 것이죠. 란희 언니뿐만 아니라 다른 북한 이탈청소년들이 포기하지 않을 수 있도록, 어려움을 겪지 않도록 도와주고 싶고, 그들과 교류하며 서로의 생각을 공유하고 우리가 한민족이었다는 것을 상기시키고 싶습니다. 이들의 권리가 하루빨리 더 성장해 더불어 살아가는 우리 사회가 되었으면 하는 바람입니다.

란희 누나는 나중에 사회복지사가 되고 싶다고 하였습니다. 사회복지사라면 다른 사람들을 돕고, 사회에 도움이 되는 일을 하는 사람입니다. 그런데 누나는 왜 그런 사람이 되고 싶어하는 것일까요? 란희 누나에게 왜 사회복지사가 되고 싶은지 묻자, 그 이유를 우리에게 상세하게 설명해 주었습니다. 란희 누나 말로는 북한사람들이 남한에 오면 어떻게 해야 하고 무엇이 필요한지 그들에게 차근차근 상세하게 알려주는 사람이 없어서, 북에서 온 사람들이 정보 부족으로 많은 곤란을 겪는다고 합니다. 남한 사회복지사들이 있으시기는 하지만, 아무래도 남한 분들이다 보니 북한 사람들의 입장과 심정을 잘 이해하고 그것에 맞게 잘 설명해 주는 분들은 잘 없으시다고 합니다. 그렇기에 란희 누나는 자기가 나중에 그런 사람들을 위한 사회복지사가 되어, 북한사람들이 남한사회에 잘 정착할 수 있도록 도와주고 싶다고 하였던 것입니다.

이러한 누나의 꿈에 놀랐던 것이, 저는 탈북을 한 사람들은 아무래도 돈을 많이 벌 수 있고 편한 직업을 선택할 줄 알았습니다. 워낙 북한에서 고생을 한 사람들이 많기 때문입니다. 그런데 누나는 다른 사람들을 돕는 일을 하고 싶다고 하니 정말 멋있어 보였고, 란희 누나 같은 사람들이 많아져서 많이 북한사람들이 남한에 왔을 때 도움을 받으면 좋겠다는 생각이 들었습니다. 또한, 나중에 통일되면 누나같이 북한을 잘 이해하는 사회복지사들이 사회에 큰 도움을 줄 수 있을 거 같다는 생각이 들었습니다.

통일되면 무엇이 제일 먼저 하고 싶으냐는 질문에, 란희 누나는 고향의 친척들을 만나보고 싶다고 하였습니다. 전에 인터뷰했던 다른 탈북청소년들처럼, 누나도 고향에 남아있는 가족들을 그리워하는 마음이 많이 남아있는 것 같았습니다. 그럴 때마다 저는 항상 마음이 아팠습니다. 가족들과 만나고 싶어도 만날 수 없는 그 슬픔은 너무나도 클 거 같았고, 빨리 통일이 되어 이산가족들이 서로 만날 수 있게 되면 좋겠다는 생각이 듭니다. 란희 누나는 통일되면 북한에 가서 살고 싶다고 합니다. 고향이기 때문이기도 하지만 아무래도 그곳에서 살았던 적이 있기 때문에, 그곳 상황을 잘 이해하고 남한문화와 북한문화가 잘 조화를 이룰 수 있도록 하고 싶다는 것이었습니다. 이렇게 계속 사회를 위해 무언가를 하려고 하는 누나의 모습은 정말 존경스러웠고, 그런 누나를 보니 저도 나중에 누나처럼 사회에 도움을 주는 사람이 되고 싶다는 생각이 강하게 들었습니다.

란희 누나는 평소에 무엇을 하면서 지낼까요? 누나의 하루 평균 인터넷 사용시간을 물어보니 정확히는 모르겠지만, 굉장히 많이, 계속 사용한다고 하였습니다. 북한에서 와서 인터넷이 생소하기도 할 텐데 정말 신기합니다. 그리고 웹툰, 웹소설, 인터넷 게임도 많이 하는 편이라고 하였습니다. 특히 휴대폰 게임인 '쿠키런'을 즐긴다고 하였습니다. 쿠키런은 남한에서 남녀노소 모두 많이 즐기는 게임이고, 저 또한 한때 많이 했던 게임이기도 합니다. 이렇게 탈북청소년들도 같이 즐길 수 있는 게임이 있어서 좋았고, 이들과 이런 게임들이나 인터넷을 통해 더 많이 교류할 수 있으면 서로가 더 친밀해질 수 있을 거 같다는 생각이 들었습니다.

누나는 독서는 많이 하는 편은 아니라고 합니다. 그래도 거의 책을 읽지 않았던 예전에 비하면, 요즘에는 조금 읽기도 한다고 합니다. 란희 누나에게 그럼 다루는 악기가 있는지 물어보니 남한에와서 여러 가지 악기를 체험해 보았다고 하였습니다. 그렇게 기타, 드럼, 피아노 등을 배워보았지만, 꾸준히 배워서 잘 다룰 줄 아는 악기는 없다고 하였습니다. 이렇게 란희 누나와 평소 생활에 대한 이야기를 해나가다 보니, 누나의 남한에서의 생활이 탈북청소년이지만, 일반 남한 고등학생들과 별 차이가 없다는 것을 깨닫게 되었고 누나가 탈북청소년이 아닌 동네 누나처럼 느껴졌습니다.

탈북청소년들은 남한 사회와 북한사회를 모두 경험하였습니다. 저희는 이들이 각각의 사회에 대해 어떻게 생각하고 있는지 궁금해졌습니다. 란희 누나에게 누나가 생각하기에 남한의 가장 좋은 점을 물어보니, 누나는 북한에서 생각할 수 없었던 것들을 생각할 수 있다는 점이라고 하였습니다. 저는 당연히 남한의 물질적 풍요로움에 대해 말할 줄 알았는데 그것이 아니었던 것입니다. 누나는 북한에서는 항상 먹고 살기에 바빠서, 자신이 돈을 많이 벌어야겠다는 개념으로 머리가 꽉 차게 된다고 합니다. 계속 '어떻게 하면 돈을 벌 수 있을까?' '부자가 되어야겠다!' 하는 생각밖에 안 하면서 살게 된다는 것입니다.

그런데 한국에서는 먹고사는 것이 북한만큼 급한 게 아니니까, 그런 돈 버는 생각 말고도 다양한 분야에 대해 생각하고 고민하는 기회를 가지게 된다는 것입니다. 생각해보면 누나가 말한 이 남한 사회의 장점이 정말 중요한 것입니다. 하고 싶은 생각을 하고, 고민할 수 있는 시간이 있고 그럴 기회가 많다는 것은, 우리가 평소에는 당연하다고 생각해서 못 느끼는 경우가 많습니다. 그렇지만 너무나 소중한 이런 것들이 없어지면, 우리의 삶은 메마르고 생명력을 잃어갈 거 같다는 생각이 들었습니다.

누나와 인터뷰를 하면서 좋았던 점 중 하나는, 평소 내가 생각하지 못했던 관점으로 우리 사회를 볼 수 있게 된다는 것이었습니다. 이런 남한의 장점을 들어본 후, 누나에게 그렇다면 남한의 문제점이 무엇인 것 같은지 질문하여 보았습니다. 누나는 자신이 느끼는 남한사회의 가장 큰 단점은 개인주의라고 하였습니다. 너무 이기적이고 모두가 자신의 이익을 위해 사는 것 같다는 것이었습니다. 란희 누나는 또한 남한에 산 지 이제 3년 차가 되니까, 누나 자신도 남한 사람들처럼 개인주의적 인간이 되어 가는 것 같다고 말했습니다. 누나는 북한은 아직 개인주의가 덜하고, 남한보다 훨씬 잘 단합되고 서로를 신경 쓰는 것 같다고 이야기했습니다. 저는 이 부분을 누나가 매우 잘 지적했다고 생각합니다. 남한 사회는 너무 개인주의 사회가 되어가고 있습니다. 개개인의 이익을 지나치게 추구하는 것 외에도, 서로에게 신경을 쓰지 않는 것 같습니다. 지하철을 타거나 버스를 타도 서로 이야기를 나누는 사람은 거의 없고, 대부분 휴대폰을 보고 있습니다. 또한, 같은 아파트 층 주민들끼리도 서로 잘 모르고 인사도 안 하고, 다니는 경우도 많습니다. 뭔가 한국의 이웃 간 '정'이 점점 약해지는 것 같다는 생각이 듭니다.

이렇게 남한의 장단점을 들어본 후, 누나에게 북한의 장단점에 관해 물어보았습니다. 누나는 자신이 생각하는 북한의 장점은, 아무래도 자기와 친한 친구들이 많다는 것이라고 하였습니다. 그리고 단점은 시간 약속을 잘 못 지킨다는 것이었습니다. 남한처럼 통신장비가 발달 되지 않았기 때문에, 만남의 시간이 조금만 엇갈리면 어떻게 할 방법이 없다고 합니다. 생각해보면 정말 큰 불편함일 것 같은 것이, 만일 제가 친구와 약속을 했는데 친구가 약속 시각에 안 나와 있고 연락할 방법도 없으면, 매우 답답할 것 같습니다.

북한사람들은 북한에서 불법이기는 하지만 남한 드라마를 보거나 노래와 라디오를 듣는 경우가 있다고 합니다. 란희 누나도 북한에서 그런 경험들이 있다고 합니다. '천국의 계단' 같은 드라마를 작은 칩으로 구해서 컴퓨터로 조용히 보거나, 이불 속에서 남한 교통 라디오를 들은 적도 있다고 했습니다. 누나는 남한의 노래나 드라마를 접하면서 감성이라는 것을 느꼈다고 했습니다. 위에서도 언급했지만, 북한에서는 먹고살기 너무 바빠서 감성을 느낄 여유나 기회가 없었는데, 남한의 드라마나 노래를 접하면서 여러 가지 감정을 느낄 수 있었다고 하였습니다. 정말 얼마나 돈을 벌기 급하면 감성을 느낄 기회조차 없을까 하는 생각이 들면서, 북한에서 경제적 어려움을 겪고 있는 사람들이 불쌍하게 느껴졌습니다. 감성은 정말 인간과 로봇을 구별해주는 인간의 본질인데 말입니다. 어서 통일되어 북한의 사람들도 경제적 여유를 조금 더 가져서, 보다 인간 다운 생활을 하게 되었으면 좋겠다는 생각이 들었습니다.

🎙 신승호의 김란희 님 인터뷰

김란희 님은 다른 사람들에 비해서 한국에 오기까지 꽤 오랜 시간이 걸렸습니다. 중국 가기 전 량강도에서 2년이라는 꽤 오랜 기간거주 했었고 그동안 좋은 혼처도 많았고, 어머님 농사도 잘되었다고 합니다. 그 순간 중국행 기회가 왔고, 망설이는 엄마를 설득해 중국으로 향했습니다. 중국에서의 2년 동안 부지런한 어머님 덕에 경제적으로도 안정을 얻었었고, 다시 북한으로 돌아가서 전보다 나은 생활을 할 기회도 있었습니다. 다른 일행들과 어머님도 북한으로 다시 가기로 할 만큼. 하지만 오히려 어머님과 지인들을 모두 설득해 불확실한 한국행을 결행했습니다. 그녀의 고집을 꺾지 못해 어쩔 수 없이 따라온 지인들이, 지금은 한국 남자들과 결혼해서 잘살고 있다고 합니다.

내가 본 김란희 님은, 외모도 말투도 어느 하나 빠지지 않는 대한민국의 평범한 아가씨였습니다. 그녀도 적당한 직장에 취직하고, 좋은 사람 만나 자유 대한민국에서 편하게 누리며 살자고 마음먹을 수도 있었을 겁니다. 하지만 그녀는 공부를 계속해서 대학도 가고, 남들에게 도움을 주는 사람, 특히 북한 이탈 주민에게 필요한 정보를 제대로 줄 수 있는 전문사회복지사가 되고 싶다고 했습니다. 나이 스물셋에 십 대 친구들과 함께 대학 입학을 준비하고 있는 김란희 님. 앞으로도 있을 북한 탈북 청소년들에게 해주고 싶은 조언이 있느냐는 질문에, 공부하라고 단호하게 말했습니다. 자신이 작년까지 방황하고 고민하면서 얻은 결론이라고 했습니다.

처음엔 공부해야겠다는 생각을 별로 안 했었는데, 한 해 두 해 쌓이면서 지식에 대한 결핍도 쌓여 갔고, 남한에 대해서 알면 알수록 자신이 모르는 것이 너무 많다는 것, 그리고 다른 사람과 비교되는 발전 속도에 점점 더 처지는 느낌을 받았습니다. 그냥 있으면 그냥 죽을 때까지 북한사람일 수밖에 없을 거 같았습니다. 그래서 공부해야겠다고 결심했습니다. 북한 출신임을 숨기라는 것이 아니었습니다. 목숨 걸고 한국에 왔으면 잘 살아야 할 것 아닙니까? 먹고 사는 것도 중요하지만 여긴 북한이 아니고, 먹고 살 수 있는 대한민국이니까요. 그러니까 공부하라고 말하고 싶다는 것이었습니다. 아이든 어른이든 먹고 사는 것에 목매지 말고 서로 공감하는 법도 배우고, 대한민국 사회가 어떻게 돌아가는지도 배우고, 학생들은 학과목도 열심히 배우고 공부해서 대학도 가라고 조언했습니다.

그렇다면 너무나 열심히 공부하고 있는 대한민국 청소년들에게는 어떤 조언을 해주고 싶은지, 궁금해서 물어보았습니다. 그 말에 그녀는 조언 같은 거 없다고 했습니다. 그저 배우고 싶다고 말합니다. 배우다니? 뭘? 공부가 힘든 걸까? 생각했지만, 그녀의 대답은 다른 것이었습니다. 그냥 같이 알아가는 시간을 갖고 싶다고 했습니다. 20년 가까이 살아온 북한과 대한민국은 같은 언어를 사용하지만, 갈라진 시간만큼 다른 문화를 가지게 되었습니다. 그녀는 그 차이를 줄이고 싶어 했습니다.

처음엔 남한 사람들이 북한에 대해 너무 호기심 어린 시선으로 질문하는 게 부담스럽다고도 했었지만, 그런 점이 장점이라고도 생각한다고 합니다. 남한 사람들은 북한에 대해 궁금한 거 많이 물어보는데, 북한 사람들은 그러지 못하는 거 같다고. 그런 궁금한 점, 과거나 현재의 남한에 관해서 물어보고 소통할 수 있다면 좀 더 화합되고 그러지 않을까 생각한다고.

분명 우리는 같은 언어를 쓰는 같은 민족이고, 소통의 어려움이 없는 같은 나라 사람이라고 생각했었습니다. 그런데 북한 이탈 주민들이 느끼기에, 대한민국은 아직은 좀 어색하고 어려운 나라인 거 같았습니다.

인터뷰를 마치면서 마지막으로, 우리가 만드는 책에 싣고 싶은 말이나 하고 싶은 말이 있으면 해달라고 부탁했습니다. 김란희 님은 자신이 지식이 별로 없어서 할 말이 없다고 겸손하게 거절하는 듯하더니, 이내 '그냥 열심히 한국까지 왔으면 청소년들은 공부 열심히 하라.'고 했습니다. 공부를 잘하든 못하든 상관없이, 잘못된 길이나 쉬운 길로 빠지지 말고 공부하라고 했습니다. 북한에서 와서 남한식으로 공부하다 보면 따라가지 못하고, 힘들어서 포기하기도 하고, 그러다 보면 힘들다고 쉬운 길로 빠지는 경우도 많이 봤다고 합니다. 자신도 남한에 와서 놀아도 봤고, 친구 따라 나쁜 길로 빠질 기회도 있었지만, 빠지지 않았다고 했습니다. 그리고 그 방황에서 얻은 결론이 '기승전 공부'라는 얘기였습니다. 공부하라는 말은 대한민국에서 학생이라면 귀에 못 박히게 듣는 말입니다. 그래서 더욱 효과가 없는 잔소리이기도 합니다. 하지만 김란희 님의 공부하라는 조언은, 다른 왠지 모를 무시하지 못할 울림이 있었습니다.

내가 본 김란희 님은 상당히 어른스러운 사람이었습니다. 그건 단지 나이 때문만은 아니라고 생각합니다. 북한이라는 체제와 자유로운 대한민국 체제를 모두 겪어본 사람으로서, 경험과 고민을 통해 성숙해진 사람이라는 뜻입니다.

사실 상황만 보면, 김란희 님은 그저 우리와 같은 입시생이고, 남들보다 몇 년 늦은 나이에 공부하는 만학도일 뿐입니다. 보통의 경우였다면, 공부하라는 조언쯤 당연히 한 귀로 듣고 흘렸을 겁니다. 너무나 많이 듣는 잔소리이니까. 하지만 김란희 님의 조언은 그 어떤 사람의 충고보다도 더 무겁게 마음을 눌렀습니다. 이 사람들이 목숨을 걸고 내려온 이유가 이것이구나. 꿈을 꾸고 그 꿈을 이루기 위해서 공부하고 노력하고, 그러려고 목숨 걸고 온 것이구나.

나에게는 너무나 당연하고, 때로는 짜증스럽기까지 했던 모든 생활. 즉, 공부해야 하고 진로를 내가 스스로 정해야 하고, 대학도 스스로 선택하고 준비해야 하는 이런 상황들이, 북한에서 사는 사람들에게는 목숨을 걸고 찾고 싶은 자유였다는 것을 알게 되었습니다.

김란희 님 같은 북한 이탈 주민들에게 직접 듣지 않더라도, 뉴스를 통해 전해 듣는 현재 북한의 상황은 김정은의 공포정치가 날로 심해져 가고 있다는 것을 알 수 있습니다. 아무리 폐쇄적인 북한이라 하더라도 북한이 얼마나 문제가 많은 사회인지, 북한 주민들도 모를 리 없습니다. 결국, 머지 않은 미래에 어떤 식으로든 북한 사회는 붕괴할 것이며, 우리는 통일을 준비해야 할 것입니다. 준비가 잘 되어 있을수록 혼란이 적으리라는 것은 누구나 알고 있습니다. 그러나 우리는 너무 오래 다른 나라로 살아왔기 때문에, 머지않은 미래에 통일될 수 있다는 것을 느끼면서도, 아직 구체적으로 고민하지도 체감하지도 못하고 있었습니다. 그러나 오늘 북한에서 내려온 친구들을 만나면서, 이제 우리가 진지하게 통일에 대해 고민하고 준비해야 할 때라는 것을 느꼈습니다. 미리 내려와 한국에서 사는 탈북청소년과 그의 가족들이 이 땅에서 잘 정착할 수 있도록, 그들의 목소리에 귀 기울이고 따뜻하게 감싸 안는 분위기가 정착하기 위해서 어떤 노력을 할지, 고민해야 할 때인 것 같습니다.

　　여명학교를 나서면서, 여러 가지 생각들이 들었습니다. 그들이 목숨을 걸고 조국을 탈출할 만큼 열망하는 꿈을 꾸는 자유를, 우리는 너무나 당연하게 생각하고 있었습니다. 그동안 당연하게 여기고 감사할 줄 모르는 나 자신에 관해서 반성하는 계기가 되었으며, 자유와 꿈의 소중함을 다시 한 번 느끼는 소중한 계기가 되었습니다. 그들이 많은 것을 포기하고, 힘들게 정착한 대한민국에서 꿈을 이루고, 통일 대한민국의 소중한 씨앗들이 되기를 기원합니다.

Interview of Ms. Kim Ranhee by Jo Sungeun,
Lee Hojun and Shin Seungho

🎤 Interview of Ms. Kim Ranhee by Jo Sungeun

With her smile making the interview smoother, Ranhee Kim broke our worry that the interview would be awkward. She, 20 years old, is going to be a senior of Yeo-Myung School, the school that educates North Korean refugee youths and is located in Myeong-dong, Seoul. Ms. Kim had attended a middle school in North Korea until junior and lived in China and Laos for a year. And in 2014, she first stepped on South Korea. Because that process is riskful, most of them do not come directly to South Korea but detour around other countries as she did. In our perspective, we may probably wonder why they have to come to South. On the other hand I was sorry for the harsh circumstances that make them escape to South Korea at the risks of their lives.

Then she finished three-month education for adaptation at "Hanawon," Refugee Resettlement Center, and started to attend Hangyeore Middle & High School, a public school for North Korean defectors, which has better facilities than Yeo-Myung School. She chose to go to that school after the recommendation of a teacher at Hanawon, but she did not feel any freedom but burden at the school because of the rigid rule and the curriculum that followed regular South Korean school.

"I came here to find freedom and thought I needed more time to adapt to new environment than to study, so after considering again and again, I decided to move to here, Yeo-Myung School," said she. If I had been she, I would have attended Hangyeore School only because of the better cover. However, I could learn her deep thought and maturity which, I thought, were acquired through ordeals. And I hoped that she would be much freer and live her own life in the future.

Wondering how people from North Korea perceive the view of South Koreans, I asked Ranhee if she felt uncomfortable gaze by South Koreans. She did not experience any discrimination at school during her school days because she had never attended a general Korean school. However, she told me her opinion on the public's attitude towards North Korean refugees. Whenever meeting others and revealing her hometown to them, for example, in part-time job interview, she used to receive questions about North Korea's reality aired on a TV program. She understood that those questions did not have any bad intention, but she said she felt a sense of discomfort because they reminded her that she is from North Korea. She was also worried of others' negative view on her just because she came from the North.

However, adapting to South Korea, she changed her way of thinking, too. She said that she partially understands the public's eyes on her because it is natural for people in South Korea to be curious about North Korea. This answer left me the strongest impression during the interview. Most people usually complain about and think badly of these situations; however, she is considerate to put herself in other's shoes. I then asked her "have you ever visited other country after you arrived in South Korea?" "I have not visited a foreign country yet, but if I can, I want to go to Japan," she said. Actually, she planned a travel to Japan with her friend, but much to her regret, she could not.

We also talked about Ranhee's academic aspects in South Korea. Because she likes reading books, She loves Korean the most. She said she usually reads novels and psychological books, which are my favorite field, too. Inversely, her least favorite subject is mathematics like me. And she struggled with English after coming to the South because of the difference between the level. In North Korea, according to her story, she learned Russian in the first grade and English in the second grade in the middle school. But she just learned the rudimentary English like alphabet and even did not have interest in studying in the North. So she had hard time studying English here in South Korea.

And I asked that she has ever taken any English certification tests such as TOEFL. The answer was no because it seemed difficult, but she said that she planned to study for it and would take the test. Though she said that she does not like studying, her attitude to challenge even if it is hard made me promise to live harder than I have done until now. And she added that she gets along with her friends and takes after-school classes instead of going to a private institute because she lives at dormitory.

Ranhee, a rising senior like me in high school, told me that her biggest concern is study. She had not been interested in studying in the North nor in South and lived like problem child. But now, in order to prepare for university entrance, she said that she would study harder and I was inspired by the reason that she did not give up despite the high dropout rate of students from the North, which helped me make up my mind to study hard. And I thought about the good and bad side of Korean education: the good is that it motivates people to study and the bad is that it brings excessive stress and competition. Because I know that she had hard time adapting here, at a strange place, in South Korea and that she felt uncomfortable stare at her, her efforts to live eagerly and positively without giving up seem brilliant. I wish her to be always happy during her whole life.

According to the research of the Ministry of Education, the dropout rate of education of North Korean youth refugees is declining; now, it is 2.1%. However, it is much higher than that of South Korean students, which is 0.77%. And the most serious problem in this statistics is that the biggest reason of this situation is not 'difficulty in studying' but 'confusion of identity.' After escaping from North Korea, most of North students face being outcasted or bullied and even cannot adapt well to competitive educational system of South Korea. I want to help not only Ranhee but also all the students from North Korea neither to give up their rights like education nor to struggle. Furthermore, I want to remind all people including students of both the North and the South that we, Korean, were and are one unified people, sharing our thoughts through communications. I sincerely hope that our community will endeavor for rights of people from the North and live well together.

✒ Interview of Ms. Kim Ranhee by Lee Hojun

Ranhee told us that she wants to become a social worker in the future. The Social worker is a job to help other people and society. But why does she want to become a social worker? When we asked her this question, she answered us in detail. She said that when North Koreans first come to the south, they face lots of difficulties due to lack of information since no one explains in detail how to live and adapt in South Korean society. Although there are social workers here, they are South Koreans so that it is rare for them to completely understand the defectors' feelings. This was why Ranhee said that she wants to be a social worker and help the defectors to adjust in this society.

I was quite surprised by her answer because I thought North Korean defectors usually choose convenient jobs due to their hardships during their life in the North. Therefore, I felt great respect for her who wants to help others and I wished there are more people like her in this society so that they can help more North Korean defectors. Also, I thought social workers like her, who understands North Korean society well, can be very helpful to Korean society if Korea becomes reunified one day.

When I asked her, "What do you want to do most when the reunification comes true?", she said she wants to visit her relatives in her hometown. Just like previously interviewed young North Korean defectors, it seemed like Ranhee really misses her hometown and families. This broke my heart. Their sorrows, not able to meet their families, seemed too painful and it makes me wish once more for the reunification so that separated families can meet each other as soon as possible. Ranhee said that she wants to live in North Korea if Korea becomes reunified. It was not just because North Korea is where she grew up, but also because she can help to bring harmony between the northern and southern culture there since she once lived in the North and have experienced both cultures. Again, I felt big respect toward her who keeps trying to contribute to the society. I strongly thought that I also want to be a person who can help our society.

What does Ranhee do during her free time? When I asked her the amount of time spent using the internet, she replied that although she does not know the exact internet usage time, she uses it very often. This was surprising to me since the internet must have been quite unfamiliar to her. She said she also enjoys web toons, web novels, and internet games, especially "Cookie Run." "Cookie Run" is a game which people of all ages and sexes enjoy in South Korea, including myself. I was glad that there is a game which teenagers from both North and South can enjoy. I also thought we can get closer to each other through this kind of games and the internet.

Ranhee said she does not read books very often, though she reads more than the past times when she rarely read books. When we asked her whether she plays any instruments, she said she experienced many kinds of instruments after she came to South Korea. She learned instruments like guitar, drum, and piano but she said she is not good at any of those since she just learned just a little for each instrument. Just like these, as I talked about our daily life with Ranhee, I realized that although she is a teenager from North Korea, there are no big differences between her and ordinary Korean high school students. She seemed like just an older friend in a neighborhood to me.

Teenage North Korean defectors have experienced the societies of both North and South. I became quite curious about their thoughts about each society. When I asked Ranhee her opinion about the biggest merit in South Korean society, she said that after she came here, she started to think what she was unable to think when she lived in North Korean society. It was a very interesting answer to me since I was expecting an answer about South Korea's wealth. She said in North Korea, she was always busy fulfilling basic needs so that her head was filled with thoughts about making money: "How can I make more money?" or "What do I have to do to become a rich?"

However, in South Korea, she does not have to strive to fulfill basic needs. Therefore, she had more opportunities to think in various fields. To think about it, this merit of South Korean society is very important. Although we forget the importance of this merit since we regard it as natural, it is essential to our life to have time and opportunities to think over what we want. Without those, life will be dry and spiritless.

One good point in having interviews with Ranhee was I could look at our society in different perspective. After talking about the merit of South Korean society, I asked her thought about the worst demerit in our society. She replied that extreme individualism is the worst demerit in the society. She said everyone seems to just live for their own benefits and after living in this society for three years, she herself is starting to live like that. According to her, North Korea is much less individualistic yet and takes much more care for others. I believe that she pointed this out very well. South Korean society is quickly becoming an individualistic society. People are not just seeking for their own benefits but also lacking cares for others. In public transportations like bus or subway, it is rare to find people talking to another. Rather, most people are just looking at their phones. Plus, it is not strange for the neighbors on the same floors not to bow to each other. It seems like Korean traditional "etiquette" is becoming weaker and weaker.

Then, I asked Ranhee about her thoughts about North Korean society. She said its best merit is that there are many friends of hers and the demerit is that people often miss the appointment. Because communication equipment is less developed than that of the south, there are no immediate ways to contact each other. To think about it, if I make an appointment with my friend and the friend does not show up on time, it will be very inconvenient since I cannot call or text him or her easily.

Although it is illegal, North Koreans often watch South Korean dramas, songs, and radios. Ranhee said she also had that kind of experience. She had small computer chips with Korean dramas like "Heaven's stairs" in it and listened to South Korean traffic news through radio under her blankets. She said that by experiencing South Korean dramas and songs, she started to have sensibility. As mentioned in previous paragraphs, she was so busy fulfilling basic needs in North Korea that there was no time or opportunity to have sensibility. But as she experienced South Korean dramas and songs, she could have it. I felt pity for North Koreans. How miserable they are not to have time to feel sensibilities! You know, sensibility is an element that distinguishes between a human and a robot. I really wish Korea becomes reunited anytime soon so that North Koreans do not have to worry about fulfilling basic needs and therefore can live more human-like lives.

Interview of Ms. Kim Ranhee by Shin Seungho

Compared to most of the North Korean defectors, Ranhee took longer time to get to South Korea. She originally lived in Yanggang-do, North Korea, and her life wasn't that bad. Her parents got her a suitable candidate from a well-to-do family to marry, and her mother had a fine farmland. At first, when her chance to move to China came to her family, her mother hesitated. She immediately talked her into and went to China. Due to her mother's hard work for two years in China, her family finance condition was then finally stabilized. After earning enough money, other members of her family insisted on returning to North Korea. Nonetheless, she managed to persuade her other family members to go to South Korea with her. Ranhee told me that the people who were persuaded back then are now living well in the South, getting married to South Korean men and satisfied with their life.

To me, Ranhee seemed like a fine, average Korean girl. She could choose to have a good job with a nice pay, but instead she said she would become a professional social worker, specifically one that can help North Korean defectors. Ranhee is preparing for university, along with other high school seniors, at her age of 23. I asked her if she has any advice for future defectors from North Korea. She replied without hesitance: "Study." She noted that studying is what she concluded as the most important thing, after wandering aimlessly until last year.

She implied that, at first, she did not really think about studying all that much, but year after year she realized that there are so many things that she should learn, and also felt that she was falling behind the rapid development of modern society of South Korea. It seemed to her that she might never be assimilated to the culture, and stay as a "North Korean" forever. So she decided to study. She didn't try to hide the fact that she is from the North. She realized that, to be worth her toilsome journey to the South, she should not just manage to make both ends meet here in South Korea; but should live better. In South Korea, you do not have to worry about starving anymore. So you should study, Ranhee advises. She recommends that regardless of ages, defectors from the North should learn how to empathize with each other, the way the society works, and academics.

Then I asked about something different. I asked her if she wants to give any advice to the current students of South Korea. Her answer was simple. She told me that she does not have any advice to give to South Korean students. She just simply emphasized that she wanted learning more. 'About what?' I thought she might feel studying here difficult, but she was referring to something much broader. She said that it would be really nice if both North and South Koreans have some more time to understand and communicate with each other. Although North Korea and South Korea use a common language, 20 years of division created a large cultural gap. She wanted to reduce that gap.

She also pointed out that many South Koreans ask questions of North Korean defectors about North Korea, but people from the North do not get to really ask questions about South Korea. Therefore, if we communicate more about the past and present of the two divided countries, we might be able to be more harmonious.

I originally thought that as we are one race, speaking the same language, there are no difficulties to communicate and understand each other. But It seems that the defectors have felt alienated and a sense of detachment from South Korea.

As we were heading towards the end of the interview, I asked Ranhee to tell me anything she wanted to put in our book. At first she modestly refused to do so, saying that she does not have enough knowledge. A moment later, she came up with her last comment: "I hope that the teenager defectors study hard and succeed. No matter how good or bad they are at studying, they should not follow the temptation and keep studying. Teenagers from the North can easily be tempted into evil ways. I saw a lot of cases that they took easy way out and went wrong due to the burden of studies." Ranhee herself used to be a delinquent and almost tempted into wrong ways. But she overcame all those difficulties, and finally concluded that studying is the key to everything in South Korea. We always hear parents and teachers say that a student should study, but most students are sick and tired of hearing those hackneyed phrases. But this time, Ranhee's sincere advice had the power that no one could ignore.

Ranhee seems a very mature for her age. I don't mean that she is older than I. What I mean is that she got mature through the hardships she underwent by going through both countries.

If we only look at her appearance, Ranhee seems an ordinary student, just like any of us. She is a student who is two years behind her grade; however, her advice especially left a very clear impression in my mind. For me, studying hard and going to university are a kind of nagging which goes in one ear and out the other. For Ranhee and any other defectors from the North, what they have longed for is the freedom, dream, and opportunity, which were the very reason they risked their life. I have recognized that it is their life that they risk to get something I take for granted; studying, preparing for a university, and choosing a career for myself.

Aside from Ranhee's testimony and the daily news, we are aware that Kim Jong Un's reign of terror is worsening day by day. The people of North Korea themselves will know by now that their society is crumbling down slowly. Ultimately, we will have to prepare for our reunification and if two nations prepare for it well in advance the reunification of two separate nations will be successful. But because we have been separated for such a long time, we are likely to neglect our concrete concept that reunification is near, and that we must prepare for it. After meeting our friends from the North, I strongly felt that we must seriously think over, and plan it in advance. It is high time we should make every effort in order to welcome, listen up, and take good care of North Korean defectors and for them to resettle well.

As I was leaving the building of Yeo-Myung School, a lot of things were in my mind. I came to think that until now, I was ignorant of the privileges of freedom I was receiving. Students like Ranhee were risking their lives to achieve those freedom. The interview made me look back to myself, and made me recognize the significance of freedom and dreams. I hope that North Korean defectors like Ranhee achieve what they dream of here in South Korea, and play a critical role in a reunified Korea's future.

이선영·김나윤의 두리하나 국제학교 교장 선생님 인터뷰

>>> 두리하나 국제학교 천기원 교장 선생님 (중간)
Principal of Durihana International School, Chun Kiwon (middle)

🎙 인권, 가정파괴

　자신만의 확고한 신념을 지니고 두리하나 국제학교를 운영하고 계시는
천기원 교장 선생님을 뵙고, 탈북자들이 겪고 있는 문제점을 더욱 깊게 알

아가는 시간을 가졌습니다. 천기원 교장 선생님은 북한 이탈 주민들을 위한 활동을 하시게 된 계기를 담담하게 풀어나가셨습니다. 1995년 직접 중국을 방문하셨다가 탈북 여성들이 중국인에게 팔려가는 모습, 국경을 넘다가 죽어있는 모습, 아이들이 길거리에서 구걸하는 차마 보기 힘든 모습을 목격하셨고, 95년부터 현재까지 굉장히 시대가 많이 변했음에도 불구하고, 여전히 3만 명의 북한 이탈 주민들이 한국에 있고, UN 통계상 200만 명 이상의 북한 주민들이 목숨을 잃은 것으로 보아, 미래에도 계속될 문제이기 때문에, 북한 이탈 주민들을 위해 선교활동을 하기 시작하셨다고 합니다.

80명 정도 함께 하는 공동체 생활에서, 학생들은 크게 북한 출생자와 중국에서 태어난 제3국 출생자로 나누어집니다. 북한출생 학생은 정착금과 집, 그리고 대학과정까지 모두 지원을 하지만, 제3국 출생자에게는 주민등록증 이외에 아무 혜택도 주어지지 않는다고 합니다. 제3국 출생자는 대한민국에서 살아가는데 경제적으로 어려울 뿐만 아니라, 본인이 중국인이라 생각하는 경우가 대부분이라고 합니다. 그래서 사회적으로 정체성 혼란을 겪고, 더더욱 낯선 환경에 적응해 나가는 데 어려움을 겪을 수밖에 없는 환경이 그들을 위협하고 있습니다. 제일 기본적인 생존권과 인권이 확보되지 않은 북한에서 배고픔을 견디기 위해 국경을 넘는 과정에서, 탈북자들은 또 한 번 가정파괴라는 큰 아픔을 겪습니다. 엄마와 함께 더 나은 세상에서 살아보고자 건너오는 아이들에게, 중국에서 엄마가 남성에게 팔려가거나 붙잡혀 북한으로 끌려가는 모습은, 지울 수 없는 상처가 되어 가슴에 자리 잡습니다.

엄마와 강제 이별하거나 새 아빠, 새 동생을 맞이해야 하는 아이들은 사회에 대한 불신이 커져, 사람을 쉽게 믿을 수 없는 불행한 삶을 살아가게 되는 경우가 많고, 그 아이들을 두리하나 국제학교에서 예수님의 이름으로 포용하고 가르치는 것이 교장 선생님의 큰 목표라고 합니다. 실제 8살이란 어린 나이에 새 아빠에게 목숨을 위협당한 아이가 두리하나 국제학교에 재학 중이고, 교장 선생님의 사랑과 예수님의 가르침으로 바르고 명랑하게 자라고 있다고 말씀해주셨습니다.

이런 끔찍한 환경에서 자라난 아이들과 인터뷰를 하며, 담담하게 자신의 아픔과 이야기를 전달해주는 것을 보고, 한국 사회에 잘 적응해 나가고 있다는 안도와 동시에 일찍부터 성숙해진 아이들을 보고 마음이 아팠습니다.

북한 이탈 주민들에게 급속한 기술과 사회 발달은 또 하나의 넘어야 할 장애물과 위협으로 다가온다고 합니다. 기술이 발전함에 따라 중국도 정보화 사회에 진입하고, 스마트폰 없이는 살아갈 수 없는 환경이 조성되어, 전처럼 조용히 일상생활하기도 어려워졌기 때문에, 소박하게 자유를 희망했던 탈북자들에게 돌아가는 건 무참히 짓밟힌 희망뿐입니다. 갈수록 절망적인 상황에 처 해지는 탈북자들을 위해서, 교장 선생님은 우리에게 한 발자국 더 나아간 관심과 애정을 부탁하셨습니다.

🔭 문화 차이 극복

북한 이탈 주민들은 북한의 사회주의체제 아래에서 국가로부터 받는 질 나쁜 음식이나 물건들로 생활하고, 인권을 무시당하며 기본적인 생존권조차 보장받지 못하는 극한의 삶을 살아왔습니다. 그런 탈북자들에게 순수한 마음으로 도움의 손길을 내밀면, 그들은 의심부터 한다고 합니다. 북한에서 서로 속이고 뺏으며 본인의 삶을 힘겹게 이어오던 그들에게, 남을 도와주는 것이란 낯선 것일 수밖에 없습니다. 더군다나 그들은 북한에서 최소한의 생계를 위한 것들을 받는 것을 당연하게 여기며 살아왔기 때문에, 누군가에게 도움을 받아도 고맙다는 말 한마디 하지 않는다고 합니다. 더불어 살아가자는 마음가짐으로 먼저 도움의 손길을 내밀었지만, 돌아오는 것은 거짓말과 의심, 외면이기 때문에, 교장 선생님도 처음 탈북자들을 위한 일을 시작하셨을 때 마음의 상처를 많이 받았다고 말씀해주셨습니다.

하지만 우리가 이해하기 힘든 북한 이탈 주민들의 행동들은 모두 '문화'의 차이에서 비롯된 것이라고 교장 선생님은 말씀하십니다. 오랜 세월 남한에서 태어나고 자랐기 때문에 우리에게 대한민국의 문화가 자리 잡고 있듯이, 그들에게는 북한의 문화가 자리 잡고 있는 것입니다. 한국 사회에 적응해 나아가고 이해하기 시작할 때에도 머리는 이해하지만, 몸이 굳어져 북한에서의 행동이 나오는 것은 모두 그들 깊숙이 자리한 문화 때문이라고 설명해주셨습니다. 단순히 허기진 배를 채울 목적으로 중국을 건너 한국으로 넘어온 북한 이탈 주민들에게, 새로운 문화와 사회에 적응해 나아가야 하는 상황은 매우 가혹합니다.

교장 선생님은 그들이 빨리 적응해서 사회의 일원으로 활발히 활동할 수 있을 때까지는 우리의 도움이 절실하게 필요하다고 하셨습니다. 그리고 그들과의 문화 차이를 이해하여 조심스럽게 다가가야 한다고 당부하시면서, 교육의 필요성을 강조하셨습니다. 실제 한 두리하나 국제학교 학생이 과거 일반 학교에 재학하던 시절에, 반 아이들에게 단순히 북한 출신이라는 이유로 소외당한 일이 있었습니다. 북한 이탈 주민을 향한 인식을 개선해야 문화적 통일을 이루는 발판을 마련할 수 있다고 말씀하셨습니다.

🔭 정부의 탈북자 정책

이 사회에서 '우리가 먼저 된 사람'이고 그래서 북한 이탈 주민들을 이끌어야 하는 책임이 있다고 하시면서, 또 다른 책임자인 정부도 탈북자들을 위한 정책을 개선해야 한다고도 말씀해주셨습니다. 미국의 난민정책과 비교하시며 우리나라의 정책은 '사냥하는 법을 가르쳐주는 것이 아니라 사냥을 해서 갖다 주는 정책.'이라고 하셨습니다. NGO를 통해 생활할 집을 제공하고, 6개월 이내에 일자리를 구해서 스스로 자립하라고 독려하는 미국의 정책과는 달리, 일정의 정착금과 집, 매달 지급되는 50만 원 정도의 최저생계비는 탈북자들 스스로 자립하려는 의지를 꺾는 정책입니다.

정착금 일부로 300만 원 상당의 돈을 세 번에 걸쳐 지급하는데, 한 번도 돈을 써본 적이 없는 탈북자들에게 큰돈을 쥐어주면 계획 없는 엄청난 소비로 이어진다고 합니다. 또한, 탈북자들은 힘들게 일해 순수히 버는 금액이 70만 원정도입니다. 그래서 편하게 놀면서 50만 원을 받는 것보다 못하다고 생각해서, 일자리를 적극적으로 구하지도 않고 새로운 일자리를 구해도 금방 그만두는 경향이 있다고 합니다. 이렇게 돈을 제대로 버는 법, 쓰는 법 가르쳐 주지 않는 정부의 탈북자 정책은 모두에게 손해로 돌아가는 정책이고, 탈북자들을 돌보는 데 가장 큰 책임을 지닌 기관으로써 정책을 개선해야 한다고 말씀하셨습니다.

교장 선생님께선 온 힘을 다해 탈북자들의 구출사역에 힘쓰고 계십니다. 선생님의 따뜻한 손길에 구출된 탈북 청소년 중 몇몇은 해외에 나가 자신의 꿈을 펼치기도 합니다. 선생님께선 특히 기억에 남는 학생으로, 미국의 컬럼비아 대학에 합격한 친구를 꼽으셨습니다. 선교사 한 분이 메콩 강에 빠져 돌아가시면서 구출해낸 탈북자 6명 중 한 명인 이 학생은, 올해 대학 졸업을 앞둔 친구로 정말 많은 노력을 통해 콜롬비아 대학에 합격할 수 있었다고 합니다. 방학 때는 두리하나 국제학교에 놀러 오기도 하는데, 선생님께서는 다른 학생들 앞에서 이 학생을 소개할 때마다 정말 자랑스럽다고 하십니다.

하지만 이런 완벽한 학생도 초심을 꾸준히 간직하기는 어려웠던 모양입니다. 너무 거만해져 버린 이 학생은 학교에 놀러 왔을 때 예배시간에 늦고, 또 자신의 대학에 관한 자랑거리만 내놓는 모습을 보여주었습니다. 교장 선생님께서는 이 학생이 감사하는 마음을 잃어버린 모습이 너무나 안타깝다고 하십니다.

이 학생뿐만이 아닙니다. 두리하나 국제학교에 다니던 학생 15명이 다음 학기부터 일반 학교에 가게 되었습니다. 2년~3년을 가족같이 지내던 친구들이었는데, 정작 떠날 땐 교장 선생님께 한마디 인사도 없었다고 합니다. 고맙다는 인사 한마디, 그 한 마디면 충분했던 선생님이었기에 더욱 마음 아프셨다고 합니다.

하지만 선생님께선 곧 이것이 북한 사람들만의 문제가 아닌 점을 강조하셨습니다. 예를 들어, 남한의 아이들도 부모님께서 자신을 사랑하신다는 것은 알지만, 오직 머리로만 인지하고 있는 것이라고 얘기하셨습니다. 그 아이들이 자라서 직접 아이를 낳고 키워 볼 때, 육아에 온몸으로 부딪혀 볼 때, 그때가 되어야지 부모님의 사랑을 '가슴'으로 느낄 수 있다고 하셨습니다.

이렇듯 북한 이탈 주민들에게 필요한 것은 시간입니다. 교장 선생님께선 그들이 시간이 지나면서 남한에서, 두리하나 국제학교에서 받은 사랑을 깨닫고 또 감사하는 마음을 갖게 될 것이기 때문에, 지금은 그들을 믿고 꾸준히 구출사역에 힘쓰는 것이 자신의 몫이라고 말씀하셨습니다. 처음에는 선생님도 탈북자들의 태도에 실망하셨다고 합니다. 하지만 곧 자꾸 실망하는 원인이 그들에게서 너무 조급하게 무언가를 기대하는 본인에게 있음을 알고, 그들에게 요구하지 않으려는 생각, 그들이 감사하는 마음을 가지기까지는 오래 걸린다는 생각을 하기 위해 꾸준한 노력을 들였다고 합니다. 더불어 하나님의 말씀인 "자신이 베푼 것을 잊어버려라."를 따라 목회자로서 잊는 것과의 싸움을 통해 더욱 성숙한 단계로 올라가고 계십니다. 변함없이 이런 신념을 지니고 남을 도우며 살아가는 것이 결코 쉬운 일이 아니기에, 정말 대단하신 분이라는 것을 다시 한 번 깨달았습니다.

하나님의 뜻으로 운영되고 있는 두리하나 국제학교이지만, 기도만으로 해결할 수 없는 문제로 몇 년째 골치 썩고 있다고 합니다. 서울의 비싼 동네인 방배동에 위치한 두리하나 국제학교는 기숙사와 학교 건물을 포함해 월세 2,000만 원을 부담합니다. 매달 월세 2,000만 원에 또 두리하나 국제학교 학생 80명이 먹는 식비까지 책임져야 하는 경제적인 문제가 가장 힘들다며, 교장 선생님께선 걱정스러운 표정을 지어 보이셨습니다. 경제적 문제로 가장 힘들었던 시점에, 정말 다행히도 몇 개의 기업이 두리하나 국제학교에게 손을 내밀어 주었습니다. 월세 600만 원을 지원해주고, 또 쌀

값까지 해결해 준 것입니다.

특히 "번 돈으로 어려운 사람을 돕자."를 모토로 삼는 한 기업은, 한 달에 200kg의 쌀을 학교로 보내줍니다. 교회들도 발 벗고 나섰습니다. 스무 개의 교회가 돌아가면서 한 달에 한 번 맛있는 밥을 지어준다고 합니다. 이렇게 따뜻한 손길이 모이고 모여서 아이들은 먹을 것 걱정 없이 부족함 없는 생활을 할 수 있게 되었습니다. 하지만 1,400만 원이나 하는 월세는 아직 감당하기 너무 힘들다고 합니다.

여기서 문득 "그럼 정부는 얼마나 지원해주지?"라는 생각이 들어 여쭤어봤더니, 너무나 충격적인 대답을 들을 수 있었습니다. "정부? 거기선 해주는 게 없어요." 어려운 처지인 사람들도 조금 조금씩 힘을 모아 두리하나 국제학교를 도와주는데, 정작 정부는 가만히 앉아 손 놓고 있다니. 정부 입장에서는 많지 않은 돈이 두리하나 국제학교에는 아주 큰 도움이 될 텐데, 적은 지원마저 이루어지지 않고 있는 상황이 안타까웠습니다.

마지막으로 교장 선생님께선 영어의 중요성을 강조하셨습니다. 대학생 시절 영어를 공부할 기회가 있었지만, 선생님께서는 눈앞에 놓인 상황만 보고 다른 언어를 선택하셨습니다. 하지만 막상 탈북자들을 구하는 일에서는 영어가 가장 큰 부분을 차지한다고 하십니다. 선생님께서는 사업상 미국에 자주 가시는데, 말씀을 전하실 때 통역을 쓰기 때문에 시간이 부족하다고 하십니다. 선생님께 주어진 시간이 한 시간이라면 통역 때문에 정작 선생님께서 실질적으로 사용하실 수 있는 시간은 30분입니다. 그뿐 아니라 선생님께서 전달하시고자 하는 바가 제대로 통역이 되는지 모르기 때문에 더욱 답답하다고 하십니다.

통일이 이루어지면 남한의 기술과 북한의 자원으로 우리는 전 세계를 이끄는 리더가 될 것입니다. 이때 리더에게 가장 중요한 자질은 소통입니다. 세계 각국의 사람들과 소통하기 위해서는 영어를 자유자재로 구사하는 능력이 필수적으로 필요합니다. 그래서 다가오는 통일시대를 기다리며, 남한 사람들은 영어 실력을 키우고 또 통일되었을 때 북한 사람들에게 영어를 가르칠 준비를 해 두는 것이, 지금의 우리가 할 수 있는 최고의 일이 아닌가 싶습니다.

Interview of Principal of Durihana International School
by Lee Seonyeong and Kim Nayun

Abused human rights, disrupted family

Through the interview with the principal of Durihana International School Kiwon Chun, we had an opportunity to get to know the problems of North Korean defectors better. Kiwon calmly answered our questions about his motivation to start this program for North Korean defectors. In 1995, he told us that he witnessed a horrifying scene in China. Many women defectors were unwillingly married to Chinese men. He saw dead people on the ground near the border. He saw young children defectors begging for food. Even though a few decades had passed since 1995, over 30,000 North Korean defectors still exist in South Korea and over 2,000,000 North Koreans have lost their lives, according to UN statistics. The North Koreans will keep crossing into the South in the future, so Kiwon humbly decided to devote his life to teaching and caring for North Korean defectors.

Among the approximately 80 students at Durihana International School are two types of students: students born in North Korea or born in China. While the government provides a resettlement fund, a home, and all educational fees until University to students born in North Korea, the students born in China are provided nothing by the government, except an identification card. In addition to having financial problems, the students born in China also suffer from an identity crisis. Since they were born and spent their youth in China, they both consider themselves as Chinese, not Korean. This identity crisis between Korean and Chinese comes when they finally move to Korea. North Korean defectors escape North Korea society that abuses their basic human rights in order to find their rights and freedom. However, while crossing the border, most suffer from the pain of a disrupted family. This deep scar occurs on young children who witnessed their mother sold to man and taken back to North Korea again.

Principal Kiwon elaborated that his goal is to teach and heal those wounded youth who were forced to be separated from their mother, to have a step father or to have to adapt to new siblings. Their lives are unfortunate because they distrust society and people. Indeed, he accepted into the school a young boy whose life had been threatened by his step father when he was only eight years old; he led the boy to successfully live his life cheerfully through the Jesus' teachings and through the fatherly love of the principal himself.

I was relieved to see them carry their tragic story calmly, adapting well to this society. After interviewing them, I felt pity for prematurely old students who had lived harsh experiences, though young in age, in the unfortunate environments in China and North Korea.

For North Korean defectors, he said that drastic development of technology and society are just a menace that they have had to overcome. Compared to the past, China has entered the digital age in which smartphones are an indispensable tool. Thus, nobody can live without a smartphone. North Korean defectors who simply wanted freedom are no longer able to lead a calm life, leaving their hopes trampled. For those defectors, the principal asked us to pay more attention to and to show affection toward them to help them adapt well to society.

✒ Understanding the different culture

North Korean defectors have spent extremely tragic times under the socialist system of North Korea, merely sustaining their lives with low quality foods and basic commodities provided by their government. Even though we lend our hand to them in full sincerity, defectors naturally doubt our intentions of helping them. Most North Korean defectors supported themselves by deceiving and taking advantage of others. Thus, for them who have cheated others consistently in the past in order to survive, doing an act of charity is very unfamiliar to them. Also, since they are used to receiving essential commodities for maintaining life from the North Korean government, they very rarely express gratitude to people who help them. Principal Kiwon told us that he had been hurt by their untruthfulnesses, suspicions, and ignorance about his unselfish love.

However, Principal Kiwon said their unthankful attitudes are derived from the differences between our "cultures." Our deeply rooted South Korean culture is woven inside us, just as North Korean defectors have deeply entrenched North Korea's culture in their minds. Even though they are becoming accustomed to the South Korean culture and starting to understand it, their entrenched traditions lead them to continue acting the way they did in North Korea. Unlike their primary motivation to fill their empty stomachs by crossing the border, adapting to a new culture and society is a more harsh reality.

Principal Kiwon urged us, as honorable members of society, to help our

North Korean defectors better adapt. He again emphasized the importance of education for South Koreans in order to make us fully understand our cultural differences in order to erase any discrimination. A student in Durihana International School had been discriminated against in the past just for the simple reason that he is from North Korea. Breaking the stereotype towards North Koreans should be the cornerstone of the cultural unity between North and South Korea.

Government policy for North Korean defectors

It is not enough to say that we ourselves have the responsibility to lead North Korean defectors since we have already settled and established ourselves in this society but Principal Kiwon also asserted the importance of revising governmental policy toward North Korean defectors. He illustrated that our policy "gives them fish rather than teaching them how to fish," by neglecting instruction in the basic skills of hunting as compared to that of the United States. The United States encourages refugees to get a job in order to become financially independent, providing them a house offered by NGO only for the first six months. However, unlike the policy of the United States, the Korea government offers a resettlement fund, a home, and about $500 minimum cost of living allowance every month. This system is counter-productive for them to become independent and self-sustaining in our society.

The South Korean government offers around $3,000 resettlement fund in three separate installments to North Korean defectors. These defectors, who have never had that high sum of money, will eventually spend it all without planning properly for the future. Moreover, North Korean defectors tend not to work hard to achieve independence in a workplace where they can earn about $700 since that amount is little different from what they earn and the minimum cost of living allowance they receive from the government.

Eventually, they are unlikely to find stable employment or even though they find it; they are prone to give it up soon. The government policy of providing a resettlement fund to defectors instead of teaching them how to earn a living and how to save to become financially independent in this new society must be amended, says Principal Kiwon.

The principal endeavors to rescue North Korean defectors with all his earnest efforts. Some teenagers go abroad to follow their dreams. He cited a student who entered Columbia University in the United States of America as his most memorable. He is one of the six North Korean defectors who were rescued by missionaries; one of these missionaries gave his life in the Mekong River to save them. He studied diligently and put his entire efforts into acceptance at Columbia University where he will soon graduate. Whenever he returns to the school during vacations, the principal proudly introduces him to the other students.

However, even this excellent student failed in his first intention and humble devotion. When he returned to Durihana International School, he was late for worship services and boasted in arrogance of his academic success openly in front of other students. The principal pitied his ingratitude.

There was another case. Fifteen students who attended Durihana International School decided to transfer to regular schools the next semester. Even though they had lived at this school for two to three years under his guiding protection, they were ungrateful and didn't express their gratitude to the principal when they left. As the principal's only reward was a simple "Thank you," he experienced deep sorrow when they left.

Nevertheless, he emphasized that this ingratitude is not a matter of North Koreans alone. For instance, children of South Koreans know that their parents love them, but they can do nothing more than just understand it.

When they grow up, give birth to, and then raise their children, they will then "feel" their parents' love within their hearts.

What the North Korean defectors need is time. The principal said that since they will realize the love they received in Durihana International School and feel grateful as time passes. Now he should trust them and steadily proceed with his job of rescuing them. At first, he was disappointed by their attitude. But soon he knew that his disappointment came from his mind, impatiently expecting something, and he finally tried not to expect anything in return, but to acknowledge that it takes time for them to feel grateful. Following the biblical admonition "do not let your left hand know what your right hand is doing," he heads to a higher level as a pastor by forgetting what he is giving. It is difficult to live a steady life helping others with limitless faith. In this devotion, I realized again that he is a truly great man.

Even though Durihana International School works by the will of the God, it has problem that can't be solved with prayer alone. The school is located in Bangbae-dong, an expensive village in Seoul, costing 20 million won per month for expenses that include the dormitory and school. According to the principal, the financial problem was the heaviest burden because the school pays not only monthly rent but also provides three daily meals for 80 students. Fortunately, a few companies reached out generously to Durihana International School, providing support of six million won for rent and rice every month.

One generous company with its motto of "Make money to help the poor" sends 200kg of rice to the school monthly. Churches have also stepped in to help. Twenty churches take turns making delicious, nutritious meals for the school. Warm helping hands glean and gather for the school and, thanks to them, children in the school live in comfort. However, it is still difficult to pay fourteen million won for monthly rent.

"Then, how much does the government support?" I suddenly wondered. The answer was shocking. "Government? They do nothing." While even non-wealthy individuals help to sustain the school, the government has done nothing to help. How unfathomable! Even a little money from the government's standpoint would be a huge helping hand to the school. I am so sorry this situation exists.

Lastly, the principal emphasized the importance of English. He had the chance to learn English when he attended university, but he chose other languages, failing to see its future importance. In fact, English is a prominent and most crucial part in the rescue of North Korean defectors. He often goes to America on business but usually lacks sufficient time to deliver his speech because he must hire interpreter. If he is given an hour to speak, he can only use 30 minutes in reality. In addition to lack of time, he feels burdened because he is unsure whether his speech is well received.

When the reunification is accomplished, we Koreans will be global leaders with South Korean techniques and North Korean resources combined. Here, the most significant leadership skill is communication. To communicate with people around the world, we must be able to speak English fluently. Therefore, it is essential for us to do what we can do now: South Koreans must develop their English skills to prepare to teach English to North Koreans when reunification occurs.

강정은·이나은의 천기원 목사님 인터뷰

▶▶ 두리하나 국제학교 천기원 목사님 (중간)
Rev. Chun Kiwon, Durihana International School (middle)

🎤 와글와글 합창단

　두리하나 국제학교에 모인 아이들 대부분은 어린 나이에 감당하기 힘든 상처들을 가지고 있습니다. 조금은 서투르지만 하나 된 마음으로 희망을 노래하는 '와글와글 합창단', 이러한 아이들을 보듬어 합창단을 설립하신 천기원 목사님을 만나뵙기 위해 먼 길을 찾아갔습니다.

　처음 만나뵌 목사님은 선해 보이셨고, 저희가 질문을 드리기 시작하자 친절하게 자세한 답변을 주셨습니다. 가장 먼저 와글와글 합창단을 설립한 이유에 대해 여쭤보자, 목사님은 탈북 청소년들의 상처를 치유하기 위해 와글와글 합창단을 만들었다고 하셨습니다. 특히, '송포유'라는 TV 프로그램을 보고 이승철과 엄정화가 고등학생 문제아들을 모아 합창단을 꾸리고 가르치고, 그들을 유럽까지 진출시킨 것을 보고 크게 감명을 받으셨습니다. 이후에 합창단원들과도 시청하였는데, 아이들도 그 프로그램을 보고 자극을 받아 더 열심히 참여하게 된 것 같습니다. 탈북자들은 북한에서부터 생존을 위해 치열하게 살아왔기 때문에 남을 돌아볼 만한 여유가 없어 아직 배려가 부족하고 자기주장이 강한데, 이러한 아이들이 음악과의 하모니를 통해 치유하면 좋을 것 같다고 생각하셨습니다.

　탈북 아이들을 모아 합창단을 꾸리고 진행하는 것 자체가 힘든 일이었는데, 두 팀으로 나누어 진행하다 보니 아이들이 너무 활발하고 시끄러워 진행이 어려웠습니다. 한쪽 팀을 통솔하다 보면 다른 한쪽이 시끄럽게 떠들기 시작하고, 또 반대쪽으로 가서 통솔하려고 하면 원래 조용하던 쪽이 또 갑자기 떠들기 시작해서 이런 아이들에게 '와글와글' 합창단이라는 이름이 가장 적합하다고 생각하셨습니다. 탈북 아이들이라고 해서 일반 학생들과 다를 거 없이, 친구들과 함께 있으면 활발히 수다도 떨고 즐겁게 노는 아이들이기에, 가장 잘 어울리는 이름인 것 같습니다.

합창단은 2012년쯤 두리하나 국제학교의 8살부터 20살까지 다양한 연령대의 학생들을 모아서 진행하게 되었고, 'KBS 전국합창경연대회'를 시작으로 여러 큰 공연들도 할 수 있게 되었습니다. 연습은 주로 공연의 1~2주 전부터 수업 끝나고 열심히 준비하여 공연을 준비하였고, 자원봉사 선생님들께서 오셔서 지도를 해주시기도 하셨습니다. 처음에는 다들 각자 할 일도 있고 바빠 연습을 많이 하지 못했는데, 합창단을 진행할수록 아이들 스스로 의욕이 생겨 점점 열심히 연습에 자발적으로 참여하게 되었다고 하셨습니다.

공연에서 하는 노래에는 어떤 것이 있는지 여쭈어보자, 주로 희망차고 밝은 노래들을 많이 한다고 하셨습니다. 또, 서정적이고 느린 곡을 처음에 하고 후반에는 신 나고 빠른 곡을 하는 구성으로 관객의 호응을 유도한다고 하시며 웃음을 자아내셨습니다. 예를 들어, 'You raise me up', 'Oh happy day', '우리의 소원은 통일'을 가장 많이 하였습니다. 가사에 본인들의 사연을 담아 스스로 고백을 할 수 있는 곡을 선정하다 보니 이런 곡들이 좋을 것 같다고 생각하였고, 아이들도 노래를 부르면서 자신의 이야기 같다는 얘기도 종종 하였다고 하셨습니다. 목사님은 아이들에게 노래에서 가장 중요한 것은 청중들에게 마음을 전달하는 것으로 생각해서, 아이들에게도 항상 잘해야겠다는 생각보다는 마음을 움직일 수 있는 노래를 하라는 말씀을 강조하셨습니다. 이 말씀을 듣고, 경쟁적인 한국 사회에 갓 적응을 시작하고 있는 아이들에게 가장 필요한 조언이라는 생각이 들었습니다.

가장 인상 깊었던 공연에 대해 질문을 드리자, '조선일보 창단 9주년 축하 공연'이라고 대답하셨습니다. 북한 이탈 주민들은 무대에 나가는 것이나 자기 자신을 알리는 것을 싫어하는 경우가 많아서, 나서는 것에 익숙하지 않고 싫어합니다. 따라서 탈북 아이들과 함께 합창단을 진행하는 것은 어려운 일이었고, 큰 성과를 바라지도 않았습니다. 그래서 인상 깊었던 공연 또한 높은 순위를 기록한 대회가 아니었습니다. 조선일보 축하 공연에는 국회의장님도 참석하시고 영화, 음악계 리더들이 1,000명 가까이 참석하시는 생각보다 훨씬 큰 공연이었는데, 아이들이 떨지 않고 잘 해줘서 굉장히 뿌듯했다고 하셨습니다. 또, 그 당시 대통령이셨던 이명박 대통령님의 축사를 들어야 했는데, 40분 동안 이루어지는 생방송이었기 때문에 시간이 모자랐다고 합니다. 그런데 대통령님의 축사를 취소하고 합창단 공연을 하게 해주어서 더욱 기억에 남았다고 말씀해주셨습니다.

물론 합창단을 이끌면서 힘들었던 점도 많았습니다. 처음 합창단을 꾸리기 시작했을 때는 합창 단원들의 저조한 참여 때문에 고민이 많았습니다. 합창단의 취지를 이해하지 못한 단원들 사이에서 '시간이 너무 많이 뺏긴다.'라는 말도 나왔었고, 불평이 끊이지 않았습니다. 하지만 이런 초기의 혼란을 지나 단원들의 마음을 얻고 음악성을 키워 나가며, 합창단을 성공적으로 이끌 수 있었다고 목사님께서는 말씀하셨습니다.

앞으로의 계획은 어떻게 세우셨냐는 질문을 드리니, 목사님은 "계획이 있을 수가 없다."라고 단호하게 답하셨습니다. 일반 학교로 가버리는 학생들도 상당수이며, 새로 입학하는 학생들도 매년 새로 가르쳐야 하기 때문이었습니다. 계획을 세워도 예상치 못한 변수가 너무 많기에 계획이 무용지물이 된다는 말이었습니다.

목사님은 하루하루의 삶에 충실하라는 가르침을 학생들에게 주시려고 한다고 말씀하셨습니다. 두리하나 국제학교의 학생들은 자기주장이 매우 강해서 배려와 협동심을 배워야 한다고 말씀하시며, 천기원 목사님은 그들이 합창단을 통해서 이러한 개념을 얻게 되었다고 자랑스럽게 말씀하셨습니다. "한 사람의 똑똑함보다 많은 사람의 평범함이 합쳐진 것이 더 낫다.", "일 등을 하지 말고 감동을 주고 용기를 줘라." 등의 말씀을 늘 학생들에게 하신답니다.

그에 이어 목사님은 합창단의 이야기는 아니지만, 두리하나 국제학교 학생들의 변화에 대해서 잠깐 이야기를 해주시고 싶다고 하셨습니다. 목사님은 대표적으로 한 학생에 대한 이야기를 풀어나가셨습니다. 그 학생은 처음에는 꿈과 희망이라고는 전혀 가지지 않았던, 그저 눈앞의 하루하루만 살아가는 사람이었다고 했습니다. 미래가 전혀 보이지 않던 그 학생이, 두리하나 국제학교에 와서 처음으로 배운 것이 '꿈'과 '목적'이었습니다. 천기원 목사님과 다른 선생님들은 그 학생이 목표를 설정하고, 그 목표에 다가갈 수 있는 단계적 방법을 찾게 해주기 위해 온 힘을 다해 도와주셨습니다. 학생들로 하여금 매년 작년의 목표를 다시 돌아보고 과연 그곳에 어느 만큼 도달했는지 점검한 다음, 올해 일 년 목표를 정하는 일을 꾸준히 하도록 만들었습니다. 그 일을 반복했더니, 아무런 꿈도 가지지 않았던 그 학생이 어느 순간부터 스스로 공부를 시작하고, 변호사가 되고 싶다는 꿈을 키웠다는 것입니다. 이 이야기를 들려주신 후, 목사님은 "시켜서 하는 공부에는 한계가 있지만, 목표와 목적이 있으면 하게 된다."는 가르침을 또 남기셨습니다.

목사님의 가르침은 합창단원들에게 제공되는 활동들에도 담겨 있었습니다. 합창단원들에게는 노래 연습과 공연 외에도, 세계여행을 하는 기회가 주어지게 됩니다. 2주 동안 미국의 뉴욕에서부터 로스앤젤레스까지 대륙횡단을 하고, 뉴질랜드도 가는 화려한 세계여행입니다. 목사님이 이 긴 여행을 매번 합창단원들에게 선물하는 이유는 간단합니다. 그들은 지금껏 제한된 공간에서 제한된 이념과 사상만을 배워왔으니, 그 좁은 시야를 넓혀줘야 한다는 것입니다. 넓은 세상을 인지하고 진정한 자유와 질서를 알아야 진정으로 세상을 잘 살아갈 수 있다며, 목사님은 웃으며 인자하게 말씀하셨습니다.

길다면 길었고 짧다면 짧았던 인터뷰였지만, 목사님의 말씀을 듣는 내내 마음이 저절로 데워지는 기분이었습니다. 목사님의 아이들을 아끼고 사랑하는 마음이 한 마디 한 마디에 너무나도 깊이 담겨있었기에, 그분의 진심이 느껴지는 시간이었습니다.

Interview of Rev. Chun Kiwon by Kang Jeongeun and Lee Naeun

🎤 Wogle Wogle (Hullabaloo) choir

The majority of students at Durihana International School have experienced unimaginable trauma for their age. Although the choir members appear a little awkward and clumsy, they sing in unity of their hopes. Indeed, Wogle Wogle (Hullabaloo) choir has come a long way. We travelled a long way to visit Rev. Chun Kiwon who initially formed the choir.

Rev. Chun, who we met first, was very kind and pleasant. When we began asking questions, he answered our questions very specifically and in a friendly manner. First, when we asked about the reason why he established the Wogle Wogle choir, he said that he wanted to cure the trauma of adolescent defectors from North Korea. After watching the TV show named "Song For You" which tells the story of a choir composed of problem children, the Pastor was greatly inspired by the program. Korean singer Lee Seungchul and Uhm Junghwa taught the students how to cooperate each other and sing in harmony. They finally went to Europe to sing in international choir competitions. Later, he watched the program again with the choir members.

After watching it, they also became motivated by it and participated in choir more actively. Since North Korean defectors have lived harsh lives, they didn't have much time to look after others. Accordingly, they tend to be self-assertive and less caring for others. Thus, the Pastor sought to unify them and hopefully heal them through the music.

Gathering North Korean defectors together to establish a choir entailed hardships. The defectors were divided into two groups, too lively and too rowdy whenever they met. When he supervised one group, the other group kept talking and playing around. Moreover, when he went to supervise the second group, the first one began to chat noisily. Therefore, he gave the choir the name "Wogle Wogle (Hullabaloo)," which well-suited them. Hearing the anecdote, I realized that adolescent defectors from North Korea were just like us in South Korea. We enjoy chatting and playing around with friends.

The Wogle Wogle choir is composed of students from Durihana International School with ages ranging from eight to twenty years old. Beginning with the national choral contest sponsored by KBS, they began to participate in bigger competitions. They usually practiced after school one or two weeks before the upcoming contests, assisted many times by a voluntary teacher. In the beginning, each student was busy with his or her studies, so there was little time to practice. However, as the choir progressed, students became self-motivated and began to practice voluntarily.

When asked about the songs the choir performs during contests, Rev. Chun answered that they usually choose hope-filled and optimistic songs. With a smile on his face, he said that they perform slow, lyrical songs in the beginning and end with fast, fun-filled songs in order to capture an audience's attention. For example, they perform "You raise me up," "Oh happy day," and "Our hope is reunification," on most occasions. They thought that the songs delivered their story well. By their own confession, the songs were suitable for them. The song lyrics are similar to their story. Rev. Chun believes that making a profound impression on the audience is the most important part of singing. He always emphasizes the fact that students sing not just to win but to move the heart.

When I asked about the most impressive performance, he mentioned the performance for the ninth anniversary of The Chosun Ilbo was very meaningful for the choir. Since North Korean defectors don't want to appear on the stage or introduce themselves, they are not used to standing in public. Therefore, directing a choir composed of the North Korean defectors was a difficult task and no one hoped for much. This most impressive performance was not intended to win prizes. The celebration for The Chosun Ilbo was such a great event that thousands of celebrities, members of National Assembly, and leaders in the film and musical world were attending. Despite this great audience pressure, students were calm and performed well. It was also quite a memorable performance because the former President's speech had been canceled and was replaced by the performance of the choir on live television.

While there were some difficulties managing the choir, the initial problem was that students were reluctant to participate. Most of them did not understand the eventual goal of organizing this choir, and complained that practicing was a waste of time. However, after this chaotic initial period, Rev. Chun said that he won their confidence, cultivated their singing abilities, and led the choir to their success.

When we asked about future plans of the choir, he instantly answered that "there cannot be any plans for our choir." He then told us the reasons for this. A considerable number of students transfer to other regular schools each year and new members join as they arrive into the school. Even though he has plans for the future, these plans must be changeable as there are so many unexpected variables to consider.

Rev. Chun said that he was focusing on teaching the phrase "Seize the day" to his students. According to him, students of Durihana International School are self-assertive; they need to learn cooperation and harmony. He proudly stated that they had learned the concept of cooperation and harmony by becoming a choir member. He loves to say to the students that the power of several average people is stronger than that of a single smart person. They do not want to win first place but, instead, seek to give an impression of courage to average people.

Adding to that, the pastor additionally told us a story of a student in Durihana International School, at first, without any dreams or hope, busy earning a living. However, after coming to Durihana International School, the first thing she learned was to set goals. Rev. Chun and other teachers in the school made their best efforts to lead the student to find her own goals and dreams. They taught her to plan the steps to reach each goal. They let the student review her plans for the last year and form an annual plan for each year based on the last year's results. The result of this project was conspicuous; the very student who did not have any dreams and goals set her dream to become a lawyer and started to study hard to achieve that goal. After telling us this story, the pastor summarized the lesson from this anecdote that "involuntary studying has its limits, whereas voluntary one does not."

The lessons he gave are included in the curriculum that he programmed for his choir members. Once joining the choir, the members are provided an opportunity to go on a two-week travel to several countries. They start in New York and travel to Los Angeles, visiting the cities throughout the United States, and then go to New Zealand. The reason he provides this valuable chance for his students was simple. According to him, as they have lived in a restricted land and learned prejudiced ideology, they need to see, experience, and learn diverse concepts throughout the world to expand the scope of their thoughts. With a benign smile, he told us that he wants his choir to learn the freedom and harmony of diverse perspectives and live a better life.

We were deeply moved by Rev. Chun's words, as those words showed us his unconditional love towards his students and choir members. We were moved deeply by his humble sincerity.

You can make a fresh start

Chapter 4

에필로그

Epilogue

조성은
Jo Sungeun

용인 한국외국어대학교 부설 고등학교
국제학부 3학년
Hankuk Academy of Foreign
Studies International Course, Senior

I have never met a North Korean before. When I heard from a friend that a student from North Korea had transferred to her class, I was just curious about the student. Although I thought that reunification is necessary, I never considered it seriously. Whenever the relationship between the North and the South became worse, I had negative feelings about North Korea. However, my short-sighted thinking has changed much through this project.

My ignorance about North Korean youth refugees was overcome. I understood them more than before through interviews with them; they are mature. I began to dream of one unified community in the hope of continued mutual communication between all students regardless of their origin. Of course, I am not perfect yet. I hope, however, you, our readers, will look back on your perspectives and contemplate the educational circumstances of the students from North Korea like I did.

Though the stories in this book are just the stories of a few people, I think these represent the stories of most students from the North. I sincerely hope that you all will understand their difficult lives through their diverse stories and that this understanding will trigger us to change our perspective in order to change our society. Above all, I anticipate mutual exchanges between North and South Korean students, working together, will lead to a more socially active, reunified society. Thank you.

이선영
Lee Seonyeong

용인 한국외국어대학교 부설 고등학교
국제학부 3학년
Hankuk Academy of Foreign
Studies International Course, Senior

I've never imagined that I could find my ideal figure of a sister in North Korean defector. This interviewee was a warmhearted, pretty girl who showed consideration for others. During the interview, she even listened to my troubles and cheered me up. She is a very considerate person, which is rarely found these days.

North Korean defectors, adapting to life in South Korea, are taking roots in our society. She desires for South Koreans to acknowledge that North Korean defectors are just the same Koreans and for both to care for each other and overcome our cultural differences. Also, as I mentioned, North Korean defectors have troubles in education due to achievement gap between North and South Korea. The government can reduce their problems by developing a curriculum that enables them to get their education up to the same level.

Even if we have lived separately for years, North and South Korea are one ethnic group that shares the same history, same memory, and same pain. Although the subject history, Korean history in South Korea and Joseon history in North Korea, has different names, both deal with the same history from Gojoseon in 2333 B.C. to Joseon in 1910. We are still divided, yet now it is our turn to write a new history by combining the two separate territories.

이호준
Lee Hojun

용인 한국외국어대학교 부설 고등학교
국제학부 3학년
Hankuk Academy of Foreign
Studies International Course, Senior

It was the first time for me to meet North Korean defectors. Moreover, they were not just ordinary defectors. They were teenagers. Before I visited Yeo-Myung School, several emotions existed in my mind. I was a little bit afraid of the defectors so I was on alert. On the other hand, I felt pity for them and their experiences in their life and death escape during their early years.

But as I talked with them, I realized that they are not scary people like I had imagined. Rather, they are easy-going, innocent friends with bright smiles. They even permitted me to use casual language before I suggested. The teen defectors said they had faced many hardships because there were many people with negative perspectives and prejudices toward them in this society. I could feel empathy for them because, if I hadn't had this experience, I would have continued to live with indifference and prejudices against them too.

Here lies the significance of this project: Although it may be a small book, if people read this book and start to understand and pay attention to North Korean defectors, it can be a great help to the ever-increasing numbers of teen defectors.

강정은
Kang Jeongeun

용인 한국외국어대학교 부설 고등학교
국제학부 3학년
Hankuk Academy of Foreign
Studies International Course, Senior

In the beginning, I couldn't think of any idea how to help North Korean defectors. Especially, as high school students, we thought it is almost impossible for us to provide practical aid for them. Therefore, we decided that improving people's recognition of defectors is the most realistic way to help them. So, we interviewed North Korean defectors in order to hear their real story. Through the interview, I finally realized what their real hope is.

What they really want is reunification, to be reunified seems to be vague and unrealistic. However, I think it is the most realistic and fundamental solution for North Korean defectors to settle in South Korea, and for us to help them to do so.

It was a memorable experience to meet North Korean defectors and inform their thoughts and hardships through the project. It may be difficult for the average person to give direct help to the North Korean defectors. However, it's important to realize that what we can do as a society member is to try to welcome and embrace each defector so that we can create a better future together.

신승호
Shin Seungho

용인 한국외국어대학교 부설 고등학교
국제학부 3학년
Hankuk Academy of Foreign
Studies International Course, Senior

It was a very meaningful experience, meeting the students at Yeo-Myung School in person. It was certainly true that I had known about Yeo-Myung School before through its website and pamphlets, but getting to actually meet its students and taking some time to listen to their thoughts were an unforgettable experience.

The most memorable interview was the one with Yejin. She was one of the few students who played soccer in North Korea; her enthusiastic and confident attitude was very resolute. I was nervous at first, because I was in the position of asking a favor of her answering my questions. In contrast, Yejin seemed very comfortable with me. She never tried to sound cool or embellish her stories. Instead, she was really outspoken and very confident. Her positive attitude threw me into confusion at first, but as I talked with her more, I was thankful that she gave me very honest answers. I realized how strong Yejin's mind was.

She has gone through something we South Korean students never have. I think that maybe, her strong personality was what helped her adapt to her situation as she settled in South Korea. At the same time, the interview gave me a chance to look back on myself and regret my prejudices against North Korean defectors. I hope that the small lesson I learned can be shared with other students in Korea, and help to further the reunification of Korea.

김승아
Kim Seungah

용인 한국외국어대학교 부설 고등학교
국제학부 3학년
Hankuk Academy of Foreign
Studies International Course, Senior

The interview with principal Lee Hung-Hoon of Yeo-Myung School was powerful enough to influence the way I see North Korean defectors. In daily lives, I took our reunification for granted due to the brainwashing education of our country, however, through this interview, I realized why we need reunification not only for minorities but also for the whole country.

I felt very proud of participating in HAFS charity concert for two years consecutively, and the fact that my friends and I worked together in order to help those people who came from the North. This interview gave me a meaningful experience and caused me to sincerely consider what North Korean defectors really need for their lives. I strongly encourage people to have more interest in North Korean defectors, especially teenagers. Even though our lives are arduous and painful, we cannot give up our interest in them. We will not advance any further as a nation without them.

Furthermore, I suggest that classes to instill reunification awareness should be added to the curriculum. As we make persistent efforts for reunification, I believe that soon we will have a peaceful, better future without discrimination and prejudice against North Korean defectors.

강서현
Kang Seohyeon

용인 한국외국어대학교 부설 고등학교
국제학부 3학년
Hankuk Academy of Foreign
Studies International Course, Senior

What I could know about North Korean defectors is only about their painful past lives: poverty in North Korea, dangers of escaping from North Korea, and troubles in adapting to South Korea. Thus, for me, this interview was an enormously valuable opportunity to recognize that it was indeed their past. On the contrary, I was able to hear about their present and future lives, such as their happinesses and their dreams.

To achieve the future that North Korean defectors hope for, the foundation of a proper education system must be supported by South Korea. However, reality is not so comfortable or simple. In South Korea, lack of education can be a bar to success; therefore, students are advised to enter universities regardless of their self-will. North Korean defectors worry their circumstances seriously because most of their children and they did not get the adequate education for a long time. It is unavoidable that they are one step behind us since they have a different starting point. This is why the educational curriculum for North Korean defectors is needed.

This book is written by high school students, so I do not hope that this book can immediately make progress. But I hope that the current situation will be more likely to be heard than now. I also hope that readers get to know North Korean defectors better than before.

정예진
Jeong Yejin

용인 한국외국어대학교 부설 고등학교
국제학부 3학년
Hankuk Academy of Foreign
Studies International Course, Senior

North Korea? North Korean defectors? Before an interview, I guess I just had vague and abstract thoughts about North Korean defectors. However, after meeting them and having a conversation with each of them, I have a much deeper understanding and empathy towards them. Before starting the interview, I worried a lot, thinking 'How should I ask the questions?' and 'What if this interview makes them offended?'

But, as the conversation flowed, I strongly felt that North Korean defectors are not different from us. They are just ordinary teenagers, adolescent defectors, interested in the latest dramas; they had worries about their college entrance examinations. Only because they are North Korean defectors, they have had to endure harsh discrimination. After listening to their hardships in South Korea, I changed my perspective and think a social system improvement is urgently needed to make our society one in which everyone can live together.

As a Korean high school student, I thought, 'What can I do?' Above all, I think recognition and attention towards them are the beginning of change. I remember the words of deaconess of Durihana International School. She said "Nowadays, people in their twenties or thirties seem to be indifferent to North Korean defectors." She felt very sad about it. Through people's concern and social efforts, I sincerely hope Korean society will be changed into a place where North Korean defectors can be treated fairly. Also, I hope this book will be the first step for many people to change.

이송이
Lee Songyi

용인 한국외국어대학교 부설 고등학교
국제학부 3학년
Hankuk Academy of Foreign
Studies International Course, Senior

Since the first grade in my high school, I have been a manager of dance group 'Gesture' which performed in a charity concert to support the students in Yeo-Myung School. All of the profits were donated to the school and I felt happy with what I had participated in.

Until the interview with North Korean friends, I thought this donation was the best we could do. However, after the interview, many thoughts flashed through my mind. I realized that what they really wanted was to communicate with us. North Korean defectors are hoping to mingle into and socialize with South Koreans. If we look at North Korean defectors without prejudice, I believe that we can quickly become friends. Although we have lived somewhere else, we have much in common.

I hope South Korean teenagers will recognize and respect the difference between the North and South, and it will be the first step in establishing a relationship with North Korean teenagers.

김나윤
Kim Nayun

용인 한국외국어대학교 부설 고등학교
국제학부 3학년
Hankuk Academy of Foreign
Studies International Course, Senior

Having participated in annual charity concert for North Korean defectors, I never had the prejudice that they are different from me. I firmly believed that I understood and cared about them better than others through this unbiased perspective. However, my belief turned out to be in vain after interviewing a few North Korean defector students and the principal of Durihana International School.

I vaguely thought that North Korean defectors spent the "hard" time in North Korea. However, North Korea neglected all fundamental human rights, which led people to escape North Korea just to avoid dying of hunger. Enduring and escaping all this "cruel" society of North Korea didn't lead them to an immediate freedom. Life in China and even in Korea, their second home, was never a level road. They had to undergo financial difficulties and discriminations continuously.

I hope more people could understand the disparity of our culture and that of North Korea, which will induce positive results in getting rid of all biased perceptions towards North Korean defectors. Not only our endeavors but also government policy reforms are needed to improve their financial independence. When these matters become widely known through this book, North Korean defectors will be our true neighbors without any discriminative prejudice.

이나은
Lee Naeun

용인 한국외국어대학교 부설 고등학교
국제학부 3학년
Hankuk Academy of Foreign
Studies International Course, Senior

William Jennings Bryan once said, "Destiny is not a matter of chance; it is a matter of choice. It is not a thing to be waited for, it is a thing to be achieved." And here are the people who truly "achieved" their destiny by making bold decisions and risking their lives to carry them out. They are the ones who desired to escape North Korea and to live in another world; they are the ones who decided to take a new path, which path does not even provide enough.

My interview with these people who achieved their destinies was stunning. Their willpower was one of the strongest that I had experienced, which was vindicated by their past bold actions. Their dauntless and determined attitude helped them to adapt to this new land and made me reflect on myself.

This experience of interviewing North Korean refugees was tremendous. I was able to understand their situations and their backgrounds more in detail, and ultimately recognized that they are the ones who truly understand the concept of "achieving" their own destinies. I sincerely support their choices and praise their courage in making such determined decisions that changed their whole lives.

윤주상
Yun Jusang

용인 한국외국어대학교 부설 고등학교
국제학부 3학년
Hankuk Academy of Foreign
Studies International Course, Senior

Before the interview, I thought the North Korean defectors would be very different from us simply because we are from different countries. However, I was immediately dumbfounded to learn that they are exactly the same. They live in the same society right now. They are typical students who abhor mathematics. They also hate exams in school. There is only one difference between us: they have gone through relatively more adversity. In some way, this one difference may have made them more mature.

They had to live much harsher lives just because they were born in the Northern part of the Korean peninsula. Considering this, I was given the opportunity to reflect upon myself. I have been living in a relatively much better society where freedom is guaranteed. However, I never felt thankful for this luck before now. Rather, I kept complaining about simple discomforts.

We are same people. But where a person was born causes him or her to suffer. We should keep in mind this fact and feel thankful. I wish one day that we have a world with thankful mind, a world with complete equality, and a world with compassion. In that world, we should think, remember, and recall that we are the same people, the same family, and the same brothers and sisters. In the world to come, we should take a step forward to care for our family, North Korean defectors.

다시 시작해도 괜찮아

2017년 05월 09일 초판 1쇄 인쇄 | 2017년 05월 15일 1쇄 발행

지은이 · 조성은, 이선영, 이호준, 강정은, 신승호, 김승아,
　　　　강서현, 정예진, 이송이, 김나윤, 이나은, 윤주상

감수 · 이태신

펴낸이 · 김양수

디자인 · 이정은

교정교열 · 표가은

펴낸곳 · 맑은샘 | 출판등록 · 제2012-000035

주소 · (우 10387) 경기도 고양시 일산서구 중앙로 1456(주엽동) 서현프라자 604호

전화 · 031-906-5006 | 팩스 · 031-906-5079

이메일 · okbook1234@naver.com | 홈페이지 · www.booksam.co.kr

ISBN 979-11-5778-210-9 (03800)